瓶子裡的獅子

牧童 著

目次

貳、花嶼的鬣狗們

壹、瓶子裡的獅子

第一話

我推門進入法庭時，他已經坐在對面的辯護人席上。頭仰靠在椅背上嘴張得老大，法庭上如此肆無忌憚打瞌睡，真是令人傻眼。是昨晚跟客戶跑去酒店應酬，至今宿醉難醒？說不定還是有粉味的那種店。同樣的法律工作，為什麼我案牘勞形累得像牛，有人卻能活得逍遙又自在。對於坐在他旁邊滿臉焦慮的被告寄予同情，我覺得自己的猜測八九不離十。桌上八個案卷，都是今天早上庭審要處理的，沉重與疲累感毫無預警襲來。

翻開卷宗，以最快速度再瀏覽一遍起訴書。

被告劉學彬，被訴於幾個月前的某天晚上，在女友曾青妮住處因細故發生爭執，兩人大打出手，竟憤而將曾青妮勒死；為逃避殺人罪責，又將被害人吊在吊扇燈上，偽裝被害人是上吊自殺的假象。

證據清單裡臚列的卷證，死亡證明書是用以證明被害人死於窒息。警方所拍現場照片呈現房間裡的情形：椅子翻倒、杯瓶碎片、茶几推歪、電視傾覆，雜誌遙控器及許多雜物散落一地，看得出來當時曾有失控的掙扎。

法醫鑑定報告書裡的驗屍相片顯示被害人手腳多處有擦傷與挫傷；鑑定意見認為死者生前曾與人

發生拉扯，而遭人用類似繩索之物勒斃，再將之吊掛，造成死者頸部有兩條瘀血痕。

警方製作的檢驗報告書中記載，室內多個地方驗出被告的指紋，包括一條延長電線的插頭上有被告的食指與拇指指紋，被認定是勒絞及吊掛被害人的兇器。

另有三位證人的證詞筆錄，可以證明被告與被害人是男女朋友關係，及案發時被告應該在現場等事實。

警方的訊問筆錄記載，被告矢口否認行凶。偵查組的檢察官據此認為他犯後態度不佳，在起訴書中具體求處極刑。

從形式上看來，罪證確鑿。案件移到公訴組，對於任何一位接手蒞庭論告的公訴檢察官而言，應該都是輕鬆任務。

殺人案件事涉人命，有時報章媒體還會大肆報導，檢方一定是慎重再三，物證與人證都俱備、直接間接證據無缺，才會起訴。認真一點的檢察官還會蒐集旁證，坐實行凶動機，務求嫌犯被定罪。

可是這個案子……

因細故發生爭執？什麼細故呢……這可是牽涉到動機啊。

我翻開卷宗，找到被告的警詢筆錄：

「問：為何要勒死曾青妮？」

「答：因為爭吵，一時氣憤。」

「問：你跟死者為何事爭吵？」

「答：因為一些小事。」

小事？我再找出偵查卷，翻到檢察官對被告的偵訊筆錄：

「問：你為什麼殺死曾青妮，她不是你女友嗎？」

「答：我沒有殺她。」

「問：但是你在警詢時承認是出於爭吵才會一時氣憤殺人的？」

「答：我沒那樣說。」

「問：（提示警詢筆錄交被告閱覽）有何意見？」

「答：我沒這樣說。筆錄為什麼會這樣寫我不知道。」

「問：筆錄最後面的簽名，是你簽的吧？」

「答：是。」

「問：那你還否認？」

「答：我簽名時沒有看到前面是這樣寫的。」

又是一個無端翻供的傢伙。其實不論是什麼動機，都不能讓奪人性命的行為合理化，最多是法官裁量刑度時的輕重依據而已。以往辯護人方面都只能針對犯意辯稱是出於傷害，而非有殺人故意，以求當事人能被判較輕的傷害致死罪刑；若見勢難挽回，就辯稱什麼正當防衛，或什麼犯後態度良好之類的，流於就刑期部分跟法官討價還價的廉價辯護而已。

這個案子只要被判有罪，起訴與公訴的檢察官在評定成績上都不會受負面評比，就算盡職責了。

這時法警忽然大喊：「起立！」

對面的律師像被電到般跳起來，惹得我有點想笑。法庭內的人都立即起身，旁聽席上那個梳著馬尾辮、貌似上班族的女孩讓我多瞥了一眼。

因為起立時她對我投來好奇的眼光，與我視線對上，還禮貌地微微淺笑。

是被告的家人、旁聽的實習律師還是下個案件的關係人嗎……

受命法官推門進來入座，同時舉手示意大家坐下。

人別訊問後，法官說：「請公訴人陳述起訴意旨。」

我按照起訴書的記載很快地陳述了起訴的犯罪事實。

「對於檢察官起訴的犯罪事實，被告認罪嗎？」法官抬眼望向劉學彬。劉學彬大聲應答：「我沒有殺人！」

書記官立即在電腦筆錄上打上四個字：「否認犯罪」。

「辯護人辯護要旨？」

坐在正對面的律師臉上全無疲態，雙眼綻出精明：「被告根本沒有殺人，檢方犯了大錯。辯方將為被告進行無罪辯護。」

是嗎？哪來的自信啊……我的嘴角不由自主抽了抽。因為輕蔑。

法官轉向我：「請公訴人舉證。」

「證據名稱及待證事實，均如起訴書的證據清單所載。」

「辯護人對於證據能力方面的意見？」

「物證方面的證據能力不爭執。被告與證人在警詢筆錄的陳述屬於審判外的陳述，否認證據能力。」

否認就能為你的當事人脫罪？那麼想就太天真了。

我立即反擊：「檢方偵訊時曾就證人的證詞再次求證，三位證人在偵查庭所述與警詢時並無重大差異，且經具結保證證詞屬實。」

「庭上，」律師氣定神閒地說：「我並沒有爭執證人偵訊筆錄的證據能力，而且我同意警詢筆錄當作勾稽證據。」

勾稽證據……意思是，他發現了證詞的瑕疵，所以打算用警詢時的證詞來彈劾證言的可信度？但昨夜我熬夜看過全部的筆錄，並未發現可疑的陳述呀……

這個律師是虛張聲勢還是深藏不露……

瞄了一眼對方的書狀繕本，上面記載辯護人下方署名：文石律師。

聽說我在法界有「定罪魔手」之譽，經手的案件沒有一個被告遭判無罪。有些律師一聽到蒞庭論告的公訴人是我，就會勸當事人認罪，反正掙扎也是枉然。也就是說，我經手論告的案件，沒有無罪脫身的被告，只有脫一層皮的被告。

但這個紀錄曾被一個律師打破，印象中那個傢伙就叫文石。

那是幾年前一件丈夫為了出頭殺害妻子上司的案子。

直到交互詰問完畢，才察覺對方律師其實在法庭外做了許多調查，使原本預期會被定罪的被告，最終居然安然脫身。

包括我在內的許多檢察官，會對律師充滿鄙視感，是因在現行法制下，律師根本沒有被賦與法定調查權，所以常常只能就檢方搜索及法院調查所得到的證據表示意見，頂多依當事人的說法聲請法院調查證據而已。許多時候當事人為逃避刑責，胡亂瞎說一通，有的律師不分青紅就直接聲請，發現結果不利己方了就硬拗瞎扯，說些連自己可能都不相信的辯詞，實在讓人看不起。

有一回跟幾個大學同學聚餐，聽畢業後就在南部擔任律師的同學說，這樣尷尬的狀況常出於為了給當事人一個交代。

「交代？或是給當事人律師有在認真辯護的錯覺？」我不屑地回道：「這是律師該有的專業態度嗎？」

同學被我嗆得有些不滿：「我們律師界爭取了很久，法務部就是不肯適度開放調查權給律師，才會有這些情況的呀。你們一坐上檢察官的位子就能擁有許多令人膽顫的公權力，才會說出這種話吧。」

「因為你們律師界成員良莠不齊，法務部的態度才會趨向保守。」

「哼哼，檢察官中難道就沒有敗類嗎？」

再討論下去，同學情分恐怕就吹了，所以我就此打住，轉移話題。

雖然不能否認檢察體系中也不乏害群之馬，但相較之下，骨子裡怎樣都很難瞧得起律師這個行業。貪婪、愛硬拗、挑撥好鬥，就是我擔任檢察官超過二十餘年生涯以來深植腦海的印象。

有些律師出來競選公會的理事，選上後不是為同業爭取權益，反而將理事甚至理事長職務當做跳板，對政客唯唯諾諾，以能與高官同桌共飲為榮；選對了政黨顏色，他日投入政界搖身一變高居廟堂之上，竟以毫無專業可言的政策改革檢調業務，更令我嗤之以鼻。

正因睥睨坐在辯護人席上的人，所以他們習慣玩什麼技倆，對於在法庭上身經百戰的我而言，根本是掌握之中的兒戲。也許，所謂「定罪魔手」之譽，根本是建立在律師的無能之上吧。

律師沒有調查權，聲請調查證據還得看法官的心情，這種說法無法否認；不過，以此為好逸惡勞藉口的律師，我也不是沒看過。

基於以上種種，當有辯護人居然在法制上屈居頹勢情形下，能查出與起訴完全迴異的事實，並據此取信法官時，我的驚異真是難以言喻。

那個辯護人，就是現在又坐我對面的文石。

既然如此，就不能輕敵。

「公訴人有無證據要本庭調查？」法官的詢問聲，將我從回憶中拉回現實。

辯方否認證人在警方詢問時陳述的證據能力，這在訴訟上的目的就是為了排除不利於被告的證詞，而且排除後只憑物證，是無法證明被害人之死是被告所為，才會做出無罪答辯。否則空言否認，常會讓法官有「飾詞狡辯」的壞印象，最後被告遭認定有罪，量刑只會更重……以文石的功力，沒有一定的把握，不會這般主張吧。

不過，就算警詢筆錄的證據能力全被拔掉，三位證人在偵訊時曾經具結，又無特別不可信的情況，筆錄的證據能力對方也不否認，那麼，證明力還是相當強的。對方說用來勾稽打擊證人詞的可信度，在沒有當庭詰問前，他如何證明？無非是發現一些說法上的小瑕疵藉題發揮而已吧。這是律師們常玩的把戲，不難應付……只是，對方是曾打破我「定罪魔手」紀錄的傢伙，難保手中沒藏什麼祕密武器，臨時使出來。

用幾秒時間掂量了一下對方的策略，我決定這回反其道而行，不循往例以主詰問鞏固起訴事實，將苦差事踢給對方：「沒有。」

法官露出意外的表情：「不請求詰問證人嗎？」

「引用證人在偵訊筆錄的陳述。」

可能是忖度我的計畫，怔了幾秒，法官才轉向文石：「那辯護人方面有何證據要求調查？」

「請求將本案相驗卷證、警方現場蒐證的全部證據，囑託法務部法醫研究所進行鑑定。」文石的語氣穩定，與有些喜歡「釣魚」的律師不同。

所謂釣魚，就是對於要查證的結果完全不確定，但還是聲請法院幫當事人調查。如果調查結果有利於當事人，就見獵心喜大作文章；如果不利，則斷章取義或是硬拗亂掰，有的則索性迴避不談當沒這回事。律師的這種小技倆很常見。

「鑑定事項為何？」書記官的打字告一段落，受命法官接著問。

「鑑定事項是被害人頸部的兩道血痕，成因為何。」文石回說。

「公訴人有無意見？」

「辯護人的請求顯無必要。」我立即反擊：「文律師顯然看漏了，卷內就被害人頸部血痕的成因，已有法醫出具的鑑定報告書，證明是出於被告勒絞及將被害人吊在吊扇上所造成的。」

法官點點頭：「辯護人？」

「案發時，法醫並沒有在現場全程目睹，所以鑑定報告是依驗屍結果加上現場照片、關係人及證人的陳述加以判斷的，對吧？」文石用食指背輕輕刷了刷鼻翼，微蹙眉頭：「這樣的判斷，與檢察官的判斷有什麼不同？已失之主觀與誤導了吧。」

「那辯護人將一樣的資料再送另一個鑑定單位，就能排除主觀與誤導嗎？」我不以為然說：「大律師是在質疑本署特約法醫的專業能力？」

「我沒有要求將證人與關係人的筆錄一併檢送鑑定唷。」

原來如此。但，他似乎忘了法醫研究所隸屬哪個單位了。我在心裡冷哼一聲。

這樣的訴訟策略不難應付，再送鑑定不過拖時間罷了。重點在於，對方根本不可能有十足把握法醫研究所的鑑定意見能推翻特約法醫的鑑定報告呀。

特別的是，本署特約法醫的年資經歷，都足以當法醫研究所的所長了。

「既然如此，這部分就交給合議庭審酌。」法官見我不再為反對質疑，取出交辦單。「證人方面呢？」

「那就由辯護人聲請詰問吧。」文石淡淡地說。

中計了吧……我在心裡又冷哼了一聲。

退庭後回到辦公室，午餐時間已過許久。

為免吵醒午睡中的同事，我拎著便當輕步回到座位間。才將冷掉的菜挾入口，書記官林秋翠突然飄進我辦公間，將這個月的新案卷宗搬到桌旁、並悄聲說：「吃完飯到走廊一下。」

我放下筷子起身：「現在吧。」

她左瞥右瞄警戒的樣子，讓跟在後方的我覺得她會告訴我壞消息。

來到走廊盡頭，確定四下無人後她才說：「那個案子已經不起訴了。」

拳頭不自覺握緊。雖然早有心理準備，但確定是這個結果，還是怒火中燒。

那個案子的被告叫朱煥煒，涉嫌持槍殺人。

案情原本很簡單：三個月前某天，朱煥煒趁著夜色黯暗，在一家餐廳門口開鎗將被害人陳良木打成重傷逃逸，之後躲到高雄打算潛逃出境，但在小港機場登機門前被埋伏的刑警一擁而上。

最可惡的是，掃射過程中，流彈還波及無辜，一名路過的女性當場死亡。

警方移送檢方後，案子分到我手中。檢視過所有卷證後，覺得這傢伙涉嫌重大，開偵查庭時訊問他，他居然找了可笑的藉口否認犯案，當下就決定聲押。

輪值的刑事庭法官看過卷證，以涉嫌重大犯罪且有逃亡之虞為由，不理辯護律師的嘰嘰歪歪，下令羈押禁見。

牆壁與窗戶上數十個彈孔、被害人怵目驚心的血灘與血跡噴濺，女性路人橫屍街頭的慘狀，任何看到這樣現場照片的法官，都會決定羈押。

死者叫甘梓晶，輪夜班的護理師，下班途中無辜頭部中彈。開臨時偵查庭時丈夫悲慟到無法言語、兩個孩子哭著要找媽媽的模樣，不時浮現在我腦中。

之後連續開了兩次偵查庭，朱煥煒都矢口否認行凶，他的律師還要求將扣案槍枝送指紋鑑定。不過警方移送的證據中，有案發現場附近店家的監視錄影檔拍到他逃離的身影，還有幾位目擊證人的指證，他居然以為空口否認就能脫罪，未免太過天真。

依警方的移送報告所載，扣案的克洛克手槍是在被告住處天花板上方被找到的。這種火力強大的全自動手槍通常是歐洲國家特種部隊或特勤人員的配槍，以朱煥煒在私人公司擔任董事長特助的身分，怎麼可能取得？

「一定是經由走私的管道。」長期以來跟我配合、破獲許多大案的刑警胡少卿這麼說。「朱煥煒表面上是英利公司的董事長特助，但其實是埤角幫成員。」

「英利是什麼樣的公司？」

「營業項目是貨運業，紀錄上被查到好幾次盜採砂石，負責人風天耀進出過監獄幾次，背景也很複雜，但他不是埤角幫的成員。」

「黑道？這麼說就沒有違和了。」

既然如此，律師要求將指紋送鑑定，似乎沒什麼可擔心的。我拍拍胡少卿的肩臂，當做對他認真辦案的獎勵，同時交代：「追查一下被害人與被告之間有什麼過節。」他點點頭，舉手至眉敬禮後離去。

回辦公室後，我立即發公文囑託刑事警察局針對凶鎗上的指紋進行比對。

兩個星期過後，胡少卿又前來地檢署找我。

「報告檢座，完全查不到朱煥煒與陳良木之間有什麼利害關係。」

「怎麼會呢，開了那麼多鎗，難道殺錯人？」

「被害人在加護病房躺了幾天後傷重不治，訪查他的家人親友，若非說不知道就是支吾其詞，找不到認識朱煥煒的人。我們進一步調查，發現陳良木生前經營一家大維不動產開發公司，生意做得很大，但因為手段霸道，得罪不少人，」胡少卿臞得黝黑的臉上露出猶豫：「不過，就是沒發現朱煥煒跟他有什麼恩怨。」

「朱煥煒會不會受誰指使？例如他的老闆？」

「有懷疑過這種可能。不過，英利公司的風天耀跟陳良木是國中同學，兩個人交情好到結成兒女親家，同時也是事業夥伴，大維公司除了土地開發及大樓營建外，最大宗的業務是投資砂石買賣，而砂石的貨源及載運，陳良木始終指定風天耀的英利公司。這些，是我們向兩家公司內部人員訪查的結果。也就是說，如果風天耀指使朱煥煒殺陳良木，最大的損失反而是自己。」

「他的背景不是幫派分子嗎，會不會是這方面的原因？」

「我們反覆盤問過風天耀，他說雖然知道朱的背景，但因為與朱的父親是至交好友，答應照顧朱才讓他進公司工作。而自從進公司後，朱一直表現良好，似乎跟從前所混的幫派斷乾淨了。風天耀還一再強調，誰沒年少輕狂過，如果還要計較朱的過去，那國家的更生人制度豈不是個屁而已。」

我怔了幾秒，心想姓風的這傢伙就不要被我抓到盜採砂石。「朱煥煒的父親是誰？」

「生前是埤角幫的堂主，後來被人砍死了，堂口也被警方破了。他臨死前要求風天耀救他兒子，風才答應收容朱煥煒的。這是向當年一些老幫眾求證所知。」

「沒有其他唆使朱殺人的嫌犯嗎？」

「我們借提朱煥煒並嚴厲訊問過他好幾次，他都否認殺人，更不要說供出幕後主使者了。」胡少卿眉頭蹙緊，斜著頭說：「所以追查方向轉回陳良木的身上，可是就如我前面說的，他生前的是非不少，追查起來很費事，我們隊上已經增加人手展開調查，目前還沒新發現。」

我請他回去跟隊上反應，就說檢察官要求加緊追查。他點頭，轉身離去前我叫住他：「老彭現在升大隊長了嗎？」

「聽說明年有希望扶正。」

「幫我問候他，請他加把勁。有任何進展馬上跟我聯絡。」

之前與胡少卿所屬的小隊合作過多次，對於他們的能力非常信任，尤其是副隊長彭清介，有著天生刑警的特質，戰功彪炳屢破奇案，署內合作過的同事都對他讚譽有加。因此當時我對於查出朱煥煒的行凶動機，還很有信心。

直到指紋比對出爐，事情卻開始朝意外方向發展。

第二話

「你說陳良木不是你殺的，但凶鎗是在你住處搜到的，你怎麼解釋？」我注視著站在法檯下方的朱煥煒問。

「如果這是真的，那一定是被人栽贓的。」他的回答冷靜堅定，不愧是幫派出身的人。

「誰會栽贓你？你跟誰有仇嗎？」

「以前我在埤角幫時得罪很多人，那些人應該都會認為跟我有仇。」

「哼，你倒是大方承認自己的黑歷史啊。」

「檢察官不是都會調出前科資料嗎？我以前常出入少年法院，還受過感化教育。」

我冷哼一聲：「那你必須告訴我誰最有可能栽贓，我才能追查是誰把鎗藏你屋裡，否則你就是空口白話。」

聽我這樣說，他忽然拉了拉嘴角：「查到我屋裡有鎗的人，陷害我的嫌疑不是就很大嗎？」

「我剛才說了，是刑警到你家搜到的。」

「刑警就不會害人嗎？王迎先跳新店溪冤死，不就是警察害的嗎？」

我傻了幾秒，忍住脾氣：「那是戒嚴時的事，現在什麼時代了，警方都講究科學辦案了啦。」

「是喔，那些警方開記者會宣布破獲的重大刑案，後來被法院判無罪釋放的被告，不知道認不認同檢察官的說法。」

「喂，你不要給我扯遠了，我在講人命你在跟我講新聞！」我提高了聲調，肚裡發火：「你不承認也沒關係啦，看法官信不信你！」

「不信就再上訴吧，不然我能怎麼辦。」他貌似無奈道。

書記官林秋翠轉頭，對我使了個眼色。

之前有個案件好不容易逮到一個詐騙集團的幕後主謀，許多老人家畢生積蓄被騙光，有絕望到燒炭自盡，有重度抑鬱住院，還有被害人因此不被家人諒解，流落街頭變成遊民……這個開著藍寶堅尼的主謀出庭時還嘻皮笑臉狡辯，我氣到拍桌大罵，甚至口不擇言說出「你害那麼多人家破人亡還笑得出來，看我怎麼治你」這樣的話，嚇得被告當場認罪。

殊不知起訴後，對於偵查中的認罪，被告居然抗辯說是害怕檢察官會濫用公權力聲押才這樣說，認罪並非出於自由意志。他的律師聲請勘驗偵查庭錄音，果然聽到我發火時的失言，因此拐彎抹角指責我脅迫取供。在被告自白被排除證據能力、間接證據法官又不採信的情形下，最後只有幾個互不認識的車手被判罪，主謀居然在宣判無罪當天被釋放！

每回想起這個事件我就想「撤幹譙」。

得知宣判結果我急忙提起上訴，但主謀已經潛逃國外了，通緝多年也沒歸案！因此學到教訓，交代與自己搭檔多年的林秋翠：若日後開庭時見我發脾氣，提醒我要控制。

我立即捺下怒火，深吸口氣：「既然不是你開的鎗，為什麼要逃亡？」

「我沒有逃亡啊，我本來就打算出國旅遊的。」

「陳良木沒死你就不出國，他一死你就出國，未免太巧了吧？」我打量他的斷眉四白眼、薄唇高顴骨，心想兇殘狡猾之徒都這模樣。

「真的啦，我早就想去柬埔寨玩了，早在半個月前就向民生西路上的南向旅行社購買機票，當時業務蔡小姐還推薦我一定要去吳哥窟和金邊王宮玩。檢察官不信的話可以向蔡小姐查證。」

他的律師聽了立即舉手：「請求傳訊證人。」

事先假藉旅遊名義向旅行社購買機票，順便表示對當地景點有興趣，製造有利證人，一旦東窗事發就要求傳訊不知實情的接洽人員，類此規避刑責的手法，在預謀殺人案中並不少見。我捺住性子：「要聲請調查有利於被告的證據，請再具狀。」

「是。」律師有氣無力地回應。

我繼續問朱煥煒：「警方找到的監視器畫面顯示，案發後你從案發現場匆匆逃走。如果沒有殺人，跑什麼？」

「我從小走路就快，才被警方誤會是逃亡。」

「你剛好出現在案發現場附近、剛好走路很快、剛好家裡被警方搜出一把與彈道比對相符的鎗？」我大力拍桌怒斥：「一本正經胡說八道也要有個限度！」

林秋翠轉頭睜大了眼望向我。律師手中的筆掉在桌上。

朱煥煒倒是無風無雨：「我根本就不認識陳良木，為什麼一定要說是我。」

「連不認識的人你都下得了狠手，才是惡性重大！」我不想控制脾氣了：「像你這種人不被判死刑，這個國家還有王法嗎！」

「檢座請息怒。請問指紋比對的結果……」律師貌似移話題化解尷尬。我不理會，直接跟林秋翠說：「筆錄印出來讓他簽名！」

朱煥煒連看都不看就拿筆簽名，然後伸出雙手讓法警戴上手銬。

望著他被法警帶往地下室的背影，我思忖著這傢伙為什麼如此冷靜？再兇狠的人被關在看守所一段時日，都會思考可能的刑責，犯下重罪的人挺不住壓力，再提訊時心防多少都會動搖。這時只要揭示關鍵證據，就算少數心存僥倖之輩仍然硬撐，也會顯露心虛，那就是寫起訴書的時刻到了。但這個朱煥煒是天性冷血，還是另有什麼隱情……

反正只要有臨門一腳的證據，就算被告嘴再硬也不怕定不了罪。

下了庭後，我去電市刑大。

電話轉給彭清介。他先寒暄了幾句，然後說已出動多組刑警在查朱煥煒與陳良木間的關係，目前還沒有具體收穫。

「不可能殺錯人吧？若是隨機殺人就更誇張了。」

「下手的目標很明確，絕對不是。我們正過濾死者生前可能結怨的對象。」

「若有任何進展，請一定要馬上回報。」

「是！檢座。」

掛上電話，正好林秋翠推門進來：「刑事警察局寄來的指紋比對報告。」

我接過她遞來的信封，迫不及待地打開。

比對鑑定報告書的結論：手鎗上並沒有朱煥煒的指紋！

「那天在現場搜索，搜到凶鎗的是誰？」

會議桌邊的人面面相覷，半晌，一個坐在較遠的年輕刑警微微舉手，小心翼翼說：「報告楊檢，是我。」

「你當天有戴手套嗎？」

面對所有人的目光，他耳鬢瞬間漲紅：「……我忘了。」

「是忘記有沒有戴，還是忘了要戴？」

「忘、忘了戴……」

「副隊長你自己看！」把比對報告書推到彭清介面前，我沒好氣地說：「我們警方的現場採證什麼時候才能專業一點？」

我的臉色一定很難看，以致每個刑警都鐵了臉。

彭清介看過公文，馬上跳起身來踹了那個年輕刑警的椅背：「搞屁啊你！」

那支克洛克手鎗上除了一個叫連志平的男性指紋外，並沒有其他人的指紋。

連志平就是那個年輕刑警。

「算了、算了。」雖然知道他是作樣子給我看，但年輕刑警的窘迫模樣，還是讓我於心不忍。

「朱煥煒逃離現場的監視器錄影呢？」

有個刑警立刻離座，拿來一支隨身碟插進桌上筆電的插槽。

看完三個不同角度拍到的影檔，確定一件事：朱煥煒當天身穿黑色大衣，手鎗可能藏在大衣裡，但並沒有戴手套。

按理說手鎗上會有他的指紋，鑑定比對卻沒有，那就是事後擦掉了。

「逮捕之後，有對他做開鎗後手指虎口的火藥反應採證嗎？」

「報告楊檢，」彭清介解釋：「這支鎗很先進，已經不是火藥式的子彈了，即使檢驗也驗不出什麼，所以就沒有進行鉛錠採集。」

「連硝煙反應都沒做？」

「抓到時他衣服都換了，澡也洗了，怎麼可能還驗得出來。」一位中年刑警毫不在意是否得罪我，直接講白了。

「當時能抓到他，大家都鬆了口氣，因為證據很充分了嘛，就算他否認也一樣可以起訴不是嗎。」另一位年輕刑警見前輩開口了，也無所忌憚地說。

「證據是不是充分不是我說了算，是法官認定的。」我隱忍脾氣說。

「請公訴組的檢察官論告時講給法官聽嘛。我們警方可是不眠不休耶，光是過濾幾百支路口監視器就差點瞎了，就不要說埋伏跟監，那是沒日沒夜啊。」中年刑警說得委屈，聽得出來是對檢方不滿。在座刑警們面露認同，開始議論紛紛起來，似乎都認為移送的卷證就足以將被告定罪了，還有什麼好討論的，除非檢察官愚鈍。

看來我在這個會議室裡，離成為箭靶的距離已經不遠。

其實長期以來，檢警間的微妙關係就是個詭異的存在。

依刑事訴訟法第二三〇條、第二三一條規定，對於犯罪案件，警察應受檢察官的指揮與命令進行偵辦；在案件偵查中檢察官是偵查主體、司法警察是輔助機關。所以理論上，檢警應共同努力依法實現正義，為被害人討回公道。

對，理論上該如此。實務運作上卻常出現預期之外的情形。

移送時隱藏重要證據、私下對嫌犯進行違法訊問、為求績效偽造文書騙取檢察官開立拘票……各種暗黑操作令人瞠目結舌。但警方完全不以為意。

因為許多檢察官也不以為意，睜一眼閉一眼，拘票的章照蓋，甚至還幫警方想理由聲請搜索票。開庭中發現警方違法偵辦的行為，也視而不見不予追究。

何以致之？因為檢警關係的和諧太重要了。

辦案時，體制上雖然檢察官有指揮權，警察應聽從檢察官的命令，但若警察有自己的想法、陽奉陰違時，檢察官能怎麼辦？

不能怎麼辦。

之前轄區內某分局的警方人員，為了應付警政高層基於政治考量端出的掃毒專案績效，在一輛休旅車上查獲毒品，就將車上五名年輕男女通通查辦。筆錄做完，先後向地檢署提出五份移送書，聲稱甲被查獲海洛英三公克、乙被查獲海洛英兩公克、丙被查獲留有毒品殘渣的夾鏈袋、丁被查到吸食器、戊被查獲針筒一支。一案拆開移送，無非為專案績效充值為五案的分數、鑽檢方分案制度的漏洞，以為會分到不同檢察官之手。

結果其中一案分給李正剛檢察官偵辦，訊問針筒是用來施用什麼毒品，被告卻回答安非他命，讓他起疑。細查之下發現警方偷吃步。

個性比我還火爆的李正剛直接打電話質問警方。

警方若無其事地回說「春節專案太多，把其他案件的證據誤送了，會再補送本案查扣的安非他命過去」。

李正剛再質問是否一案被警方拆成五案移送？對方竟毫不以為意地要求檢察官體諒警方的績效壓力……

併案偵辦後查證事實，確認警方只在車上其中一人身上查獲約五公克夾鏈袋裝的安非他命，也僅持有者有陽性驗尿反應。

縱然有績效壓力，也不該違法作假，所以李正剛主動簽分案追究相關員警刑責。消息傳出，竟引起市刑大群起反彈。

未幾，他被叫進檢察長辦公室。聽說檢察長當面上了一堂課，課題是檢警和諧的重要性，然後再將刑警瀆職案移轉給別的檢察官承辦。

李正剛不服氣，向檢改團體投訴。檢改團體公開聲明聲援，但記者會還沒開之前，李正剛就被「職務調動」到台東去了！

檢察官隸屬法務部，警方隸屬內政部警政署，沒有上下從屬關係的兩種公務員，前者能懲處後者嗎？對後者有人事管理權嗎？如果答案是否定的，為何期待警方對於檢察官的指揮一定百依百從？又憑什麼認為，檢察官對於警方的偵搜程序必定有能力管束？

在這種情形下，若檢警之間出現什麼嫌隙也屬應該，而且早已冰凍三尺。

不過，檢方能對警方發飆嗎？面對危害社會的重大刑案，如果得罪了警方，只要「消極面對」命令，手下無兵的檢察官不就像缺爪獵豹無牙虎，還能施展什麼？案子還辦得下去嗎？什麼鬼制度……

「楊檢，這個案子我們還需要再提供些什麼嗎？」

彭清介的聲音把我從思緒中喚回。從李正剛的遭遇我學到不能與這群刑警有利害衝突，畢竟他們是出生入死彼此相挺的兄弟，檢察官美其名是偵查主體，得罪他們有時會比豬的大體還不如：「以你們的經驗來看，在沒有任何仇怨的情形下，怎麼樣的人會去殺一個自己不認識的人？」

他們交換眼神，由彭清介發言：「反社會人格者，或是……受人教唆的殺手。」

「果然是市刑大最有前途的副隊長。」我稱讚道。「在朱煥煒死不承認的情形下，如果我們能掌握背後的教唆者是誰，就能定死他的罪。」

會議室裡一片靜默。看來追查幫派的主使者，對警方而言是個負擔。

「他告訴律師要求驗指紋，一定是有所準備了的。就算視而不見直接起訴，公訴組的檢察官也沒必勝把握。我知道各位工作沉重，但這個人若不能重判，形同很快就縱虎歸山，這也不是各位樂見的吧。」

這時內線電話響起。彭清介抓起話筒：「是。我們在開會……這樣嗎……」掛了電話，他起身靠過來附在我耳邊悄聲說：「……楊檢，小胡說他有重要情資要單獨跟您報告。」

我隨即起身宣布：「會先開到這裡，有其他線索請小隊長跟我聯絡。」

十二月的台北又溼又冷。鑽進車裡時，胡少卿帶進一陣寒風。

車門才關上，彭清介隨即踩下油門。在移動中的車上談事情，是避免被窺知的好方法。

「報告楊檢，」胡少卿吁了口氣，緩和上車前從對街跑過來的喘。「過濾包括生意場上以及私底下結了樑子，最有可能報復陳良木的對象總共六個人。但我們花很多時間清查他們，都有堅實的不在場證明，有的人根本未曾跟朱煥煒有交集。所以我們原本針對行兇動機的調查方向走進死胡同、沒有發現——」

彭清介一邊轉動方向盤一邊插嘴：「上次我們討論清查陳良木電話通聯呢？」

「這部分是由老邱和小力負責……不應該由我……」胡少卿欲言又止。

彭清介和我互望一眼，提高了聲調：「有話直說，在楊檢面前不必顧忌什麼！」

胡少卿接過我遞給他的礦泉水，灌了好大一口。我趁此空檔詢問胡少卿所說的是誰，彭清介回說老邱就是剛才開會那個中年刑警邱品智，小力則是第一個附和老邱的年輕刑警力義。

「早上他們移送嫌犯去地檢署不在隊上，我將值勤表放在小力桌上，無意中看到文件堆裡有份通聯紀錄，上面每通來電都被打了叉，只有一通用紅筆畫了個圈圈。我注意到號碼是陳良木的手機，就順手把那通記錄拍了下來。」胡少卿將手機伸到前座遞給我；「他們回來後，我抱怨查了半天都找不到是誰教唆朱煥煒，並隨口問通聯有無發現。小力說沒有。在旁邊的老邱聽到了就爆粗口開罵，所以我起了疑心——」

「等一下，為什麼他罵人你就會起疑？他罵誰？」

後照鏡裡的胡少卿神色有異地瞄了駕駛座一眼。彭清介說：「你學給楊檢聽沒關係，楊檢是自己人不會介意。」

「那個楊錚是多想升官，想逼死誰呀！殺人兇手連同證據都給了還想怎樣，找什麼教唆者！整天躲在辦公室裡吹冷氣就有人幫他破案，是不知警察累得像條狗嗎！」胡少卿學邱品智的口條罵道，然後萎聲說：「對不起楊檢，老邱平常罵我們後輩也是這口氣。」

「哼哼，原來我在他們眼中是個吹著冷氣想升官的人。」

「會起疑是因為我才問完，小力就立刻說沒查到什麼，而老邱那些抱怨在我聽來是轉移話題，像在掩飾什麼。」

「說下去，你到底查到什麼？」彭清介催促道。

胡少卿隨即提起精神：「我私下去查那通標記紅圈的通話，發話是個叫郭依莉的女人，發話地點在台南。我以辦案需要，請電信公司提供用戶資料，再向當地的同仁求助。他們說郭依莉在地方上是個名女人，經營幾家公司，名下房產很多，其中一處豪宅還出租給一位王姓立委，因為每月租金只收八千元，兩人出雙入對被周刊拍到，爆出是立委的婚外小三，但兩人堅稱是房東房客關係，這八千元的月租是否含『睡』引發網友熱烈討論——」

「房租含不含稅，關網友什麼事？」我聽得奇怪，忍不住打斷問。

停等紅燈的彭清介騰出右手打他後腦：「講重點！八卦給我省略！」

胡少卿摸了摸後腦，紅著臉繼續說：「當地刑警說郭依莉交際手腕高明，政商關係八面玲瓏，所以會打那通電話給陳良木，可以朝這方面去調查。我過濾郭依莉的事業並沒有與陳良木的事業重覆，而且一個在北一個在南，很難認為是有何商業利益關連。尤其是陳良木每月的通聯高達數十通，與郭依莉的通話只有一次。」

「打錯電話嗎？」

「通話有幾分鐘，不像是打錯。」

「意思是，可以排除商業利益引起的糾紛？」

「……我覺得不是。」

「除了小胡，我還派出隊上好幾位同仁同時清查陳良木公司的全部合約，也問過公司員工，」彭清介插嘴說：「完全沒有跟郭依莉的公司或關係企業交易，這部分我很有把握。再說，以郭依莉的實力，她若要在北部做生意，應該也不會選擇大維開發這樣的公司。」

「意思是，大維的規模與資本比較小？」

「加上英利公司的規模，也不及郭女的財力。」

我沉吟幾秒：「也就是說，郭女打電話給陳良木，可能是政治上面的事？但陳良木沒有參與政治吧，還是他是哪個政治人物的樁腳或鐵粉？」

「這部分就要請示楊檢，是否要繼續追查，以及該朝哪個方向查？」

我迎向彭清介的眼神：「當然要查啊！」

「但是郭依莉人在台南，認識很多議員，包括王姓立委在內，若真是政治問題，我們可能會遇到阻力……」

議員怕黑道、黑道怕警察、警察怕議員。辦案若遇到議員級以上的政治壓力，只要局長被叫去訓話就很難扛了。我懂彭清介的顧慮：「你去找幾個信得過的同仁，我來組成專案小組，責任我來扛。」

「是！」

「對了，那個邱品智跟力義是怎麼回事？」

彭清介眼神閃過一絲躊躇，微吸口氣：「邱品智跟我都是升任大隊長的人選，難免有些競爭。」署裡幾個有意角逐主任檢察官的傢伙也是這樣，常搞些小動作，令人不齒；警方內部有相同情形也不讓人意外。

「他那一小隊的人，一個都不准進來專案小組。」望著窗外街景，我說。

「是！」

審判長詢問是否曾就本案接受警方訊問時，證人陳如萍點頭大聲應道。

四十幾歲的職業婦女，住在被害人曾青妮對門的鄰居，似乎對作證感到興奮。

「現在有一些問題要向妳求證。剛才妳具結過了，請誠實回答。」審判長轉頭對文石說：「那就由辯護人進行主詰問。」

審判長是程月君，對我很友善，從以往判決看得出來她也是嫉惡如仇的個性。

「請庭上提示偵訊筆錄給證人看一下。」文石對審判長說。

這是哪招？沒有循辯方的往例要求證人陳述目擊經過、找出所述不合理之處攻擊，文石居然要讓陳如萍先看偵訊筆錄，無異讓證人複習自己先前的證述，形同退縮能打擊證言可信度的空間，會不會太偷懶了啊……我瞥了一眼旁邊的劉學彬，對他的同情又增加了。

接過通譯遞過來的卷證，陳如萍仔細看了一會兒筆錄：「對，這是我在檢察官問話時的回答。」

「根據妳當時所說，案發後有看到一個身著灰色襯衫與牛仔褲的男子離開案發地點？」

「是的。」

「請妳看一下坐我身邊這位先生，」文石向劉學彬攤掌：「他是妳當時看到的那個男子嗎？」

陳如萍怔怔地盯著劉學彬幾秒：「……有點像，不太確定。」

「但是妳在檢察官訊問時，作證說妳看到的男子，就是被告？」

「蛤？我應該沒有這樣說吧……」

「請再提示偵訊筆錄第二頁給證人回憶。」在通譯將筆錄遞交同時，文石唸出要證人檢閱的那段：「檢察官問『妳說的那個男人，是否就是現在站在法庭上的這位被告』，證人答『是的，就是他』，妳當時回答得很肯定？」

陳如萍看過後說：「……我當時不是這樣回答的。」

「什麼意思？妳當時是怎麼說的？」

「我說好像是，不太確定。畢竟我只是曾小姐的鄰居，當時只是經過她家門前，見到有個陌生男子從她家出來，好奇看他一眼而已。」

「確認一下，妳當時是說『好像是，不太確定』，而不是說『是的，就是他』？」

「是。」

「那筆錄為什麼會這樣寫？」

「異議！要求證人陳述個人意見。」聽得出來文石正在瓦解起訴建構的證據城堡，我大聲抗議。

「庭上，筆錄應該據實記載，我現在向證人查證她的證言為何會與筆錄記載不符，她卻還在筆錄後面簽名，這應該是以她的實際經驗為基礎的吧？」文石立刻說明詰問依據。

我豈能退讓半步，也立即反駁：「庭上，雖然我不知為何證人要改變證詞，但辯護人顯然有意將心證導向製作筆錄不實，這樣實在是居心叵測。」

「喔喔喔，剛剛的詰問哪句可以聽出來我有這個意思啊？」文石裝無辜道。

審判長舉起手制止雙方的爭執，直接問證人：「陳女士，檢察官問完話、書記官將筆錄印出來後，妳有看過筆錄再簽名嗎？」

「沒有啊，法警拿筆錄給我，指著筆錄最後的地方叫我簽名，我就簽了啊。」

若有看過再簽名，那現在所說的證言就有問題。審判長顯然在做球給我踢。

「妳不知道要先看一遍確認一下記載是否正確嗎？」

「不知道啊，而且我相信檢察官他們不會把我的話寫錯吧。」

媽的，遇到天兵證人。

「異議駁回。」審判長給我一個抱歉幫不到你的眼神。「辯護人請繼續。」

「陳女士，妳曾向警方表示，案發當天曾看到被告從被害人的住處出來？」

「是的。」

「那妳當時又是如何確定看到的人就是被告，也就是我身邊這位先生？」

「警方拿出一個男生的口卡，要我指認。」

「所以妳在警方詢問時，沒有看到被告本人，而是指認口卡上的照片？」

「是。」

「警方給妳看幾個人的口卡照片？」
「就一個。」
「那麼，妳覺得照片上的人跟現在坐我旁邊這位先生是同一個人嗎？」
「看起來很像。」
「有不像的地方嗎？比如說臉形？特徵？」
「嗯……」她打量了劉學彬半晌：「他好像比較瘦。」
「意思是，妳當時看到的人比較胖一點，但口卡照片或是本人比較瘦？」
「那個男人比起這位先生壯一點。」
「妳看到那個在被害人住處門前出現的男人，是幾點幾分的事還記得嗎？」
「大約下午五點半。因為我下班回到家都是五點半左右。」
「所以不可能是五點到五點二十分，也不可能是五點四十分到六點之間？」
「我記得那天下班時間跟平常一樣，路上也沒有遇到塞車。」
「所以不是我說的時段裡撞見那個男人？」
「唔，是的。」
「謝謝妳。我先問到這裡。」
「公訴人請反詰問。」審判長瞥我一眼。陳如萍也跟著轉向我這邊。
「妳到警局接受詢問時，有告訴刑警看到的人比照片上的人壯嗎？」

「呃……不記得了。」

「是不記得有沒有講，還是不記得跟刑警講了？」

「應該是沒有講。」

「沒有講是因為覺得在被害人家門前看到的人，就是照片上的人？」

「應該……是吧。」

「警方是在案發後的第二天就請妳去做筆錄，對吧？」

「是。」

「那時妳對於目擊嫌犯的印象，應該比較深刻，對吧？」

「是的。」

「妳在偵查庭時回答檢察官說那個男子好像是被告，不能確定，是因為偵查庭距離警方詢問時已經過快兩個月，時間有點久記不太清楚嗎？」

「有可能是這樣。」

「我沒問題了。」

審判長微微頷首後，轉向文石：「請辯護人覆主詰問。」

顯然我的反詰問救回了警方詢問程序中的草率，與偵查組檢察官的失誤。

我瞄了一眼偵訊筆錄上檢察官的署名：蔡欽洋……

蔡欽洋端著餐盤，才在身邊坐下就說：「楊錚，你吃這麼快幹麼？」端著的湯碗停在空中，我冷冷道：「快點吃完了好去幫你擦屁股。」

他挾了塊牛肉放進口：「怎麼了，被審判長電了嗎——咦，今天的庭期應該是程月君那一庭的吧？她可欣賞你了，哪捨得電你呀。」

「律師們可都是絞盡腦汁想挖出偵查組起訴時檢附證據的瑕疵啊。」

「哪個案子？」

「劉學彬殺人案。那個證人陳如萍到底有沒有確實指認被告？」

「當然有啊。」

「她在詰問時可不是這樣說的。」

「唉呀，目擊證人的記憶像水中的魚，沒有幾秒的，就不要說事後可能被污染，所以才要案重初供嘛。」

我忍住罵人的衝動：「下了庭後我聽了偵訊時的錄音紀錄，證人確實沒有說得很明確，但你指示書記官記載肯定指認。」

「警方詢問時她不是已經明確指認了嗎？我協助證人喚醒記憶，維持證言的一致性也錯了嗎？」

我難以置信地望著一臉不在乎的他，覺得訴訟法的法條在這種人眼裡，到底是實現程序正義時必須遵守的規矩，還是節省辦案時間時惹人討厭的臭蟲？

偏偏這種人升官特快，初來地檢署時學長學長的叫，幾年考績都比我高分後就直呼楊錚了。剛才下了庭在走廊上聽到幾個檢察事務官討論今年升主任檢察官的候選名單，好像也聽到了他的名字。

見我默不作聲，他拍了拍我的肩：「你知道公訴組都不會被列入名單的吧？」

我裝沒聽到繼續喝湯。

「你之前可是升主任的大熱門，為什麼卻被調去公訴組？就是……」他欲言又止，似乎是在斟酌用詞。「大家都覺得可惜，有些事墨守成規是不行的，你若變通一點就不會得罪上面了嘛。」

「哼哼。」我將白菜挾起，狠狠嚼起來。

「別固執聽不進去，我是為你好啊。」他放下筷子看著我：「對，當時陳如萍確實說得不明確，懷疑自己看到的人是不是劉學彬，但她在警方最初詢問時不是說得很明確嗎？只因證人事後記憶不清就錯放殺人犯，這是檢察官該做的嗎？對於被害人家屬又該如何交代？」

被害人家屬……曾青妮的母親哭得死去活來……甘梓晶丈夫的悲慟顫抖、兩個孩子哭泣模樣……甚至想起失去秋樺後那些暴風烈雨的幽夜，刀割般的痛苦……心底深處彷彿又被狠刺了幾刀。

我無奈地說：「你再不注意，哪天遇到難剃頭的法官不買帳，判殺人犯無罪，才叫錯放！」

「有定罪魔手幫我顧著庭審的變化，我不怕，哈哈。」

這時柯井益與顧興德步入食堂，遠遠舉手跟他打招呼。

我起身打算將空餐盤拿去回收檯。蔡欽洋見狀拉住我手臂：「有些話要不要趁此說清楚？」

我知道他說的是什麼，輕輕甩開他：「沒什麼好說的。」

「誤會解開，以後好相見嘛。」

走過來的柯井益見到我，立即眉開眼笑：「老楊這麼快就吃飽啦，看來公訴組很涼嘛，都能準時放飯午休，真養生，哪像我們偵查組忙死了，搞到現在才吃飯，哈哈。」

「我是剛剛吃完早餐，不像你，已經要吃午餐了。」我冷冷回道。

「老楊呀老楊，火氣別這麼大，坐坐坐！」柯井益一臂膀搭肩上，半強迫地拉我回座，同時對顧興德說：「興德，幫我點個套餐順便買兩杯咖啡，我要請前輩。」顧興德與他們快速交換了眼神，連忙朝櫃檯走去。

察覺氛圍有異，我決定隱忍不發，靜待他們說出目的。

「我知道你對我有些誤會，但我也是身不由己，請前輩體諒啊。」

「身不由己？」

「我是奉命行事，畢竟檢察一體是制度，身為檢察官也必須服從上意，這樣說，你應該能理解吧。」

「檢察一體不是用在這種地方的。」

「是是是，前輩教訓的是，那時候我只是小小的檢察官，資歷尚淺，能力不足，都算我不對。」

他堆出笑意，與之前的囂張判若兩人。

「資歷尚淺就能升上主任檢察官，表示你也是有過人之處嘛……哼哼。」

「升我一定惹得許多前輩不開心，我也曾推辭，但檢察長說他有他的考量，我怎麼推也推不掉，百般無奈之餘只好勉予接受了。」

「奇怪，是吃下去的東西不乾淨嗎，我怎麼有點想吐。」

「是嗎？要保重啊，我們署裡少了前輩這樣的中流砥柱，打擊犯罪就沒力了啊。興德！」

顧興德端著咖啡過來，柯井益接過畢恭畢敬放我面前：「前輩請請請！」

瞥見蔡欽洋忍住笑意的表情，我終於體悟到什麼：「說吧，你要我做什麼？」

「唉唷你看，前輩就是厲害，我都還沒說什麼就都知道了，哈哈……」

顧興德與蔡欽洋都齊聲陪笑。蔡欽洋接過柯井益的眼神，正色對我說：「是這樣的，體育場弊案我們打算結案起訴了，應該會分到你的手裡主辦。」

「那個地下全是營建廢棄物填土、政府官員收賄圖利的案子？」

「對對對，都是一些敗德公務員和貪婪奸商，我們肅貪組的蒐證非常齊全，希望被告都能被定罪，起訴後的論告就拜託學長了。」

「唔，這是職責所在，有什麼好拜託的？」

「因為案卷證物太多，本來是分案給章仁慧的，」顧興德接話道：「但是她向你們高主任哭訴吃不下來，都累出病了，高主任想把案子移給你，又怕你不同意，所以要我們跟你商量一下——」

「怎麼可能不同意，大案小案都是案子，我們有挑案子的權利嗎？」

「那是您為人剛正，人家小公主不就挑案了嗎？」

章仁慧？那個因為怕驗屍所以請調到公訴組來的年輕女生？唉。

「學長，」蔡欽洋指指柯井益說：「上次有個案子是否要撤回的事，高主任跟你有些小衝突，他擔心將案子移轉會讓你誤會是針對你，所以請我們柯主任來先溝通談一下，以示尊重。」

「原來如此。我不是那麼小器的人。」

「哈哈哈哈，我就說高主任多慮了，人家前輩不會計較那些小事的不是嗎？」柯井益如釋重負般大笑道。「來來來，前輩請喝咖啡！」

我端起杯子，啜了一口。

傍晚快下班時，我正在寫調查證據聲請書；林秋翠推門進來。抬眼望見她面露憂色：「怎麼了？」

「章檢的書記官問我，卷宗要放哪裡。我不知道你想放在哪裡比較方便？」

我發覺不妙，起身跟著她來到書記官辦公室的走廊，望著堆疊起來恐怕超過三層樓高的卷宗發傻，半晌後嘆了口氣：「向書記官長借那間閒置的小會議室吧，要看這個案卷的話我直接去那裡，妳和庭務員就不用搬來搬去了。」

「你幹麼答應交換啊？姊姊以前要我常提醒你注意健康，但你始終不在意。」

「交換？」

「章檢的書記官說，要我把部長酒駕案及立委之子運毒案的卷宗拿給他，說是主任檢察官的命令，而你也同意。」

暗陰涼！又搞這種的！上次……

「上次？」啜了口茶，高元吉不疾不徐說：「身為主任檢察官的我，沒有權利監督你的辦案情形嗎？」

「我辦案怎麼了？藏鏡人都快被揪出來了，你卻下令叫我交出案子？」我大聲抗議道，引來幾位同仁從隔板後探出頭來觀望。

「喂喂喂，我上面還有襄閱、還有檢察長，我只是轉達襄閱的命令，至於襄閱是不是承檢察長的意思，我不知道喔，你不要搞錯對象了！」

「襄閱沒有說為什麼嗎？」

「一定要問為什麼嗎？他們的理由你信嗎？」高元吉有點動怒道：「如果你現在還不知道為什麼，表示你的調查還不夠深入，連真相都沒掌握到，案子被移轉了又有什麼好氣的？」

「我們都準備要收網了卻──」

「我雖然是主任，但不會害你的啦。」他透過厚厚的眼鏡瞇著眼瞅我：「我們同一組的，你出事我也會受累，對吧？」

睇見鬢間白髮，想到之前他和我也曾並肩辦過幾件大案，我稍微冷靜下來：「那不說上次了。這次為什麼同意把部長酒駕案及立委之子運毒案轉走？」

「柯井益說是上頭的意思，我能怎麼辦？」

「你也是主任，為什麼要聽他的？」

「他是偵查組的主任檢察官，我是公訴組的主任檢察官，你還沒弄清楚嗎？」高元吉瞪我一眼，拿起杯子又要啜冒著蒸氣的茶水：「你忘了自己也是出了事才被調來公訴組的嗎？」

「那你告訴我，是襄閱還是大頭的意思？」

「你想幹麼？」

「我簽分案辦他！」

茶水因手猛一顫抖從杯緣灑了出來，他嚇到起身，抽面紙擦拭袖子與桌面：「你別亂來！我警告你！」

「檢察一體，你既是我的主任，不該跟我站在同一陣線嗎？」

「第一天出來當檢察官嗎？你現在是在演正義超人嗎？」他拍桌大罵：「給我滾！敢亂來就後果自負！」

怒氣沖沖甩門回到自己的辦公室，我心裡已有盤算。進入座位，我立即拿起手機，找出調查局市調站曾燁的電話。

電話響起時，我正懸著一顆心，凝視著窗上的雨滴。

同樣的電話聲，同樣下著雨的冬天，在幾年前的那個深夜。

我輪值夜班，正研讀明天偵查庭要處理的案子；寂靜空盪的辦公室裡，電話鈴聲響起時顯得格外刺耳。

「楊檢，這裡是法警室。刑事組來電要找值班檢察官。」

「幫我轉過來，謝謝。」

短暫音樂聲後，換了個聲音：「報告檢座，我是刑事組的偵查佐邱品智。管區裡發生兇殺案，需要司法相驗。」

「地點給我。」

手中的筆跟著他說的地點快速在便條紙上舞動著，最後一個字快要寫完時，話筒那端傳來心驚的話：「一共有五具屍體喔。」

「這麼多？怎麼回事？」

「初步研判是幫派街頭火拼，流彈還掃射到路人。」

我隨即搭地檢署的勘驗車，在警笛瘋狂鳴叫聲中趕到現場。

在法醫協助下確認四名男性死者，身上要害部位都有彈孔。

最後一名死者離前四名死者較遠。在刑警邱品智的帶領下，我們往距離案發KTV約一百公尺的一條小巷口步行。途中他說：「據目擊的超商店員描述，這位女性死者開車經過那家KTV附近，遇見第一位逃出來的死者不支倒地，立即停車幫他施以急救，不料裡面衝出第二、三、四名死者，不僅互相開火，還有一個男子在後追趕，結果流彈波及這位女性死者。她負傷逃離現場，還曾撥手機報警，最後倒在這裡傷重死亡。研判死者有醫護背景。」

雨勢逐漸加大，我們加快腳步。

接近時制服警員舉手敬禮，並拉起黃色封鎖線讓我們進入。

蹲下掀起白布，死者腹部一大片血漬淌流在地，法醫開始檢視屍體：「頭部完好……」因為要檢視頸部，躺在地上的死者臉部被法醫轉向我這邊……

映入視網膜的臉孔如同電擊，震驚到讓我跌坐在地上並失聲慘叫：「啊——啊～～！」

法醫及刑警都被嚇到，睜大雙眼盯著我。

「她、她是……」顫慄注入四肢百骸、狂顫的心臟與血管猶如爆烈，我抑制驚駭，咬緊牙迸出：「她是我妻子……林秋樺……」

再大的雨也澆不熄我的悲憤，眼前一黑，我失去了知覺。

本於護理師的職業本能，為了急救素不相識的路人，竟然喪命在黑幫分子的火拼流彈中，秋樺死得太冤枉了！

結髮多年，始終包容我的固執個性、體諒我的煩勞工作，習慣在睡前聽我抱怨那些為非作歹之徒是如何該死並給予溫柔回應的秋樺，就這樣枉死街頭……

我對於這些成天為禍社會、罔顧人命的幫派分子深惡痛絕恨之入骨。

告別式上的我，對著遺照暗自發誓：地獄不滿誓不為人，罪惡除盡方證正義。

這也是對於甘梓晶遭遇萬分同情的原因，對遺族的悲慟更是感同身受。我下定決心要把朱煥煒繩之以法，所以拚盡全力蒐證，認為身為殺手的朱煥煒既冷血又冷靜，開鎗殺人絕非平白無故，一定有人隱在幕後唆使他。

「隱在幕後唆使他的人是誰，找到了嗎？」

冒著酷暑從外頭進來的彭清介還沒坐定，我就迫不及待地問。

他點點頭，拿起溼紙巾擦拭額頭的汗水：「有些情資了。」

我叫服務生過來，幫他點了杯冰茶。他從褲子口袋裡掏出耳機，在手機點了一個錄音檔：「楊檢先聽一下這個。」

我將耳機塞入耳裡：

「風董怎麼都沒給我回電話？」

「他說你害他被警察仔調查，他跟你沒完沒了，怎麼可能回你電話。」

「我害他？是他害我吧。」

「他怎麼害你？」

「阿木是誰害死的？問他呀。如果不是他叫阿煒去開槍，會有今天我們都被警察仔問來問去的事嗎？」

「嘜黑白供！電話可能有錄音。」

「幹伊娘！反正他不給我好過，我也不會給他好日子。」

接著是掛上電話的聲音。錄音檔也到此為止。

我拔下耳機，壓抑心中的狂喜：「對話的男女是誰？」

第四話

彭清介趕緊吞下才剛入口的冰茶：「男的叫凌燦中，跟風天耀一樣是個營建材料業者。女的叫周雲妃，是英利公司的會計，私底下也是風天耀的姘頭。」

「風天耀經營的英利公司？」

「對。」

彭清介說，專案小組依我的指示成立後，為了調查朱煥煒的行兇動機，對於朱煥煒及陳良木周遭的關係人展開全面監聽，先鎖定幾個可疑的人，監聽一陣子後發現風天耀果然涉嫌重大。再循線追查他與陳良木之間的利害關係，查到一年多前，陳良木的大維開發公司曾向第七區河川局標得高雄茄濃溪的疏濬工程，進場施作後，竟藉疏濬之名超挖盜採河床砂石逾80萬噸，被河川駐警查獲移送法辦。

怪手及卡車司機在做筆錄時都聲稱，雖然受僱於英利貨運公司，但這個工程裡英利貨運公司是大維公司的下包廠商，他們疏整挖掘的範圍數量，都是聽命於大維公司的監工指示。

經傳喚到案，陳良木接受訊問時卻說完全不知道英利公司超挖砂石，他包政府的工程向來是依約施作，這次發生超挖的事應是監工與司機私下牟利的行為，與大維公司無關。

不過，警方多方調查追捕，監工卻疑似畏罪跑了，下落不明。

案子送到法院，風天耀及兩位司機都被判刑；然而監工未到案，無法證明是否有授意指示，陳良木罪證不足獲判無罪。

據說風天耀從此對陳良木心生不滿，認為陳良木不講道義，左手向政府收工程款，右手責任甩鍋給英利公司。奇怪的是，在檢警偵辦期間，風天耀卻沒有咬陳良木，也許是期待陳良木能用什麼方法救自己脫身，豈料最後期待落空。

或許是這個案子的影響，風天耀的英利公司從此生意大幅滑落，與陳良木也結下嫌隙。先前面對盤查，風天耀卻以雙方為同學至交、兒女親家等理由取信於警方。

會發現這些隱情，關鍵就是錄到凌燦中與周雲妃的這通手機對話。

他還拿出一個牛皮色紙袋，裝的是茳濃溪疏濬工程契約及刑事判決的影本。

聽完他的敘述，我忍不住綻出笑意：「太好了。把這個音檔傳給我。我回去馬上簽發拘票。」

「可是楊檢，」他一邊傳寄音檔一邊面露遲疑：「這錄音是我們沒聲請監聽票竊聽偷錄的，不能拿出去當做證據的啊。」

「那你們怎麼沒有事先——」我與他的眼神對上，止住了口。

在找不到主謀的情形下，要將被告或被害人身邊眾多可疑者逐一過濾，而且要能得到確信的情資，全面監聽確實有其必要。問題是監聽票必須先向刑事法官聲請，還要釋明聲請理由，等法官核發下來才予以監聽，往往事過境遷，未必能及時獲取關鍵證據。這是刑警最頭痛的事，也是長年與刑警合作的我當然知道的事實。

所以彭清介的先斬後奏，應該可以被諒解，只要我不將這個音檔列為證據就不會有事。我點點頭：「放心，能掌握到幕後真兇，你們是大功一件，這點小事我會罩著。」

凌燦中是個矮胖中年人，眼小眉短酒槽鼻，齒縫有吸菸的焦油垢。雖然身穿西裝，仍難掩貪婪猥瑣的生意人氣質。偵訊經驗中，這類型的人狡猾但膽小，對付起來有點煩卻不難。

「認識風天耀吧？」

「蛤？認識啊。」他骨碌的眼珠顯示了內心的驚怕。「我跟他只有生意上的往來，有時會請他幫忙載一些材料而已。」

「你跟他有什麼糾紛嗎？」

「沒有啊。」

「認識周雲妃嗎？」

「嗯。她在英利公司當會計，業務上往來認識的。」

「陳良木被鎗擊死亡的事，你知道吧？」

「嗯。業界都在傳，報紙也有報導。」

「是誰叫朱煥煒去開鎗殺他的？」

「蛤？我不知道啊。」

我放慢訊問的節奏，刻意用超殺眼神盯著他：「你現在是在作證，有說實話的義務，剛才已經告訴你了喔。」

他眼神閃爍：「我真的不知道。」

「本署傳訊證人，不會沒有依據的。」我指示書記官播放錄音。

當他聽到「如果不是他叫阿煒去開鎗，會有今天我們都被警察仔問來問去的事嗎」時，臉色出現變化。

「這是你跟周雲妃的對話，沒錯吧？」

「……」

「說話！我們法庭裡有錄音。」

「是。」

「從對話內容來看，你顯然知道是風天耀叫朱煥煒去開鎗的？」

「我不知道。」

「剛才簽了具文承諾要說實話、保證證詞絕無匿飾增刪，這麼快就忘了？你知道偽證最重可以被判七年有期徒刑嗎？」

「人又不是我殺的為什麼要關我七年？」

「我有說是你殺的嗎？是問你怎麼知道風天耀教唆朱煥煒去殺陳良木？」

「就……陳良木的大維公司曾向河川局標到高雄荖濃溪疏濬工程，進場施作後盜採河床砂石交給風天耀的公司載運，可是被查到後陳良木卻說跟他沒關係，害風天耀被判刑。」

強忍心中興奮，我仍然鐵著臉問：「這件事你怎麼知道的？」

「就是有一次，我們幾個廠商業者在一起聚餐，風天耀酒多喝了幾杯，自己說出來的。」

「他那時說了什麼？」

「他說木仔非常不夠意思，原本沒說出是他授意超挖砂石是想說這件事到自己為止，保住木仔以後還有工程可以一起賺，結果他進去關了幾個月出來，發現貨運部分木仔已經跟別人合作了，他覺得錢是木仔在賺、屎是自己在擔，非常生氣，就藉著酒意說要找人把木仔幹掉。」

「有說要找誰？」

「那時沒說。不過第三天就發生了鎗擊案，陳良木也真的被殺了，所以我才會認為……」

「你說你跟風天耀沒糾紛，但從錄音對話聽起來，你對他好像不滿？是不是因為不滿什麼要報復才說他酒後吐真言的事？」

「不是，因為他欠我一筆貨款一直沒還，找他好久他都不回電話，那周小姐又說什麼我害他被警察調查，我才說氣話的。」

「後來貨款他付了沒有？」

「付給我了。」

也就是說，可以排除凌燦中是挾怨陷害的可能性了。我再追問：「你說的聚餐，飯是在哪裡吃的？」

「新家園台菜餐廳。」

我立即要林秋翠用內線叫檢事官過來，同時抓起交辦單，填入待查證據及凌燦中所說的日期時間。檢事官進門後，我交代：「去這家餐廳調監視錄影紀錄。」

檢事官提醒錄影可能已逾保存期限，我說儘量查。他點頭領了單子往外走。

「關於這個案子，你還有沒有什麼要補充的？」

他微怔了幾分鐘，訕訕地問：「我能不能申請證人保護啊？」

「證人保護？」

「萬一風天耀知道我說了些不利於他的話，我擔心他報復我呀。」

「放心吧，他沒機會的，我準備聲押他。」我對林秋翠說：「把筆錄印出來，讓他簽名。」

他接過筆錄，瞄了幾眼：「咦，這裡好像寫得有點奇怪……」

「書記官是按照你說的記錄重點，你只要看一下內容是不是跟你說的一樣就可以了。」

他拿著筆的手還是停在半空中，我問：「有哪裡沒按你意思記錄的嗎？」

他看了半晌，在筆錄尾端應訊人下簽了名字。

法警帶他走出偵查庭，在走廊上叫喚下一位證人入庭。

周雲妃。眼影睫毛放大瞳都超黑，濃妝豔抹加上恐怖的香水味，貌似從哪個攝影棚拍戲拍到一半趕來出庭的。印象中妨害家庭案件的小三當事人都很喜歡打扮成這樣。

「妳是英利公司的會計？」

「之前是。三個月前已經離職。」

「那請妳具結。」法警遞上證人結文，要她唸一遍後簽名。

「風天耀是妳在英利時的老闆對吧？」

「是。」

「認識凌燦中吧？」

「他是我們一個客戶公司的負責人。」

「風天耀先前被警察多次盤問的事，妳知道吧？」

「……有聽說。」

「警察不是到妳公司去找風天耀嗎，妳應該有看到嘛，怎麼會是聽說呢？」

「呃，對，我有看到刑警來公司找老闆，但我不知道發生什麼事。」

「他不是有跟公司的人說，被調查是因為被凌燦中害的嗎？」

她不知在猶豫什麼，默不作聲。這種時候常常都是心防崩散的開始，所以我趁勝追擊：「不然妳怎麼會跟凌燦中說『老闆要跟他沒完沒了』、『老闆不回電話是因為被調查，都是被凌燦中害的』這樣的話？」

「我沒這樣說過啊。」

「再演嘛！妳跟凌燦中的對話，妳覺得我怎麼會知道這麼細呢？」

「……」

「我又不是在查妳有什麼違法，妳又已經離職了，為什麼要迴護風天耀呢？」

「……」
「妳要為了前老闆背負偽證罪的刑責，是妳的選擇。反正被關七年的不是風天耀或凌燦中，而是跟殺人案無關的妳，值得嗎？」
「是凌老闆跟你說了什麼——」
「他該說的都已經說了。現在要向妳求證，妳作證就必須說實話。」
「他有跟公司的人說，被警察調查是被凌燦中害的。」
「為什麼會這樣說？」
「因為……他一直跟我們說陳老闆被人開鎗跟他無關，但凌老闆在警察問話的時候說可能跟他有關，所以他認為是凌老闆亂講話。」
「就妳所知，風天耀到底有沒有叫人去對陳良木開鎗？」
「……」
「有什麼顧忌嗎？」
「我會怕……」
「怕什麼？」濃妝也掩不住眼神流露出的恐懼之色，我知道只缺臨門一腳，決定直擊：「妳怕朱煥煒對不對？」
她點點頭，仍然不作聲。我說：「他已經被收押，妳不用怕了。」
她仍然未作聲。林秋翠跟我交換了眼神。我頷首；她對周雲妃說：「妳是因為怕妳老闆才離職的嗎？」

眼眶泛淚，她點頭顫著音說：「他很可怕……」

我心頭一驚：這個風天耀超乎想像……

「周小姐妳不用怕，今天妳在這裡的證詞風天耀不會知道，我接下來就會傳他過來，問完會立刻聲請羈押，他沒機會對妳不利的。希望妳知無不言。」

我等了幾分鐘讓她平復心情。她瞅了我一眼，應該是覺得我值得信任，吁了口氣終於說：「他手下不是只有朱煥煒一名殺手。」

「還有誰？」

「我不知道名字，但是除了朱以外，還有兩個。」

「妳怎麼知道？」

「我以前跟他……在一起。」她丟來一個你應該知道我意思的眼神，繼續說：「他與陳良木包工程、採砂石的時候，遇到民眾檢舉或有其他業者想競標時，常常叫那兩個去恐嚇對方。」

「朱煥煒呢？」

「沒有。只有一次在多年前被河川警察查獲，他有叫朱去恐嚇。」

「但是，陳良木是風天耀命令朱去殺的？」

「是。」

風天耀。五官深邃濃眉大眼，前額微禿與臉上的皺紋顯出滄桑經歷，鷹勾鼻卻給人陰沉感，再配上細長薄唇，怎麼看都是城府深的傢伙。

雖然他矢口否認，而借提的朱煥煒又就這個部分行使緘默權，但有了凌燦中與周雲妃的證詞，加上彭清介提供的工程契約及判決書等間接證據，補足了朱煥煒開鎗的行兇動機。

「聲押的理由？」程月君推推鼻樑上的眼鏡問。

見到輪值羈押庭的法官是她，我就放心一半：「詳如聲請書所載。」

「被告，檢察官認為你所犯為最輕本刑五年以上有期徒刑之罪，且有相當理由有逃亡、湮滅、偽造、變造證據及勾串證人之虞，要求本院羈押，你有何意見？」

風天耀搖搖頭：「我沒有教唆朱煥煒。法官妳剛才說的法律用語我不懂。」

「你對於案情的答辯，是否如你在偵查庭所說的？」

「是的，我跟陳良木的死沒有關係啊。」

「那程序部分由你的律師幫你答辯，可以嗎？」

他點頭。程月君轉向律師：「辯護人有何意見？」

律師曹玉涔立即起身說：「本案經辯護人閱卷後發現，檢方根本沒有提出足以證明被告與陳良木命案有關的任何證據，唯一可能有關的是凌燦中以臆測之詞，證稱曾聽過被告酒後提及曾與死者的嫌隙，但是酒後所言常常是非理性的氣話，更可能出於非正常意識，也就是一般所謂酒後胡言亂語練肖話，這能當做被告教唆的證據？恐怕連證據能力都沒有吧！也就是被告連嫌疑都該被排除，哪來涉嫌重大可言？還有，最關鍵的行為人朱煥煒根本沒有指證開鎗是受被告教唆，且他目前還被收押禁見之中，檢方卻認為被告有勾串之嫌，一個在押一個在外，要如何勾串？其他的主張則完全未見檢方舉證，不應該隨便羈押，侵害被告人權——」

「曹律師，我稍微提示一下好了。」瞥一眼牆上時鐘已是午夜三點半了，程法官忍不住打斷辯護人的攻擊：「因為本案有個證人直接指證被告，但這位證人受證人保護法的保護，有事實足認被告有危害證人生命、身體之虞，所以我們依法限制了這部分卷證讓辯護人獲知——」

「這樣的程序對被告太不公平，等於要讓被告及辯護人矇眼挨打——」

程法官舉起手制止她：「我說過了，這位證人依法受保護，我已經看到檢察官依職權核發的證人保護書。妳也知道，日後上法庭證人有義務接受妳的詰問，程序上不會讓妳的當事人都不知道被誰指證。請妳就是否有羈押要件的程序部分陳述即可，這樣可以節省大家的時間。」

曹玉涔不愧有地表最刁鑽女律師的稱號，立即見縫插針：「好，程序上我尊重檢方的職權，但是庭上，既然證人一個已經具結問過、另一個受證人保護也就是被告根本不知道是誰，檢方所謂被告有勾串證人之虞必須羈押的情況就不存在了吧！哪還有羈押的必要性？」

「檢察官？」法官的目光轉向我問。

「庭上，本案目前尚有部分證物尚待指揮警方補行蒐證，且有部分證人尚未到庭，若不予以羈押，確實有勾串及滅證的風險，加上被告涉犯最輕本刑為五年以上有期徒刑的重罪，不予羈押也有逃亡之虞。」

律師毫不退讓：「那請檢察官說明還有哪些證人尚未到案，有什麼事證證明被告有逃亡之虞？」

「本署還會查證被告是在何時、何地唆使朱煥煒行兇，這其中包括追查凶鎗是否被告所提供，相關人等都會一一訊問。另外涉犯殺人重罪的人得知檢警展開調查，畏罪潛逃的案例比比皆是，輿論也常批評法院及檢方對於遭判重罪者逃亡躲避法律制裁沒有採取預防措施，只要庭上從卷證形式上研判被告涉犯重罪，就可推認被告有逃亡之虞。辯護人所說，無異要求檢方在偵查尚未終結前就提出與法院實體判決時應有的證據，那檢方直接起訴就好了，羈押制度根本沒有存在的必要。」

「我當然知道羈押庭是從形式上來判斷檢方的卷證是否有羈押的要件，但我質疑的是，現在連形式的證據都欠缺呀，我的當事人接到傳喚就到案，有公司要經營、有固定住所，堅持自己沒有涉案，當然要為自己的清白出庭辯駁，哪有逃亡的動機？再說，凶鎗的來源應該要去向朱煥煒查證，怎麼會在朱煥煒沒有指證的情形下，跳過兇嫌來查一個被無辜牽連的被告呢？太荒謬了。」

「有無符合羈押要件的卷證，就由法院來認定吧。」我淡淡地回應道。

定罪魔手與最刁鑽女律師的對決，在法官當庭宣示收押禁見時，一槌定音。

風天耀怔怔地望著手腕被法警戴上手銬，不知如何反應；曹玉涔靠在他身邊低聲說：「這太扯了……風董請先委屈一下，我會馬上幫你提出抗告。」

天色稍亮，我連早餐都沒吃，就直接奔赴市刑大。

秋樺，我不容許再有人像妳一樣，死得如此無辜。

胡少卿見到我像見到鬼般張大了嘴，口中嚼碎的漢堡蛋還不小心掉了出來。

「檢座……」他不可置信地瞄了一眼手錶，趕忙衝進後面值班寢室。

「楊檢，這麼早？」被喚出來的彭清介見了我，掛著口角還沒擦的牙膏沫小心翼翼地問：「……有什麼指示嗎？」

我告訴他們風天耀被聲押成功。彭清介聽了露出興奮神情，趕緊打電話叫來三個專案小組成員，還要其他同仁幫我買份早餐。

進到會議室後，我交代後續追查的方向，特別是凶鎗來源。

這時有個成員發言：「報告檢座，我們借提了幾次，姓朱的嘴像黏了強力膠，一副打死不說的樣子，很硬吶！」

「被告有緘默權，我們又不能刑求，當然要想別的辦法呀。」我望向彭清介：「突破心防的方法不會只有一種。」

彭清介與我的眼神對上，大概知道我在講什麼，微微頷首：「報告檢座，這個交給我們，在羈押期滿之前我來想辦法。」

「最好連風天耀在什麼地點、什麼情形下如何教唆他殺人，都能查清楚。」曹玉涔質疑的證據問題，在羈押庭時不是問題，但起訴後一定會是問題。

他們討論了一會兒，彭清介開始分配任務工作。

望著他們熱血認真的樣子，原本緊繃的心不知不覺放鬆了些，我拍拍彭清介的肩頭：「辛苦副隊，也辛苦你們了，大家加油。」

「這是我們應該做的。一夜沒睡開完庭就跑來我們這兒，楊檢您才辛苦哪。」

他們聽了一陣驚嘆，紛紛表態說一定盡力將交查事項查清楚。胡少卿還說出「看到檢座這樣熱血，我們如果鬆懈就太對不起檢座了」這樣的話。

我糾正他：「是我們要對得起自己的工作、對得起被害人的信任。」

他們紛紛稱是，並對我露出敬佩之色。

這時的我，對於將朱煥煒及其幕後黑手繩之以法的信心，已經升到頂點。

我忘了的是，正義的實現不是靠熱血與信念就能達成，若要藉由司法列車前往目的地，必須小心意外出軌的情形。

畢竟，駕駛列車的是人，不是上帝。

是人，就有翻車的危險。因為私心。

第五話

「私心？」我不滿地問。

彭清介停下抱怨，目光轉向我：「楊檢不知道吧，警察很努力想要做到民眾期待的正義凜然，但畢竟也是公務員啊。」

陳良木命案給我的壓力超大，後續不知開了多少次會議。專案小組很爭氣，不待羈押期滿，就蒐集到起訴需要的資料，連凶鎗來源都有進度了。最重要的是，嘴上掛著三重鐵鎖的朱煥煒，居然承認了是受風天耀的唆使行兇，這份關鍵供詞，讓制裁風天耀的前途一路綠燈全開。

複訊時的情景，迄今我都還記得。

「朱煥煒，你的律師怎麼沒有來？」壓抑心中興奮，於複訊時我冷冷問道。

「我不知道，刑警說有通知但逾時沒到場。」

警詢筆錄上記載通知律師時間與實際訊問時間，確實相隔了四小時，並經被告同意可在律師未到場情形下受訊。我翻了一下警卷遞給秋翠：「打電話給律師說要開庭了。」

秋翠拿起電話，按委任狀上事務所電話的號碼撥過去：「這裡是地檢署，侯律師在嗎？……朱煥煒的案子現在要開偵查庭，請轉告她來出庭……這樣……」

放下話筒，她說：「助理說侯律師一大早去法院出庭，說好退庭後會去市刑大陪訊，但警察通知時她的手機不通，可能是開庭拖到時間了。」

「現在已經是下午三點了！」我猜不出來哪個法官如此勤勞，可以開這麼久的庭。秋翠聽了我的質疑，蹙著眉說：「助理說律師的手機一直處於關機狀態，聯絡不上，只能在手機語音留言提醒。」

好消息。壞事的傢伙被什麼事絆住了。連老天都助我哪。

「朱煥煒，我們通知了律師，她可能衝庭沒辦法趕過來。為了保障你的程序利益，我不會多問你什麼，這樣你可以單獨應訊嗎？」

「好吧。」他無所謂地聳聳肩。

「今天在市刑大借提訊問時，你所說的是否實在？」

朱煥煒面無表情：「是。」

「都是出於你自由意志陳述的吧？」

「……什麼意思？」

「就是筆錄都是按你的意思寫的，警方沒有刑求脅迫你承認什麼吧？」

「是。」

據警詢筆錄記載，風天耀唆使他行兇的動機正如彭清介原先推測，是那件盜採砂石案結下的樑子。我不得不佩服彭清介的刑偵能力。

「你的鎗是哪來的？」
「跟阿忠買的。」
「這個綽號阿忠的人叫什麼名字？」
他睨了一眼，彷彿我是個不解社會事的菜鳥：「賣鎗的人會告訴我真名嗎？」
我不生氣。文明國家的美國槍枝買賣泛濫，我國法律卻嚴格管制槍械，黑鎗一定是走私進來的，提供者為了躲避刑責隱姓化名很常見，也不期待這部分他能交代清楚。反正彭清介已循線在追查阿忠，這個案子重點是殺人，到時候分案另辦提供者就行了。
秋翠忽然碰我手肘，並用原子筆指了指警詢筆錄的某個地方。
阿誠？怎麼回事……我再追問：「你說是跟阿忠買的還是跟阿誠買的？」
「阿忠。」
「可是你跟警方說是阿誠？」
「我是說阿忠。」
是警詢筆錄打錯字吧……費盡心力建立起來的起訴事實，可不能臨門再讓他翻供或改變陳詞，否則留下瑕疵，造成難以定罪就前功盡棄，律師們也最喜歡藉此大作文章。
「多少錢向阿忠買的？」
「三十萬元。」
唔，連價金都明確了，這樣的供述就更添可信度。

思忖這個案子的方方面面，覺得應該事成了：「把筆錄印出來讓他簽名。」
看著游標被秋翠移動到列印鍵上，我不經意地問：「為什麼改口承認了呢？」
「不是很多人都希望我承認嗎？」
扯扯嘴角，桀驁的笑意微顯在他頰上，眼神卻無笑意。
若非窮兇惡極的傢伙我看得太多，應該會不寒而慄吧。
不想去理解他的意思，我只知道對無辜的甘梓晶已有交代，還有辦公桌上堆積如山的案卷，所以命令法警將他上銬還押看守所。
下了庭我立馬寫起訴書，並請秋翠儘快送主任檢察官審閱。
當然，這個重案能破，非得歸功於彭清介帶領的專案小組，所以次日我邀請小組成員吃飯慶功。菜過五味，酒喝三巡，大家心防也開了，不自覺開啟吐槽抱怨模式。
吐槽上級，抱怨工作。吃公家飯的都會有的紓壓方式。
在場只有自己的工作場域不同，對他們的喧嚷笑鬧斷續聽著，後來話題不知怎地聊到官場鬥爭，我的耳朵才拉長了些。
說是中部某個警局內鬥，一派為了鬥倒另一派，故意將對方偵辦中的案件洩露給媒體報導。結果主謀聞風逃了，案子破得零零落落，還遭被害人檢舉包庇縱放，搞得灰頭土臉。他們七嘴八舌都知道是誰，只有我狀況外，所以我問：「大家不都是警務人員，為什麼這樣搞呢？」
雙頰醉紅的胡少卿聽了笑出聲來：「當然是為了搶績效嘛。」

他說這話時完全不見平時對我的畢恭畢敬，想來是肺腑之感。

「就是為了私心，卻置被害人的遭遇不顧。」彭清介滿是無奈地說，同時提醒我警界沒有一般民眾想像得正義凜然，畢竟他們也是公務員。

彭清介應該是認真又有正義感的警察吧，望著他無力感爆棚的表情，雖然語帶調笑，我卻能理解箇中艱辛：「老彭，上次你說隊上那個姓邱的小隊長是怎麼回事？」

他拿起酒杯，碰了一下我的杯子：「邱品智啊？」

「我記得之前接觸過他和那個力義，印象中都是不錯的刑警啊。」

「刑警都是好刑警，辦案很衝也是好事，可是有了競爭比較，就會有私心嘛。年輕人力爭上游，我們也不能說人家錯是不是。」

聽得出話中有話，我問：「若論升職，你是副隊，他又比你資淺，怎麼樣也是先升你吧？」

「警界升遷先看績效，再看後台。老警察升不上去的好幾卡車啊。」

我想到檢察體系的升遷也是狗屁倒灶一堆，舉杯與他碰杯。

這次他一飲而盡：「邱品智帶著力義幾個年輕的，敢衝敢拚，連爭取績效也是這樣，跟我們這些老骨頭不一樣。」

「連辦案也考慮是否對績效有利？」

「一件難辦的案子花的時間，別人簡單案子可以辦三件，誰的績效好？」

也許這就是那次開會時邱品智與力義反應的背景。

看來日後辦案慎選作戰伙伴，也是非常重要的事。

非常重要的事包括嚴懲兇徒、替被害人討回公道，這是檢察官的義不容辭。

每次遇到被害人家屬時，心中都如此提醒自己。

清明的雨綿密纏細，在黑壓壓的烏雲之下恣意潑灑，時落時停。

當時正蹲在秋樺的墓碑前，在碑前放下白百合花束，流淌思念。

我告訴她自己最近辦了些什麼案子，低語道：「……那個被害人跟妳的遭遇很像，但我很努力辦了凶手、揪出主謀，將他們繩之以法了……記得妳最有正義感，以前新聞報導我辦的重大刑案，回到家裡妳總會直接給我一個大大的擁抱，說我最棒了……秋樺……」

遺照裡的她甜美笑容，我當作是回應……

這時有個身影在餘光範圍內出現：「想不到您的夫人也已經……」

我抬起頭，發現是個撐傘的男子。

記得他叫尹約翰。我起身對他點了點頭。

他指指距離秋樺不遠的一個新墓：「我來看梓晶。」

我快步過去，在甘梓晶墓前鞠躬，閉眼默哀，心裡說了些祈願安息之類的話。

睜眼，見身後的他神情肅穆地看著我：「……謝謝。」

我說秋樺與甘梓晶同為醫護人員，並告訴他甘梓晶的案子已偵查終結，這幾天他應該就會接到起訴書。他靜靜聽著，突然緊握我手全身顫抖起來：「這是她走後，我最想聽到的話！謝謝、謝謝……」

說著說著就要跪下去了。我連忙拉住要他別激動。待他心情平復些，我提醒他記得要提出附帶民事訴訟要求賠償，另外也可去諮詢被害補償金如何申請。

他淚流滿面卻又欣慰感激的樣子，成為我日後偵辦兇案時都會想起的印記。家屬最孤單無助的時候，就是陷入痛失親人的風暴中、不知何時才能收到風雨停歇的訊息。

收到訊息，我警覺地起身快步走出辦公室。

——能過來一下嗎？

來到書記官辦公室的走廊，正要出來的男書記官見到我：「找秋翠嗎？」我點頭微笑。他返身探頭喚了聲。須臾秋翠出來，神色有異地帶我到角落。

「風天耀、朱煥煒的起訴書被主任退回了！」

「什麼！」

「說什麼我們搞錯了，真兇另有其人！」

「搞什麼！」

「姊夫等一下！」我轉身就要往主任檢察官辦公室衝，她一把將我拉到樓梯間：「別衝動啊。這件事是我聽幾個檢事官私下議論，說另案是分給柯井益偵辦的。」

「意思是一案兩辦？怎麼可能有這種事！」

「不。是我們辦到一半時，後案移送進署才分案辦的，現在被發現是同一案。」

「誰幹的？太荒謬了。」

「聽說是警方移送的。」

「什麼？」

「在事情沒搞清楚前，你一定要冷靜，千萬別跟主任吵起來。」

「我行得正，怕什麼。」

「不是說誰正誰不正，是我覺得這事很怪。會不會是警方那邊有人搞鬼？」

聽她這麼一說，我逐漸冷靜下來。「柯井益偵辦的被告叫什麼名字？」

「吳國樂。」她滑手機找出一張照片。那是一個卷宗封面，想來是偷拍的。

謝過她之後，我直接去找柯井益。

我客氣地問他吳國樂的案子怎麼回事，他一臉茫然。

經詳細說明可能是同一案件，並質疑既然我先偵辦，後案不是應該給我這股併辦嗎？他睜大雙眼：「我完全不知道你在辦的案子中，被害人也是叫陳良木的啊！」

看他的樣子不像是裝出來的。我冷靜一想，署裡的電腦系統比對是否同一案件，是以被告的個資建檔，而非以被害人個資為準。

「那問題就是出在警方了，為何會有兩組人在辦陳良木的鎗擊案而且還辦出了不一樣的結果？」

「案子不是電腦分的，是檢察長交辦。」柯井益說。

「檢察長？」

「他跟我說別的案子先緩一緩，這個案子要優先偵辦，所以我一整個星期都在辦這個案子，昨天偵結了。」

「一個星期就結案？怎麼可能……」

聽我這樣問，他怔了怔：「……我盡全力辦的。」

「不是質疑你的能力，但是這種案件不是想在幾天內偵結就能結案的，除非矇著眼睛亂辦一通。」

「我很認真辦的！怎麼可能亂辦一通，人命關天耶……」

「我說我不是質疑你的能力，也沒說是你胡亂結案，只是……所以你的調查結果，陳良木是那個吳國樂殺的？」

「是啊。」

「他為什麼殺陳良木？」

「他和陳良木是同業，為了搶台南學甲的魚塭地開發為光電場，好幾次吳國樂跟地主簽約了，陳良木都有辦法讓地主解約，改跟自己簽約，即使幫地主付高額違約金也在所不惜。雙方因此結下樑子，吳國樂氣不過，就去開鎗殺了陳良木。」

「鎗呢？」

「克拉克全自動。扣案了。上面還有吳國樂的指紋。」

「彈道比對？」

「相符。」

「他承認了嗎？」

「承認了啊。」

「有證人指證嗎？」

「有啊，怎麼了嗎……」他眼神出現警戒。

「怎麼可能……」我心思混亂，沒餘力應付他，只是低聲自語，隨即覺得應該搞清楚哪裡出了問題：「吳國樂的案卷能借我看一下嗎？」

他的語氣變得冰冷：「你在懷疑什麼嗎？」

「不是，同一死者，出現兩個凶手、兩把同款的凶鎗，警方還移送了兩次，這還不值得懷疑嗎？」

「查清楚是誰下手行兇，不就好了？」

「問題是——」

「問題是你不願承認自己搞錯凶手了。」

「不，如果是我搞錯了，我得撤回羈押馬上放人呀。」

「那你就放人呀。」

「我得先弄清楚是不是真的搞錯了——」

「你那案的被告認罪嗎？」

「是沒有，可是——」

「卷宗連同起訴書都在檢察長審閱中，不在我手上。你自己去跟他借。」他不想再理我，轉身就走，還丟下一句：「我知道你的成績很好，但為了升遷，不必這樣對待同事吧。」

我懶得解釋，直接就奔往檢察長辦公室。

檢察長見我進來，立即從辦公桌後起身走來握我的手：「楊檢辛苦了，坐坐坐。」，並將我拉入沙發區。

望著他的笑容，還親自端了熱咖啡放在眼前，再大火氣都熄了。我趕緊接過杯子：「謝謝。」

他開始說了些什麼選舉期間，競選糾紛案件數爆增，同仁們都很辛苦之類的客套話。基於尊重長官，我只得忍下焦躁，提醒自己要有耐心。等待了好幾分鐘，他忽然察覺我始終默不作聲：「喔，你來找我，是有什麼事嗎？」

我趕緊將陳良木兇殺案竟分兩案偵辦、違反偵查程序的事說了一遍。他露出疑惑神情：「若兩股的檢察官做出不同的事實認定，怎麼跟被害人家屬交代？」

那你還叫柯井益一案兩辦？我忍著沒說，只輕聲回應：「是啊。」

「那是怎麼回事，為什麼搞出這種情況呢？」他蹙起眉頭。

我傻了，怔了幾秒：「有人說，被告吳國樂的案子是您交辦，還指示柯井益要優先偵辦……」

他睜大了雙眼：「我交辦的？是誰說的？」

這……怎麼回事？我忽然覺得柯井益的話恐怕不能全信，為化解尷尬，只得低聲回道：「柯井益說的……不知他是不是哪裡弄錯了？」

他靜靜地盯著我，須臾牽牽嘴角：「所以你認為是不是有人介入個案，妨害偵查獨立，而且懷疑那個介入的人就是我？」

「……不敢，我只是求證一下。」

他起身，到辦公桌前按了內線：「柯檢在辦公室嗎……請他來我這裡一下。」

幾分鐘後，走廊上傳來腳步聲及敲門聲。檢察長回了聲：「進來。」

柯井益探身進來：「您找我？」

「沙發那邊坐。」

轉身看到我，柯井益臉色微變，應該是覺悟到自己被叫來的原因。

「你手上有個殺人案，被告叫吳國樂？」檢察長不動聲色地問他。

「是的。」

「是按規定的收分案流程輪分給你辦的嗎？」

「呃，不是。是主任檢察官交辦的。」

咦！變成主任檢察官交辦……我睜大了眼睛瞪著他，他目不轉睛注視著檢察長，當我是空氣。

「哪位主任檢察官？」

「高元吉高主任呀。」

你錯怪我了吧。檢察長似乎是以這樣的寓意瞥了我一眼，再度起身回到辦公桌前持起話筒：

「喂，高主任嗎？請你過來一下。」

在無聲等待的這幾分鐘裡，對於可能誤會長官感到困窘，但隨即想到若如柯井益所言，身為地檢署最高首長的檢察長查清楚是怎麼回事，應該也是職責啊。

誰會對別人已經在辦的案子還花心思偵辦？若非吃飽太閒，就是別有目的。所以實在不能排除有人在幕後搞鬼的可能。

高元吉敲門進來，一樣也被請到沙發區坐。

檢察長開門見山：「吳國樂殺人案，是你交辦給柯井益偵辦的？」

高元吉微愣，眼神從檢察長身上轉向柯井益問：「……怎麼了嗎？」

「楊檢對於吳國樂案有些意見唷。」微牽嘴角，檢察長將球踢回給我。

我迎向高元吉的目光：「那個案子我已經先展開偵辦了，您不知道嗎？」

「原來也沒發現，後來林秋翠把你寫的起訴書送來審閱，我才知道的。」

「這樣變成一案兩辦啊！」

他的回答讓我差點沒昏倒：「是啊，所以你那案的起訴書被退回了，不是嗎？」

「這樣太荒謬了，那兩個人才是真兇啊——」

「喂，吳國樂才是真兇吧。」柯井益不滿道：「你意思是我辦錯對象冤枉被告了嗎？吳國樂可是自白認罪的唷！」

「認罪就表示他是真兇？黑道叫小弟頂罪的一大堆吧。」我急了，大聲道。

「你怎麼知道吳國樂是小弟？你調查過他嗎？你那案那個朱煥煒聽說才是什麼幫的屬下不是嗎？」

柯井益也提高聲調：「我敬重你是前輩，想不到你居然為了重大案件的成績來長官這裡告狀嗎？」

「胡說什麼你！」我氣到站起來斥責：「我看你辦吳國樂才是別有目的吧！」

他也猛然起身，指著我的鼻子：「吳國樂是你什麼人，你要這樣幫他說話？」

「你敢再亂說一句試試看！」

「我就不能懷疑你在包庇什麼人嗎？」

「好了好了，兩位冷靜一下。」檢察長笑瞇瞇地出聲制止。「高主任，把兩個案子重新研究一遍，再決定哪個案子該被起訴吧。」

我們同時看向高元吉。高元吉瞥了我們一眼，僵著臉說：「是。」

「你們兩個不要動怒，都是為了打擊犯罪而努力，正義感要用在為被害人主持公道而不是同室操戈，對吧？回去工作吧，等高主任再研究看看吧。」

這種情況，眼下也只能依檢察長的指示暫候結果了。但是，原先高元吉真的因為吳國樂自白認罪，就認為我的偵辦結果錯誤嗎……步出檢察長辦公室，望著高元吉愈走愈快的背影，愈來愈重的是疑惑。

第六話

疑惑隨著日子往前推移，逐漸變成焦慮。

風天耀與朱煥煒的延押期限逐漸逼近，高元吉卻遲未決定該起訴哪個案子。

每回遇到高元吉，還沒開口，他不管我要說什麼就皺著眉揮揮手快步離開。

沒有參與過程的上級卻能決定偵查結論，這種號稱檢察獨立的制度，沒有最荒謬，只有更荒謬。

我和高元吉是司訓所同期生，也曾共同辦過社會矚目的重大刑案。先前我們同列升遷名單，但我無心監督別人，只想辦好手上案子，所以被徵詢時向長官推辭並推薦他，競爭變少的情形下，他順利升為偵查組主任檢察官之一。

但升任後，不知是因形式上已屬我的上司，還是擔任主管壓力變大的關係，我們變得很少互動，最多只剩公務上的對話。

我的偵查結果不完備或有錯誤、柯井益的調查結果才該起訴偵結，細思起來以高元吉的能力不會如此判斷才對……除非有什麼我不知道的原因。

這天蔡欽洋突然問我：「學長，你是不是有什麼心事？」

當時還是實習檢察官的蔡欽洋，被分派跟著我學習偵搜技巧，平時學習態度還算認真，對我也很恭敬。「沒呀。怎麼這樣問？」

「因為學長好像弄錯了。」他將一份公文放在我眼前，指著上頭某個部分說。

定睛一瞧，自己居然誤將詐欺案的起訴事實複製貼進公文裡都沒發現！

「唉呀！」我趕緊找出電腦中的公文原稿。「幸好你細心，不然就麻煩了。」

等我修改告一段落，他才出聲道：「學長是煩惱那件被退回起訴的鎗擊案？」按下列印鍵，我起身到列表機旁：「你也知道這事啊。」

「其實學長，你真的認為是高檢交辦給柯檢的嗎？」

「什麼意思？」

他壓低了聲：「幾個月前我跟過高檢相處下來，我覺得他不是那種人……」

「哪種人？」

「明知道被告的自白不能當做認定被告犯罪的唯一證據，卻還同意柯檢的起訴書；反過來說，就算學長你起訴的被告沒有認罪，高檢認為還有不足，指示你再補充調查不就好了，也不應該直接退回起訴吧？怎麼想都覺得很怪。」

「還用你說。」

「我覺得怪的地方是，柯檢起訴速度太快，好像……」

「想說什麼？」

「好像知道你要起訴，所以在還來不及調查其他補強證據前，就趕緊跟著起訴；好像要搶在你的起訴之前一般……」

「你別亂猜。」

「我不是猜的，我是聽柯檢的書記官說的。」

這下子我耳朵豎了起來：「還聽到了什麼？」

「最早收到案子的不是高檢，是襄閱吳檢。吳檢將案子交給高檢，要高檢指定交辦。」

吳秉鈞？只出張嘴不辦案、號稱地檢署公關大使的傢伙。

甲級地檢署設有襄閱檢察官制。襄閱常是俗稱的發言人，對內代表檢察長領導眾檢察官辦案，對外身負美化機關形象的工作。吳秉鈞辦案品質備受同事們的質疑，不過高大英挺、口條清晰，單從外表而論確是襄閱主任檢察官的好人選……他會摻和到分案爭議，倒是令人意外。

若蔡欽洋聽到的傳聞屬實，那麼柯井益最初為何說吳國樂案是檢察長分給他的？是認為吳秉鈞受檢察長指示嗎……不，檢察長平常很少管事，署裡大小事是襄閱作主，這是大家都知道的事。

所以真的是吳秉鈞？我沉默片刻，小心地問：「吳檢叫高檢分給柯檢的？」

「……聽說是。」蔡欽洋的聲音壓得更低。

吳秉鈞為什麼要指示高元吉交辦，他直接指定柯井益承辦不就好了？

我將公文遞給蔡欽洋。手機這時響起，我快步走出辦公室。

「楊檢，朱煥煒那支鎗的來源有眉目了。」彭清介在手機那端說。

「喔？知道提供者嗎？」

「有嫌犯了。」

「快逮人呀！」

「……楊檢，」彭清介忽然猶豫起來：「上次說若遇到政治問題您會扛住的話，還算數嗎？」

「懷疑什麼？我向來說話算話。」我忽然想到所謂政治問題不外乎手握權力的政治人物涉案，或政治勢力介入案件，這對於受上級及民代監督的警方而言無異綁手綁腳還動輒得咎，於是語氣和緩地說：「我知道你的難處。我另找調查局接辦。」

「那我會將專案小組蒐集到的相關證據交給您，您看了就知道。」說完他就要掛斷通話。我趕緊說：「等一下！我有事要問你。」

為何同一命案警局會調查移送兩次，而且移送開鎗的行為人前後不同？我說了陳良木命案的狀況，並問他到底怎麼回事。他用驚訝的語氣回道：「有這種事？我去查一下，再跟楊檢回報。」

「你也不知道嗎？」

「我們跟楊檢一樣，手上都有很多案件要處理，沒辦法管到別人經手的案件，除非上頭要求配合共同調查才會知道的呀。」

「那你儘快瞭解一下，告訴我是怎麼回事。」

「那個，楊檢……真的要扛住啊，拜託您了。」手機那端再次出現猶豫語氣，語畢就掛斷通話。

有種不妙的預感。

高元吉在男廁門口被堵，我大聲說：「老高！別再躲了，朱煥煒的羈押要到期了，再不讓我起訴就要放人了啦！」

廁所和走廊上的人都投來好奇的眼光。高元吉面色微變，想趁隙溜掉。我擋在他面前：「到底要不要起訴，你給個答案嘛！」

他氣急敗壞：「你一定要這樣玩嗎？」

「我不想玩，只想趕快起訴犯罪的人！」

「我告訴你，案卷我上星期就送上去給襄閱了，你不要來煩我。」

「怎麼到現在還沒——」

「所以不是我在拖，你不要怪錯人。」

我飛奔到襄閱的辦公室，直接質問：「襄閱，朱煥煒的案卷在你這裡？」

怔怔地望著一陣風般的我，吳秉鈞慢條斯理問：「是啊，幹麼？」

「我要送起訴，延押的期限快到了呀。」

他移動滑鼠，在左鍵上點了兩下：「嗯？這個案子決定退回承辦股，哪需要起訴——」

「那你案卷還我，這案子就是我這股承辦的。」

他在櫃子裡翻出卷宗：「請你的書記官來拿不就好了——」

我不待他說完：「吳國樂殺人案已經起訴了嗎？」

他瞄了一眼壁上的鐘：「起訴書剛剛請書記官送去收發室了。」

我搶過卷宗：「昏庸！」沒等他反應，轉身就奔回自己的辦公室，按下內線叫秋翠過來，同時在電腦上修改起訴日期並列印朱煥煒與風天耀的起訴書。

「不論妳用什麼辦法，立即送去用大印，然後直接送去法院收發室立案！」

秋翠的手微微顫抖，接過案卷及起訴書沒說一句話轉身就往外走。

剩下問題是如何收尾。我讓自己平靜下來，忖度幾分鐘後，點開手機通訊錄。

撥通後先是寒喧幾句，開玩笑問他是不是釋迦吃太多，否則怎麼像佛祖一樣清修無為，去台東這麼久都不跟老戰友聯絡。那端傳來李正剛爽朗大笑，也調侃我台北的髒空氣吸太多，準是遇到什麼髒事才會想起他。

我順勢轉入正題，告訴他我剛剛豁出去一拚的決定。

他不發一語聽完，長嘆口氣：「唉……老楊，何必呀。」

「今天我們不挑戰體制，體制就會天天挑戰我們的良知。」

手機那端靜默許久，才緩緩問：「那麼，希望我怎麼幫你，聲援？還是——」

我深感欣慰，腦海裡浮現他堅毅的下顎線條和不怒而威的雙眉：「謝謝，還不到那個程度。只想問你是否認識什麼媒體？勇於揭弊的那種。」

「我上次也向好幾家媒體揭露，若有效，現在也不會每天看著太平洋。」他提醒道：「你不知道法務高層與媒體的關係很好嗎，而且襄閱小吳長袖善舞，司法記者哪個沒跟他吃飯喝酒過？說不定年節生日、紅白家事，都收得到他的禮數啊。呵呵。」

「沒關係，我要再試試。」

「這樣啊……那我待會兒把記者的聯絡方式發給你。記住，記者願意寫，主編不一定同意登。還有，訴諸媒體有時像在玩火。」接著長嘆一聲，他語重心長地開玩笑道：「希望下次你不是邊喝金門高粱邊跟我通話。」

「謝了，前輩。」

幾分鐘後，我收到李正剛傳來的簡訊，是幾家報紙及雜誌記者的聯絡電話。

我在逐一過濾時，樓下法警室有人按內線電話：「楊檢，調查員移送嫌犯到了。」

「我馬上下去。」

穿上從衣架取下紫色領邊與袖邊的法袍。這是覺得自己最像檢察官的時候。

推開第四偵查庭的門，郭依莉已被帶上來了，後方辯護人席上坐著三位律師。

我翻開案卷：「郭依莉女士，出生年月日及身分證編號？」

瞄了後方的律師一眼，坐中間的女律師微微點頭，她才說了個人資料。

「因為貪污治罪條例案件，經本署指揮調查站傳喚妳到案。妳可以保持沉默無需違背自己的意思陳述，也可以聲請調查利於己的證據……」我一邊唸著被告的權利，一邊觀察她的反應。

她臉上掛著蠻不在乎。這種表情我好像在哪見過。

快速掃瞄過調查站的訊問筆錄後，我問：「今天在調查站的陳述是否出於自由意志？」

「是。」

筆錄裡大部分問題她都拒絕回答，只有少數作答。「妳好像不太配合調查？」

「我只是行使法律賦與的權利而已。你剛才不是告訴我可以保持沉默嗎？」

「緘默當然是妳的權利，但是有可能讓妳陷於被懷疑將與共犯串供的不利局面，這會涉及本署考慮是否聲請收押。不信可以請教妳的律師。」

她沒回頭詢問律師，一臉處之泰然，不知是過分自信還是故作鎮定：「我相信你的話，但我更相信司法。司法一定會還我清白。」

哪裡學來的官腔官調，要這麼白目就對了？彭清介的小組找到不少證據，看妳能怎麼閃躲。我決定單刀直入：「認識陳良木吧？」

「知道。」

我直接找出通聯紀錄：「那天妳打電話給他，講些什麼事？」

「不記得了。」

「不是在幫人講土地的事嗎？」

「什麼土地？」

「台南將軍區仁學段、面積二甲五分、地號三〇一號的漁塭地，妳幫人打電話過去給陳良木，詢問他是否同意出售？」

「檢座，被告郭女士的住所是在台南市，」女律師舉手插嘴道：「如果本案所涉土地在台南，那貴署對於本案的管轄是不是有問題？」

我瞄了一眼報到單，女律師叫曹玉涔：「曹律師，調查結果若本署無管轄權，會報請移轉的，妳不必擔心。」

「只是提醒一下。」

不是提醒，妳是希望移轉後就沒有像我這樣的檢察官窮追猛打這個案子。

「被告？」

「沒有這回事。」

「妳通話時約陳良木在妳民強路的芭芭菈會館詳談，一小時後他應邀前來。妳帶他到包廂裡跟買方密談了半小時，雙方談判破裂不歡而散，對吧？」

「我不記得有這回事。而且陳董跟別人談生意，買賣不成心意在，怎麼會不歡而散。」

「因為那塊地太值錢了，好多人想要搶嘛，買方向陳良木出價，陳良木獅子大開口，還口出惡言激怒了對方，因此結下仇怨，這就是我說的不歡而散。」

「魚塭地能值什麼錢哪。」口氣不屑，是為掩飾事實被揭開的心虛嗎？

「魚塭地本身當然不值錢，但是土地入手，可以先向銀行申請鉅額貸款，再在地上蓋滿太陽能板，變成種電大戶，依政府現在的綠電政策，每度電可以從電力公司獲得比民生用電高一倍的電價，保障購電的契約還長達20年。哇！這不是值不值錢的問題，根本是暴利吧？」

「我沒投資光電，我不知道。」

「我沒問妳有無投資，我是問那個買方是誰？」

「我沒有約陳董出來談買賣的事。」
「就知道妳會這樣說。」我翻出一張從監視器錄影檔擷取的畫面照片，請法警遞給她看：「這輛紅色的休旅車是妳的，妳從車上下來，旁邊就是芭芭菈會館對吧？」
郭依莉的臉開始僵硬起來。
「請翻下一張。從黑色轎車下來的是風天耀，當天他也在場，他是買方嗎？」
「……」
「不回答沒關係。再翻下一張。從休旅車下來進會館的這個墨鏡男是誰？」
「……」
「這個墨鏡男提供了鎗給風天耀，讓他交付給朱煥煒去殺陳良木？」
「……」
「行使緘默權嗎？直接告訴妳，我們除了物證，還掌握了證人的證詞，才會知道這麼多事實。妳不說，我會以妳與墨鏡男是共犯為由聲請羈押，以防妳回去串供；妳坦白說了，讓我們追查墨鏡男到案，就讓妳交保。」
證人任欣岱是與她有勞資糾紛的會館員工，在送酒水毛巾進包廂時聽到了客人交談的部分內容，無意間還瞄見墨鏡男大衣口袋裡冒出半截手鎗握把，後來又聽見包廂內傳來火爆叫罵聲。當刑警上門調查時，記起郭依莉發現她在偷聽包廂內的動靜，就以不能勝任工作為藉口將她解雇、資遣費分文不給的不滿，將當天目睹情形全說了，還指引警方調取監視器錄影硬碟檔案的密碼。

為保護證人，我雖沒說是誰指證及指證內容，但郭依莉顯然悟出我說的是誰。

她慌了，回頭看了律師一眼。女律師使了個眼色，她再轉身面對我，慌亂就不見了：「我不是共犯，你冤枉我。」

這三個律師恐怕是幕後藏鏡人幫她請的……

「法警，把她帶下去，等候聲押庭。」我嚴肅地下令。

令人擔心的不是律師們立刻起身大聲要求閱卷，而是郭依莉的反應。

彷彿並不擔心自己被聲押，她的嘴角還露出不屑的淺笑。

「楊錚，你過來一下。」正忙於繕寫羈押聲請書，內線電話響起；吳秉鈞只嗆了我這句就把電話掛了。我不甩他，手指在鍵盤上彈跳得更快。

幾分鐘後他怒氣沖沖進來，衝到我桌邊：「你居然把未經審閱通過的案子直接送去法院起訴？」

「你知道了呀……」

「法院審查庭的庭長打來問一個人被殺兩次是怎麼回事，我能不知道嗎？」

「誰叫你不讓我起訴朱煥煒和風天耀——」

「你的調查結果與事實不符啊！」

「他們兩個殺了人呀！開了那麼多鎗殺人！」

「殺人的是吳國樂！」

「這案子你庭都沒開過，證物也沒履勘過就知道人是誰殺的？笑死。」見辦公室裡所有的人都站了起來往這邊看，他必須深呼吸才能抑制怒意，猛力拍桌：「混帳！你跟我去見檢察長！」

「你先去告狀，我忙完了會去自請處分。」

見我繼續打字，他怒瞪一眼，快步離去，還惡狠狠將門摜得震天價響。

其他同事圍上來詢問。知情的人為我抱不平，說自己也有幾件被莫名其妙退回起訴；有的人認為好脾氣的裏閱都被惹火了，勸我姿態放低一點以免自討苦吃。

嘴上謝謝大家的關心，手指打字速度沒停過。羈押聲請書從影印機列印出來後，我掇起法袍就要往法院衝。

這時桌上電話響起，同事接起後轉給我：「老楊，找你的。」

「請他稍後再撥，我現在趕著要去院方。」

「是檢察長。他說如果你不接，明天就不用來了，直接去金門地檢署上班。」

我抓起話筒，說有羈押案件必須緊急處理，是否可以等處理完畢再負荊請罪。

檢察長聽完，用不帶任何情緒的語氣：「不論多緊急，你都交給柯井益代理。如果你再不過來，我馬上就發布人事調動令。」

帶著幸災樂禍神情的柯井益走近，雙手外攤貌似他也很無奈。

邊盤算下一步邊往檢察長辦公室走，途中遇到與書記官長同行的秋翠。

書記官長面露慍惱，她則滿臉盡是哀怨。

慘了，沒想到會連累秋翠……我上前正要說話，書記官長舉手制止：「楊檢，這事我沒法處理，一起去看檢察長怎麼辦吧。」

平日總掛著親切笑意的臉上，仍然笑得很親切，我懷疑剛剛說要發布人事令把我調去金門的人是否真是眼前這位檢察長。

他問我怎麼回事？我瞥了旁邊冷峻如刀的吳秉鈞和高元吉，將陳良木命案循線追查，即將揪出提供鎗枝的幕後黑手的進度詳細報告。

「辛苦你了。」檢察長笑著說：「這麼認真，真是我們檢察官的表率。」

不知是稱讚還是諷刺，我只能把嘴邊「這只是分內之事」的話硬吞回去。

「不過，以後起訴還是要尊重襄閱和主任的意見吧。如果意見不同，大可開會討論尋求共識，不然害人家書記官很難做事，對吧？」

秋翠低著頭，猶如等候處決。我回應道：「您說的是。以後我會注意的。」

「那麼，陳良木命案該如何處理，還請指示。」吳秉鈞追問。

「我剛剛說了：大家討論，尋求共識。檢察一體不是常識嗎？」

「我堅持撤回楊檢的起訴案，那件的起訴程序違法！」吳秉鈞強硬道。

「什麼違法起訴，是違法被不送起訴吧。」我反嗆。

檢察長作了個制止的手勢，轉問：「高主任，你的意見呢？」

「檢察長怎麼說我就怎麼做。」高元吉有氣無力道。

「楊錚，你也堅持嗎？」

「我是沒看過吳國樂的卷證，但朱煥煒案被判有罪，我有把握。」

吳秉鈞不退讓：「自白的被告判罪機率大，還是否認的被告判罪機率大？」

「我提個建議，你們討論看看，」檢察長貌似看著幾個鬧脾氣的小孩般，溫柔地說：「井益辦的案子是後送起訴的，那就先撤回，以免讓人家院方看我們檢方的笑話，後續再研究怎麼處理吧。你們看這樣好嗎？」

大家面面相覷。檢察長都說話了，誰敢說不好？

「如果都沒意見，就各自忙去吧，時間不早了。」

危機暫時解除。我鬆了口氣，轉眼與秋翠求救的眼神對上。

書記官長說：「那麼，林秋翠的事怎麼辦？」

「嗯？」檢察長眼鏡後方的眼珠轉向她，再轉向我：「林書記官是因為聽楊檢察官的指揮辦理的吧？那看後續研究的結果，再決定怎麼處理好了。」

這意思是……？

書記官長也看了我一眼：「那決定後請再告知我。」

走出檢察長室，見秋翠嚇到眼眶泛淚，實在自責內疚。她的孩子還在唸國小及國中，先生是被派駐外島的職業軍人，若因我的決定害她被流放外縣市，或是被記過處分，向來注重名譽的她必定大受打擊，生活也必大亂。

「不好意思，我太任性害到妳……」我靠近她低聲說。

她搖搖頭：「姊夫你要堅持下去，不必顧慮我。」

望著她往辦公室走去的背影，心中五味雜陳。

返回座位，才是令我震驚的開始。

郭依莉案的羈押聲請書連同案卷，全都從我桌上消失不見。旁邊的同事說被柯井益拿走了。奔到隔壁辦公室，不見他的蹤影，我氣急敗壞抓起話筒打到樓下法警室，值班法警一陣鍵盤聲後回說：「郭依莉被飭回了。人是柯井益檢察官放的。」

就不信你不進辦公室！守在門口等了半晌，才見他優哉游哉進來，我衝上去揪他衣領：「郭依莉的案卷呢？」

「謹遵吳襄閱和高主任的指示，由我接辦。」他用力甩開我的手：「你還想去見檢察長嗎？不顧你自己，也該想想林秋翠會有什麼下場吧，偽造公文書罪啊！她還能繼續擔任書記官嗎？」

第七話

次日一早，在電梯裡就聽到許多人討論職務調動的消息。

人事室在凌晨零點整，準時將最新人事命令公文發到每個人的電郵信箱。

不安預感發酵，落座後馬上打開電腦進入信箱檢視。果然……

我和高元吉都被調離偵查組，換到公訴組。

我變成工作內容僅單純蒞庭論告、與律師辯論的公訴檢察官。高元吉則是公訴組的主任檢察官之一。看來除了用卷宗壓住、用法庭困住外，還要他就近看管我這隻不合群的獅子。

檢察長高升到高檢署。我揣想自己是否差點成為他擢升仕途中的大石頭。

我偵辦的案子完全由柯井益接手，也許昨天他理直氣壯是早知有此安排。

蔡欽洋、顧興德等一些年輕的試署檢察官，則實授為正式的檢察官。

至於秋翠則被調到執行科，形同關進冷凍庫……我的任性害了她。

幾個平常比較有在互動的同事靠過來詢問，有人安慰我說在公訴組只要表現好，總有調回來的時候；有人則為我打抱不平，擅自在網路檢改論壇發文抨擊。我一一禮貌回應，邊收拾東西心裡邊盤算著下一步該怎麼走。

如果這樣就能使人放棄，這個人絕對不叫楊錚。

抱著裝滿私人物品的紙箱到公訴組辦公室時，走廊上遇到高元吉正好也用小推車拖著兩箱東西要換辦公室。他面無表情對我視而不見，貌似我害他落得今天的下場。

對於鎗擊命案被高層壓擋，你到底是怎麼想的？受人施壓泯滅良知，還是迫於無奈迎合上意？很想大聲質問他，但眼前有更重要的事。

我抑制衝動，趕緊整理完新的辦公桌，就請事假外出。

進到連鎖咖啡店，我點了慣常的冰咖啡，找個在隱密角落的位子落座。

這件事太奇怪。為了整理思緒，我拿出筆與小記事本擺在眼前爬梳疑點。

警方移送兩次給檢方偵辦，不可能不知道是同一案件，若是同一案件，警方應會由同一專案小組調查，也就是彭清介帶隊的人馬偵辦。如今狀況，顯然是由另一組刑警偵辦移送的。我把彭清介的專案小組編為代號A，移送吳國樂的某些刑警編為代號B。

第一個問題是，如果吳國樂也有涉案，B組的人為何不將案子交給A組？為何不告知A組本案還有共犯？或是告知真兇其實是吳國樂而非朱煥煒？

我在記事本上寫下「警方B組疏忽？搞鬼？」

第二個問題是，地檢署的分案電腦程式是以被告個資運作，因而造成一案兩辦的情形，我已告知柯井益了，他為何不依規定併案？先說是檢察長交辦，對質時又改口說是高元吉交辦，事實上卻是吳秉鈞，這中間出了什麼問題？從他靠勢嘴臉看來，堅持要起訴吳國樂的目的是……我寫下「柯：為了考績？」

那麼吳秉鈞呢？知道有一案兩辦，卻跳過法定程序，直接認定應該起訴自白的被告，是「自白為證據之王」迷思之誤？是忌憚下屬挑戰他的見解？還是其他原因……我動筆「吳：建立權威？」

在這件事上高元吉的角色很怪。若是吳秉鈞交辦，就根本與他沒關係，照理來說不必屈就吳秉鈞；但第一次在檢察長辦公室時，他卻站在柯井益那邊，檢察長要求重新研究，他卻拖拖拉拉，之前的正直果決完全消失，變成一個毫無主見的傢伙，到底……百思難解之餘只能寫下：「高？」

這件事幕後一定有人搞鬼。幕後人是誰？是他們三個其中一個？

或者他們三個，誰是被幕後人操縱的鬼？

但凡警方或檢方有鬼，操縱這些鬼的藏鏡人一定是跟案子有利害關係。這樣推想，可以確定的是藏鏡人若非黑道人物，就是政界人士。

思忖至此，她的身影出現在咖啡店門口。

我招了招手。她是我從李正剛給的記者資料裡挑出來的。

彼此簡單寒暄及自我介紹。我望著她遞上的名片，上面只有「獨立記者　于靖晴」的黑色標楷體，下方是聯絡電話。

「楊檢，久仰大名。」俐落短髮，稜角分明的臉頰略顯消瘦，眉宇間顯露固執的她，微笑著問：

「電話裡您提到要爆料？」

「不是爆料，是希望妳幫我。」

「我不隸屬什麼大媒體，能幫楊檢的忙？」她揚揚眉，以玩笑的語氣問。

「我是從李正剛檢察官那裡得知，妳很有正義感。」

聽到李正剛立刻收起微笑，她深吸口氣說：「他太冤枉了，可惜我當時的報導沒有媒體願意採用。」

「但是他仍然向我推薦妳。」

「我知道若非萬不得已，像你們這樣的人是不會找記者的。」她嚴肅地說：「但我也有我的底線，利用媒體打擊異己爭權奪利的事，我不幹的。」

「那是每天在地檢署裡偷翻卷宗偷抄筆錄的記者幹的事。我知道妳不是。」

「還有，有些事一旦媒體揭露就像潑出去的水，怎麼蒸發是不受控的。」

「所以若非萬不得已，我不會決定找妳。」

「很好，我們有共識了。」她拿出包包裡的小筆電：「請說吧。」

我開始講述鎗擊案始末，並取出一支隨身碟，請她務必對於消息來源保密。

約半小時後，她停下鍵盤上的手指，抬頭望向我：「那麼，我該怎麼做呢？」

「有辦法查出幕後的藏鏡人嗎？」

她扯扯嘴角：「您是檢察官，有什麼不能查的，只要指揮警方或調查局……」

「如我剛才所說，警方在移送時出了問題，本身就有利益衝突。若要調查局查自己的上司，恐怕被牽扯的不止是我。還有轄區問題，我指揮不到台南那邊的人。」

「原來如此。如果我查出來藏鏡人是誰——」

「只要不提誰提供線索，當然是妳的獨家。但藏鏡人還未確定前，請先保密。」

「保護消息來源是我的職業操守。」她搖搖手中的隨身碟：「碟亡人亡。」

自從來到公訴組，案子多到讓我殫精竭慮，每天都在辦公室加班到深夜。不像在偵查組時可以自己決定開庭時間，公訴組案子的開庭日期都是法官決定，只要是開庭日就必須耗在法庭上半天或一天，非常束縛。

雖然剛出道時也曾待過公訴組，但這次畢竟是突然被調任，一下子要接手別人辦到一半的舊案，進入狀況總有陣痛期。我這樣告訴自己，所以陳良木案只能暫時放下靜待發展。

這段期間只有彭清介曾與我聯絡，就何以警方會發生一案兩送的烏龍，簡單回報：「移送吳國樂的是邱品智那小隊的。」

「他幹麼這樣？同一個刑偵隊會同辦理很難嗎？」

「我猜他知道。但為了搶績效，年輕一輩的很敢哪。」

「你沒質問他？」

「他說不是專案小組成員，不知道我們這個案子的結果，後續也沒再追蹤。」

「那天他明明有參與會議的不是嗎？太扯了。」

「雖然我跟他吵了一架，但他說反正若我們警方沒發現，承辦檢察官一定也會併案偵辦，這點我沒辦法反駁。」

這……我也沒辦法反駁，不然也不會被發配公訴組了。

「劉學彬先生請來報到！」法警點呼被告的聲音把我拉回現實。

今天是要再傳喚另外兩位證人。

「鍾小姐，妳是曾青妮的好友？」文石看著偵訊筆錄，先進行主詰問。

證人鍾慧是個年紀與死者曾青妮相彷的年輕女子，從表情看來就是想幫好友伸張正義的模樣。

「是，我跟她是高中和大學同學。」

「唔。她跟被告劉學彬交往的事，妳知道嗎？」

「知道，她跟他交往了約一年左右。」

「事發之前，她與被告有發生什麼不愉快嗎？」

居然敢問這個問題，就不要怪日後當事人抱怨被判那麼重！我暗忖冷笑。證人停了幾秒果然脫口：「有，她說被告對她不好，她想分手。」

「有說發生什麼事，讓她覺得男友對她不好？」

「大約案發前兩個禮拜，她跟我訴苦說男友打了她好幾次。」

喔，家暴男呀。那麼爭吵之下一時衝動把女友勒斃，就很合理吧。

「因為什麼事打她呢？」

「她沒有說得很仔細，我只記得好像是跟別的女生有關。」
「是被告劈腿嗎？」
「她沒這麼說，但我聽起來她好像是這個意思。」
「『被害人哭著跟我說前一天又跟劉學彬吵架，因為之前劉學彬打過她，她懷疑劉學彬偷偷跟別的女生交往』，這是妳在地檢署作證說的，對吧？」
「是。」
「請問在案發前兩個禮拜，她被劉學彬打時，有跟妳哭訴過嗎？」
證人略偏著頭想了一下：「……沒有。」
「妳跟她不是很要好的朋友嗎？啊，就是俗稱的閨蜜對吧？」
「是啊。」
「被男友揍好幾次這麼嚴重的事，怎麼先前不曾抱怨或哭訴呢？為何才跟妳說過一次呢？不是無話不談的好友才叫閨蜜嗎？」
「可能她覺得是很丟臉的事，所以沒跟我說……」
「我整理一下，」文石的眼神忽然亮了起來：「曾青妮是妳多年的好友，平日無話不談，她跟男友吵架了會跟妳哭訴，但被家暴毆打的事卻覺得丟臉不跟妳說？」
證人貌似努力找適當的用語：「……也不是無話不談啦，像她跟男友去哪裡玩就不一定跟我說啊。」

「出去玩那是情侶間的親密時光，沒必要都跟好友報告或分享，但是被家暴，妳覺得她不會跟好友講嗎？」

證人怔在當下。我立即大聲說：「異議！要求證人陳述推測的意見。」

「成立。辯護人請修正問題。」程月君審判長下裁定道。

文石微微聳肩，吸了口氣又問：「以身為女生的經驗，如果男友打了妳，妳會跟好友訴苦嗎？」

「異議！要證人陳述個人主觀的意見。」

審判長溫和地解釋：「他只是要證人陳述自己身為女性的一般生活經驗。」

就算鍾慧會向朋友哭訴，不表示曾青妮一定也會，所以這個問題應該沒什麼殺傷力吧。我撤回異議。審判長點點頭，請證人繼續回答。

「要是我，我會。」

「但曾青妮不會，妳自己認為是因為她覺得丟臉。剛剛妳是這麼說的？」

「嗯。」

「所以，以妳對她的了解，她是個好強、很顧面子的人？」

也許是不想講死者的壞話，她猶豫了一下才說：「是的，她有時很逞強。」

「請問，曾青妮向妳哭訴時，身上有傷嗎？」

「我是沒看到。也許傷已經好了。」

「有問她被打後有沒有去驗傷？」

「有問。她說沒有。」
「都沒有驗傷？妳在警詢時也作證，她說自己曾被打好幾次？」
「都沒有。因為她說自己還愛著劉學彬，不想追究。」
「她懷疑劉學彬是偷偷在跟誰交往，有跟妳說嗎？」
「沒有。」
「妳認識的曾青妮，是個很會吃醋的人嗎？」
「異議！抽象不明確、侮辱被害人的不當詰問。」
文石不待審判長裁示，笑笑說：「不用這麼大的反應，我修正問題就是了。」
待書記官打字稍歇，文石又問：「妳曾見過或聽過，曾青妮因為劉學彬跟別的女生交談、互動而有不高興的情緒反應嗎？」
「異議！與本案無關、侮辱被害人的不當詰問。」
這回受命法官主動靠向審判長，兩人交頭接耳起來。
「辯護人，能說明一下關聯性嗎？」受命法官忽然問。
「報告庭上，我是想了解被告與死者因為何事爭吵。」文石揮揮起訴書：「起訴書上只寫兩人因細故發生爭執，被告就將被害人勒死，沒查清楚是在吵什麼。這爭執的緣由涉及是否足以引起殺機。若只是一個要吃牛排、一個要吃日料而吵架，還沒聽過哪對情侶因而反目，甚至殺人的呢。當然，若發現對方是殺父仇人而反目，才有動殺念的可能對吧。至於說侮辱被害人，女生吃醋是很愛對方、在意對方是否也愛自己的表現，算是侮辱嗎？如果跟美女有說有笑，老婆都不在意，倒要懷疑老婆是不是不愛老公，或者可能已在考慮離婚了——」

審判長揚手制止，轉而對我說：「我們合議結果，想聽聽證人怎麼說。」

我點頭：「撤回異議。」

證人鍾慧回想了一下：「確實有聽過青妮抱怨這方面的事。」

「能講得具體一點嗎，她是怎麼說的？」

「不是，是我親眼目睹的。」她不自覺坐直了身子：「有一次聚餐散會後我搭劉學彬的便車。途中不小心跟一個女騎士發生擦撞，劉學彬下車關心對方，但對方表示趕時間不想報警也不會追究；劉學彬要跟對方互留聯絡方式，結果上車後青妮好像有些不太高興。我覺得那是她太愛劉學彬的關係。」

「發生車禍互留聯絡電話，以便協商後續賠償的問題，不是很常見嗎，為什麼會不高興？」

「青妮認為，劉學彬是想趁機跟對方搭訕。」

「這樣也誤會？」文石提高聲調，彷彿死者很誇張。鍾慧果然也跟著提高了聲調：「不是誤會！我在後座看到了，也覺得劉學彬別有目的。」

「所以曾青妮就罵了劉學彬？」

「是質問他想幹麼。他解釋說是擔心對方日後反悔又來索賠。但青妮說有行車紀錄器可以證明女騎士的狀況及是她自己要離去的，怕什麼。兩人就吵了起來。」

「吵得很厲害，已吵到劉學彬動怒到想勒死她的程度？」

「不是，我說的是曾經看過她吃醋的情形，不是說這次他殺死青妮的經過。」

「有妳在車上，他們想必也吵不久吧？」

「我有勸架，劉學彬也有退讓，所以吵一下就停了。」

很明顯，文石是想證明就算爭吵，劉學彬也不致於會一時衝動殺害曾青妮。

輪到反詰問。我清了清喉嚨：「案發當天，妳並不在現場？」

「不在，我在自己家裡。」

「所以曾青妮與劉學彬發生什麼事，妳並不清楚？」

「不知道。」

「曾青妮有跟妳說過，她跟劉學彬曾有激烈的爭吵嗎？」

「從他對她下毒手的結果看來，這次他們應該吵得蠻凶的。」

「妳剛才說，搭便車那次，在後座看到劉學彬處理車禍擦撞事件的過程，也覺得劉學彬別有目的。那麼，妳說他的目的是什麼？」

「我認為他對那個女騎士有好感，或許是想追對方。」

「可是他的女友曾青妮在車上耶？」

「所以我覺得他很不應該。」她氣憤地怒瞪被告席一眼。

「妳說她後來曾哭訴，懷疑劉學彬偷偷跟別的女生交往，能詳細說一下她是怎麼說的嗎？」

「她說『學彬不愛我了，他劈腿了想跟我分手。我好痛苦』，然後就大哭。我嚇了一跳，趕忙安慰她。」

「這是她的懷疑，還是有什麼證據？」

「她說偷看他的手機，發現他跟女生的一些曖昧對話。」

「所以她有跟他吵架？」

「嗯，但是男方不承認。」

「後來她還有再提到這件事嗎？」

「沒有。直到案發前一晚，她傳了簡訊給我，說她覺得男方很可怕。」

咦，前一晚……挖到寶了！這對被告大大不利呀。我揚揚眉，瞥了庭上一眼，三位法官眼睛都亮了起來。餘光偷瞄辯護人席，被告臉色難看至極，文石也神色有異。

「妳在警方詢問時、在偵查中為何都沒提到這件事？」我起身走向證人席。

「因為我接到通知去作筆錄時，警方已經逮捕被告了，而且警方也跟我說他們認為人是被告殺的，我想那這簡訊也沒什麼用了。」

「簡訊呢？還保留著嗎？」

她拿出手機，點了幾下遞給我。快速看過後，我覺得這官司非贏不可：

「慧，我覺得彬很可怕。」

「怎麼了？」

「我們吵架。他說再吵我就讓妳好看。」
「有事慢慢說，不要急，也不要激怒他。」
我將手機呈給庭上，要求追加列為控方證據。
審判長看過後，請書記官拍照附卷，才將手機交還給證人。
「辯護人請對證人當庭提供的簡訊表示意見。」
看過簡訊內容後，想必心死放棄了，文石居然說：「沒意見。」
審判長鬆了口氣：「那你還要覆主詰問嗎？」
可是他仍然起身，直勾勾地盯著證人：「剛剛妳說，曾青妮提到被告手機裡有一個在曖昧的對象，是誰？」
「我不認識。只看過簡訊裡的頭像照片。」
文石走近，從口袋裡取出手機點了一下：「是這個女生嗎？」
她接過看了一眼，臉色瞬變：「不是。這個是發生擦撞的那個女騎士。」
文石立即將自己的手機呈上：「辯方要求將這張照片附卷作為證物。同時聲請傳訊照片中的女子作證。住址庭後另行查報。」
審判長比照辦理，同時將照片交給我檢視。
照片中的女子有點眼熟。是在哪裡看過的……

回到辦公室，幾個好奇的眼神投來，氣氛變得很詭異。

才落座，隔壁的章仁慧就坐在辦公椅上滑過來壓低聲問：「學長，你現在覺得怎麼樣？」

將卷宗放進爆滿的鐵櫃裡，我一眼都未瞧她：「這個月辯結快二十件，我覺得很累。」

「不是這個。是問你幹了什麼好事？」

我不解地望著她。她在手機上滑了兩下，遞到我面前：「你真的很勇耶。」

——地檢爆發派系大戰　楊姓檢察官踢爆上級疑似包庇槍擊犯

這標題差點沒嗆死我。迅速掃視完新聞內容，整顆心都涼了。

報導是F時報的周姓記者寫的，不是于靖晴……這是怎麼回事！

「你知道嗎，老大和被影射的幾個大檢都炸鍋了，襄閱正在樓上記者室開記者會闢謠。」她故作驚恐狀，然後又伸手找了影音平台，點選一家新聞台的現場直播：「如果襄閱的說明不能讓記者滿意，小心他們來圍你。」

我謝過她，抓起自己的手機衝進電梯，溜到地檢署的偏僻角落。

「喂，于小姐嗎？」自己的聲音有些顫抖。「今天的新聞妳看了嗎？都還沒搞清楚事實，怎麼就把消息放出去了？」

「我也一頭霧水。查證的過程，我從未跟F時報的人接觸過呀！」

「妳有跟地檢署的人提過？」

「發誓完全沒有！被F時報搶先披露，獨家就泡湯了，我也很氣呀。」

「那到底怎麼回事？」

「我打探消息放的線，只有台南那邊的警方與C日報派駐當地的一位記者。那位記者是我閨蜜好友，C日報與F時報又是競爭的死對頭，而且我根本沒透露事情全貌，絕不可能是這條線走漏的，所以可能是警方那邊出了問題。」

又是警方……後腦深處一陣悶疼襲來。

「那妳查到了什麼嗎？」

「已接近事件幕後的核心了。」她的語氣變得興奮起來：「我查到一個地方，再蹲點幾天，預期會有關鍵發現——」

這時有其他來電的提醒音干擾。我瞄了一眼：「我有重要電話進來，後續的發現麻煩妳立即跟我回報。」

「沒問題。」

問題在於終止對話時，我們還不知這個案子後來會引發大騷動。

而眼下最大問題是，新到任的檢察長辦公室來電要我立即前去。

第八話

記者會上氣宇軒昂的吳秉鈞，針對媒體的報導侃侃而談、澄清誤解，措詞精準不傷人，語氣溫暖又幽默，不時逗得女記者們花枝亂顫，笑到雙頰紅暈，果真是最八面玲瓏的發言人。但當他進來辦公室，當著檢察長的面氣急敗壞對我咆哮時，完全是另一個模樣。

新任的檢察長比我大兩歲，是從外縣市地檢署調來的。聽說比老檢察長還長袖善舞。靜靜地瞅著我們大吵一架後，他請吳秉鈞先回辦公室，然後嚴肅地問我：「楊檢，你說這事不是你向媒體爆料，但剛才與吳檢爭執時，你似乎對於起訴吳國樂也不認同？」

「是對於撤回了朱煥煒和風天耀的起訴，不認同。老檢察長指示柯井益撤回對吳國樂的案子，再研究怎麼處理，結果老檢察長走了後，他居然……」我氣憤到講話發抖，需要深吸口氣抑制住怒火。

「他仍然決定起訴吳國樂，撤回了朱煥煒和風天耀？」

「唉……」我沮喪地長嘆。連同郭依莉都被釋放了。

朱、風二人被放釋那天，甘梓晶的丈夫專程在法院走廊上等著。

我才步出法庭，他就迎上來：「你為什麼騙我？」

怔在當下，我覺得後頸發熱，無力地低語：「不好意思，我被調職了，所以起訴誰已不是由我決定……」

「出事時，新聞報導從來沒有提到吳國樂這個人，怎麼幾個月後本來在現場的變成沒事，沒出現的人卻變成殺人凶手？」

「我也無法接受！我爭取過，但是，上面的人說……」

我恨自己的無能為力。

「這個國家的法律怎麼了？」他落寞地轉身離去，邊走邊說：「電視上說只要國民法官制度推出後，人民就會對司法有信心……太可笑了……」

我對著他的背影喊：「我們要對司法有信心！」

事後細思，這句話不知是說給他聽，還是說給自己聽的。

檢察長的聲音把我拉回現實：「如果法院真的判定人是吳國樂殺的——」

「那就真的是誤判。」我毫不猶豫地說。

「我會再問過柯井益，畢竟這是我調來這裡之前發生的事。」他拉開笑容，意有所指地說：「我相信這次不是你向媒體爆料，但在我弄清楚來龍去脈前，如果有媒體來訪問你，請守口如瓶。」

我點點頭：「請一定要看過偵查卷裡我所調查的證據。」

這事攪得我心神不寧，回辦公室後桌上的案卷看進眼裡都上不了心裡。

與其這樣浪費時間，不如準時下班。所以時間一到我就收拾東西走人。

記不得有多久沒有準時下班了。也許可以找中凱一起吃頓晚餐。

上次父子共同進餐是什麼時候呢……不自覺地微微搖頭，我放棄搜尋記憶。

坐進車裡，以手機聯絡彭清介。對方不知在忙什麼，沒接電話。

中凱這時候來電。我接起來正要出聲，他就直接說：「我沒錢了。」

我微怔了一下：「……上個星期才轉給你——」

「我拿去買R1，就不夠了。」

「什麼萬？」

「重機啦。」

「你買重機幹麼？」

「當然是騎呀！我都沒問你整天不在家在幹麼，你管我買重機幹麼，煩耶！」

「我是你爸不管你管誰？講那什麼話！」

「老媽死在街頭的時候，你人在哪裡？你有管她嗎？你有管我嗎？」

「我在工作我在辦案啊——」

「那你就繼續辦你的案吧！」手機那端氣噗噗地切斷通話。

每回提到秋樺就是對我親情勒索，予取予求。

辦案能辦到老媽橫死街頭，你案子辦到哪裡去了？辦案有用嗎？第一次聽到他這樣嗆，腦袋瞬間空白，彷彿是對檢察官三個字最大聲的嘲笑。

婚後沒日沒夜地投入工作，忽略了家庭，錯過了中凱的成長，總以秋樺把家裡照料得很好、讓我毫無後顧之憂自豪，其實是忽視自己未盡父職的藉口。

秋樺一走，父子間的橋就斷了。

剛剛明明還想著今天準時下班可一起去吃頓晚餐的……

上次一起共進晚餐到底是什麼時候……想到頭痛了都想不起來。

沉重的內疚感襲來，雖知不能再這樣下去，手指還是不自覺地點進網路銀行的帳號。轉帳後打算啟動引擎，但鑰匙不小心落在座椅下，我伸手撈了撈。此時有兩個人揹著高爾夫球袋從電梯裡出來，有說有笑地走過車前，發現了我。

那是蔡欽洋和顧興德。我按下車窗跟他們打招呼。

「學長今天這麼早下班？真是難得啊。」顧興德訝異地問。

「開了一天的庭，實在累了。」我苦笑。

「你不知道，學長今天被襄閔罵得很慘。」蔡欽洋對顧興德說：「而且，襄閔還調了那兩個案卷來研究，好像準備對付學長。」

「對付我？」

「他認為學長找記者來對付他呀。」

「可是記者會不是已經澄清了嗎？」

「檢察長好像對這件事不太滿意。」蔡欽洋皺起眉頭，一臉擔憂地轉向我：「學長要小心一點，不要再惹柯井益和襄閔了，他們好像對你很不滿。」

我聳聳肩：「他能拿我怎麼樣，我都在公訴組了。」

「都已經在公訴組了還搞事，這次就讓他死心！我聽到他們這樣說。」

我不以為然地冷哼一聲，也謝過他的好意提醒，發動引擎將車駛離地下室。

進了家門，按下開關。燈光從一片漆黑中炸開，讓眼瞼不禁緊了緊。

把自己癱進沙發，對著手機說：「中凱，你在哪裡？一起吃晚飯吧？」

放下寄發簡訊的手機，視線剛好投在電視上方的玻璃櫃裡。

秋樺燦爛的笑靨，在全家福的照片裡綻放著，那是我最喜歡的一刻。

因為秋樺的關係，我與中薇、中凱都笑得很開心。

想到中薇，紐約應該下雪了吧。她現在一定很辛苦。

「爸，你不要擔心我。我知道幫被害人伸張正義是很艱難的工作，你才要照顧好自己。」上次聯絡時，她如此貼心地說。我把那則簡訊翻找出來，發現已經是半年前的事了。

正想發簡訊問她的近況，中凱回訊：「吃這家。我剛好在這附近。」同時傳了信義區一家美式頂級牛排店的官網連結。

「等我過去。」回覆簡訊後，起身抓起外套與鑰匙正要出門，手機又傳來簡訊聲：楊檢，請回電。

是于靖晴。我隨即選點她的手機號碼：「于小姐，是我。」

「楊檢，你現在方便過來嗎？有事必須您來確認。」聲音聽起來很緊張。

我本想立刻答應，想到中凱又猶豫了一下：「現在嗎？怎麼回事？」

「還記得上次提到蹲點的事嗎？有重大發現。但其中有些人我不認識。」

意思是只有我才認識？偵查的警鈴在腦海大響，我說：「我現在可以趕過去。」

「我把地址發給您。希望您快一點，如果他們散了，我一個人就難辦了。」

以最快的速度下樓衝進車裡，發動前用免持方式撥手機給彭清介。

幾分鐘後抵達市警局停車場。他已在一輛黑色轎車裡等著。

我告訴他于靖晴傳來的地址。他將警笛聲開到最大，油門也踩到底。

車頂紅色警示燈開路的情形下，車子得以順利往淡水方向一路飛奔。

途中中凱傳來簡訊：「你到哪了？」

該死！我深吸了口氣，回簡訊說臨時有事，只能改天再帶他去吃。

他已讀不回。

可以想像他臉上不屑與心寒的表情。希望不會從此永遠已讀不回。

「有讀就不錯了啦，我兒子都不讀也不回呢。呵呵。」彭清介苦笑著說。

車子在淡水區的一棟大樓門前停下。我隨即撥打于靖晴的手機，但電腦語音回覆說這個號碼收不到訊號。連續幾次都不通。

「搞什麼……」

環顧四周都是大樓，街上幾乎不見人影，最多的是停靠路邊的車輛。

大抵說了情況，要彭清介幫忙留意可疑的地方。他立即去檢查路邊的停車。

我跑到管理櫃台，描述于靖晴的的模樣。管理員原本打量著我，直到亮出證件表明身分，他馬上站起來認真回想：「好像有您說的這個女的……」同時打開來賓登記簿尋找：「……她上了十樓。」

他手指停頓處的簽名是余靜琴。兩個小時前進來的。

我問十樓住戶是誰？管理員說是一對在私人公司任職的方姓夫婦。

管理員按了對講機卻無人回應。在我堅持之下，他帶我進電梯刷了磁卡。

「她跟住戶認識嗎？」

「我不知道，反正住戶同意我才能放人的。」

電梯門開啟。十樓住戶的門半掩著，室內有燈光溢出。

管理員按了門鈴及喚了兩次都無人應聲，偵查警報在腦中響起，我直接就推門而入……客廳與廚房裡分別倒臥著昏迷的男女主人。

我立刻要管理員打電話報警叫救護車。同時觀察室內情形：從門口到女主人倒臥的廚房，茶几與旁邊獨立小沙發位置歪了、有兩個玻璃杯碎在地上、直立式電扇倒在地上頭身分離、應該是插在流理台上木製盒裡的大小刀具散落地磚上，餐桌椅也全都移位。男主人額頭有個血窟傷口，女主人後腦髮間有血淌流，腳上拖鞋脫落一隻。

靠近門口處乾淨的地板上，隱約有幾個鞋印。男性的尺寸。

有個男人躲過管理員的視線，不知以什麼理由騙取屋主開門，應該是以很快的速度攻擊男主人還發生拉扯；女主人見狀跑到廚房想拿菜刀自衛，但對方從後追上擊昏了她。

檢視每個房間，沒見到于靖晴的影子。

電話中的意思似乎是要向我確認一些她不認識的人。但男女屋主我都沒看過……那麼她為什麼要進來這裡？

一陣微風襲來，轉眼發現白色的窗簾飄動。我心中一驚，疾步走向未關的落地窗，從陽台往下看。下方有植栽樹叢，陰暗難辨。

我急忙忙下樓，到植栽區尋找……幸好沒發現屍體。

彭清介靠過來：「這附近沒有一輛車的車主是于靖晴。」

我要求彭清介連同余靜琴這個名字也清查。這時警車與救護車的警笛聲愈來愈大，驚動許多住戶從陽台探出頭來。

環視四周，未見其他可疑，唯一不解的是她跑哪去了。

再撥手機，依然沒有回應。我交代馬上追蹤于靖晴的手機訊號。在彭清介聯絡的同時，我帶著警員與救護人員重新回到十樓。

過程中再次回陽台查看，還是沒有其他發現。

彭清介回報說于靖晴的手機關機中，附近車輛也沒有叫余靜琴的車主。

除了再試著以手機聯絡外，恐怕只能等方姓夫婦救治甦醒後再調查了。

「楊檢，這事會不會是您說的那個于靖晴所為？」彭清介突然低聲問。

這……思緒忽然一陣混亂。我深吸口氣，讓自己冷靜下來：「可能性不大。她沒必要對別人下毒手還通知檢察官過來吧，況且，她上來前還經由管理員通傳，預謀殺人會笨到留下證人？」

「一言不合衝動之餘就……也不是沒遇過這樣的人。」他像隻獵犬般嗅著各種犯罪的可能性。

我回想在咖啡店時她的態度，思忖半晌：「不像。她是很小心謹慎的人。」隨即囑咐他跟管理員下樓調取監視器紀錄影像。

監視器只拍到她與管理員步出電梯，她按門鈴進門，然後管理員獨自下樓。其餘的監視器完全沒拍到她離開大樓，也沒拍到今晚還有誰來方姓夫婦家。

我命警方挨家挨戶訪查，並擴大搜查全棟大樓。

一個小時後，警方帶隊的小隊長回報並未查獲可疑的人，更沒人見過于靖晴。

這段時間裡，彭清介與他的隊員聯絡，調查于靖晴的背景。

調查結果，她曾待過三家大報、兩家新聞台，因為看不慣新聞媒體為營利目的、逐漸沉淪為政黨傳聲筒與監視器、行車記錄器的兩器播放台，遂辭職成為自由的獨立記者，專門深入追蹤報導各類議題，撰寫的報導還曾數度獲頒卓越新聞獎。

據說報導常揭發黑幕，因而得罪既得利益者，她曾多次被恐嚇；最嚴重的一次還曾被毆打到住院。

聽起來就很像李正剛會結識的記者。問題是，哪去了？

三天過去了，方姓夫婦仍在加護病房昏迷中，也依然找不到于靖晴。

我開始緊張起來。

想起于靖晴曾經說過，她打探消息放的線，只有台南那邊的警方與C日報派駐當地一位好友記者；事情被F時報搶先踢爆，可能是警方那邊出了問題。

也就是說，在這件事上，她認為台南當地的警方不可信。

這讓我想起彭清介提到邱品智的事。

因為太擔心于靖晴的安危，決定親自跑一趟南部。

C日報南部中心設在高雄一棟大樓內。規模不算大，預料人不難找。

櫃檯小姐帶我進編採主任的辦公室。說明來意後，編採主任表示該報確實曾與于靖晴合作過，隨即按內線電話請一位名叫關婕的女記者進來。

經介紹後，編採主任請她配合我的詢訪。

我先問她是否是于靖晴的好友。她的臉上立即浮現警戒之色：「她是我大學同學，一直有在聯絡……請問發生什麼事了？」

她的反應有些奇怪，我隱忍不提，只輕描淡寫地說：「是有件案子拜託她幫忙，但，忽然聯絡不上她。」

「接受你的請託？若是這樣，怎麼會聯絡不上？她真的有受你委託嗎？」

沒想到她的邏輯不弱，但多年偵查經驗告訴我，對於這樣的人不宜拐彎抹角，我索性直說：「她很有正義感，確實在幫我查一些事情，但突然失去聯絡，我擔心安危才特地南下來找妳，想請教是否知道她人在何處？」

「檢察官手握公權力，還需要委託小記者幫忙，你真的是檢察官嗎？」她不但保持警戒，還對我不懷好感。我只好拿出工作證，編採主任也湊過來端詳：「原來檢察官的證件長這樣？」

詎料她瞥了一眼，冷道：「現在很多詐騙集團都用這種款式的證件。」

沒穿紫邊法袍坐在法庭上的檢察官，原來就只剩詐騙集團的形象嗎？

「她說曾透過妳幫忙打聽的事，我懷疑是導致她失蹤的原因，如果妳真的是她的好閨蜜，應該要擔心才對。」

「我沒說我是她的閨蜜。」

空氣突然安靜。編採主任用乾笑化解尷尬：「呵呵，有話好好說。呵呵……」

「既然妳說一直有在聯絡，那就請妳跟她聯絡一下，確認她平安無事就好。如果可以，請她跟我聯絡，感激不盡。」我起身，打量她那張堅決冷峻的臉：「如果她不想跟我聯絡，也請轉達我的歉意，帶給她麻煩了。」

編採主任送我到一樓門口，一直表示歉意。我虛應了幾句就走向捷運站，心裡一直揣度闗婕態度背後的原因。

這事好像走進籠罩大霧的森林深處，愈來愈看不清。

在高鐵左營站候車時，隨意流覽著手機新聞打發時間。滑著滑著，一則標題映在視網膜上，動脈的血液突然狂飆：冷血掃射50槍，街頭驚爆四死傷。

是兩個小時前才發生在台南市區的事。據警方表示是一家當舖遭歹徒持鎗瘋狂掃射，大門與櫥窗全是彈孔，店內衝出來另一夥人也朝對方開鎗，造成路過民眾有四人被波及，其中二人不幸當場死亡……

又是開鎗掃射。又在台南。又有民眾無辜被害！

新聞文字下方是歹徒被警方逮捕後的照片。

列車緩緩駛進月台，我卻像觸電般從椅子上跳起來，衝往階梯。

照片裡手腕上戴著手銬、身旁被兩名刑警架住的傢伙是朱煥煒！

幹！一定有人要為此付出代價。

曾經有個上市公司的負責人涉嫌掏空公司資產及洗錢，被移送地檢署。庭訊結束時我諭令交保，同時限制住居及限制出境，他卻苦著一張臉問：「檢察官，我要求收押。」

我聽了強忍笑意：「哪有被告自己要求被收押的？」

「可是只要走出家門、走出法院，就有記者像蒼蠅群一樣圍上來，趕也趕不走，只要臉上稍微皺個眉頭，就會被報導說什麼態度傲慢、黑心商人，連辯解的機會都沒有，真是太痛苦了……」

當時我還在心裡嘲笑說：誰叫你這傢伙掏空資產坑殺股東及投資人，活該。

現在面對狂閃的鎂光燈、互撞的麥克風及大批記者爭先恐後七嘴八舌搶問，還發生推擠跌倒及互相叫罵的慘狀，我真恨那傢伙騙我。

這哪是蒼蠅群，根本是狼群呀！

「不要推擠！危險！」我高聲喊道，但根本沒人理會，大家仍然嘰哩呱啦吵個不停，詢問與吵架混在一起，變成巨大的嗡嗡噪聲。我只好擺出面癱閻王臉。

「不要吵了！檢察官生氣了，吵下去大家都沒得採訪啦！」有人大聲斥道，空氣就忽然安靜下來，狼群也變回人群；前方的人幫後方的人拿麥克風、後方的人幫前方的人打光，秩序自然而然產生。

終於聽清楚的第一個問題是：「請問近日在網路上出現〈何時才能醒來的司法良心〉一文是您寫的嗎？」

既然都圍著我問了，能說不是嗎？我點了點頭。

「請問文章中提到的案件都是您經辦的嗎？」

「有的是我經辦的，有的是親眼目睹或親身經歷的。」

另一位記者問：「文章中所說不負責任的長官，是指哪位主任檢察官或檢察長？」

「文章的重點也不在個人，是在整個檢察體系的制度。」

「但是一再發生無辜民眾被黑道鎗擊案波及，而且是檢察署釋放的嫌犯再次犯案，難道不是承辦檢察官的怠惰或什麼原因而誤放兇手所造成的？」

「我也認為這是個值得檢討的問題。」

「您文章說的檢察官是柯井益嗎，還是高元吉？」

「文章內沒有指名道姓，我也無意指責個別的承辦人員。」

「承辦人員的意思是，不只檢察官嗎？」

「我沒那個意思。文章的重點在為什麼案件可以被換來換去，連承辦檢察官都被調來調去，是否有什麼人運用什麼影響力去操作司法，妨害檢察機關的獨立偵查……」

我話還沒說完，就聽到身旁有人低語：「他說的是檢察長啦……」

我轉頭望向聲音來源，立即制止：「我沒有說是檢察長，我覺得要查清楚的是誰在影響檢察系統的獨立偵辦。」

又換另一名記者問：「整個的偵查過程中，您覺得有受到什麼委屈嗎？」

「我沒有受到委屈，是那些被害人和家屬才無辜、才真受委屈。」

「聽說您最近從偵查組被調到公訴組，是否因為覺得不公平，才寫這篇文章發出不平之鳴？」

「要是那樣，我不會拖到現在才講。」

「聽說您和柯井益檢察官有一些衝突，寫這篇〈何時才能醒來的司法良心〉是在暗諷他，您對這樣的說法有什麼看法？」

「這是聽誰說的？」

那名記者上露出詭異的神色：「……網路上有人這麼留言。」

「網路上的東西不可盡信。」

說出這句話立馬後悔。因為我的文章也是在網路上發表的。

為免日後被找麻煩我還匿名。殊不知發表首日就累積破萬的點閱、上千的留言，三天就被肉搜，以致記者蜂擁而來。文章下方除了認同、支持我個人的留言外，全是狠批痛罵什麼司法恐龍、司法已死、尸位素餐、迎合權貴……打死我都想不到，原來民間對司法的不信任，已到火山快爆發的程度。

但是網路加上新聞媒體，就像不受控的洪水，往哪裡流無人能控制，所以三天的英雄當完，開始出現陰謀與猜測，質疑我發文的動機與背景原因。

這是在發文前就預見的。但我仍然決定揭露部分經過，是期待輿論能給台南方面的檢警施壓，不要再受制於可疑的幕後黑手操控，輕率地釋放朱煥煒這個危險傢伙出去害人！

那天在高鐵站看到新聞後，就直接搭計程車奔赴台南市刑大了解案情，並提供陳良木案許多情資給警方。但以陳案的經驗，幕後勢力想必又會開始動起來，並想盡辦法讓他脫罪，所以我一定要做些什麼。

揭露吧。讓陽光照在陰闇處，那些蛇蟲鼠蟻才會現形。

下班後我到街口的小麵館吃晚餐，已是九點多的事。

手機響起簡訊聲：姊夫，你的PO文和早上的採訪讓署裡炸鍋了。看新聞。

我將畫面點到即時新聞。逐一看完每則新聞，心就涼了。

許多扭曲、猜測、陰謀論的報導，什麼地檢署派系惡鬥、人事傾軋，連其他地檢署的事也拉進來渲染。黨派立場不同的媒體還藉此大作文章攻擊敵對陣營的施政不力、司改掛零……

可是被害人呢？被害人與家屬的心聲呢？為什麼連一則採訪都沒有？

我長嘆一聲，吃進嘴裡的麵忽然索然無味。

回到家裡，簡訊聲又響起：姊夫，吳襄閔要開澄清記者會了。

我抓起遙控器對準電視機。

慣見的親切笑容消失，站在發言人台後方的吳秉鈞神情嚴肅，一字一句唸著新聞稿：「近日盛傳質疑本署偵辦刑事重大案件疑似遭人為操控的網路文章，經查內容與事實不符。本署對於所屬檢察官不瞭解事情全貌就隨意發文的行為，深感遺憾，將會依法進行調查懲處。本署所有經辦案件都是依法偵查，人事調動也都依規定進行考績，按人員專業及意願而為，且全署人員兢兢業業克盡職守，並無網路上傳聞所稱有派系傾軋的情形。」

有記者提問：「針對楊姓檢察官對外表示，近日台南發生幫派火拼殃及無辜民眾事件，質疑與貴署先前未盡偵查能事錯放歹徒一事有關，發言人有何解釋？」

「本署對於所有案件，都是持續秉持維護被害人人權、尊重家屬的立場，謹守證據法則及勿枉勿縱的司法精神，嚴密查辦，未曾有錯放歹徒之事。很遺憾發生這樣的誤會，我們內部會進行檢討、加強溝通，向當事者解釋說明，以免日後再發生類似事件。」

第九話

縱然經歷多年偵查工作、窮凶惡極的歹徒嘴臉都看遍了，但整個會議室的人同時瞪視自己的場面，心底還是打了個冷顫。

職務評定審議會的委員個個表情冷峻，與行刑前的劊子手無異。

「關於近日新聞報導疑似詆毀檢察體系的事，你有什麼解釋嗎？」檢察長打破沉默問，從語氣聽得出來對此事完全不認同。

我深吸口氣，平靜地說：「看過文章的人就知道出發點是為了檢察體系好，我不希望錯誤的判斷，斷送了民眾對檢察官的信任，更不希望再有人因為我們錯放凶手無辜喪命。」

「錯誤的判斷？」視線投在面前的文件，檢察長冷冷地說：「我仔細看過你偵辦陳良木命案的卷宗，發現了一些有趣的事。首先，扣案手鎗上的指紋並不是被告朱煥煒，而是警員連志平的，這一點，請問你起訴後要如何說服法官？」

「行兇時戴著手套或事後擦拭，當然就不留指紋。不過被告後來被突破心防，自白行兇了。」

「凶鎗到底是阿誠還是阿忠提供？這種自白沒問題嗎？」旁邊的吳秉鈞冷哼一聲：「我記得你說過，不能只憑自白就認定犯罪吧？」

「我當然不是只憑他的自白！」

檢察長翻了一頁文件：「你還有訊問證人凌燦中、周雲妃。」

「對，」我對吳秉鈞揚了揚眉：「一個說出了陳良木被殺的原因與風天耀有關、一個直接證明了是風天耀指示朱煥煒去殺陳良木的。」

「不過，凌燦中的筆錄好像有點問題。」檢察長推了推鼻樑上的眼鏡，盯著文件：「你當庭有播放一個錄音讓他聽，確認是否是他與周雲妃的對話，請問，筆錄上為什麼沒有這一段記錄？」

幹！後腦一陣暈眩。

「還有，那個錄音在哪裡，為什麼證物袋裡連一張CD都沒有？」

請你一定要看過偵查卷裡的證據，但，沒要你連看不到的證據也挖出來呀！

「另外，卷內筆錄顯示，朱煥煒原本是堅決否認行兇，但經過警方借提好幾次，最後突然承認了，你沒發現這其中有什麼奇怪的地方嗎？」

我正要說被警方突破心防，檢察長就接著說：「複訊時朱煥煒向接手偵辦的柯井益表示，是警方跟他交換了條件，說不辦他老婆的販毒案，他才改口承認的。」

「交換條件？」微怔了幾秒，我立即反應過來：「柯井益為了搶功爭取升遷的好成績，誘導朱煥煒這樣說，不是沒有這種可能吧。」

環視整個會議桌，每個人都板著一張撲克臉，包括知道我與柯井益不合的高元吉。我急了：「或是朱煥煒見承辦檢察官換人，又心存僥倖改口否認，甚至胡亂攀咬，這在重大案件的被告可是屢見不鮮的呀。」

「確實有種可能。不過，柯井益為了查證朱煥煒自白的任意性，特地以證人身分傳訊了承辦刑警彭清介。」他在文件夾裡抽出一份筆錄，找到畫紅線的那段：「彭清介當然是否認，說若他老婆真的在販毒，一定會查辦，畢竟那也是有績效分數的。」

「彭清介辦案嚴謹、能力又強，我不信他會利誘威逼朱煥煒認罪。」

「不過，那個附卷的訊問錄音檔錄到一半，就沒聲音了。他又拿不出其他訊問過程連續不中斷的錄音檔。」

喉嚨發燥，心底發涼，像被人從身後突然推進井裡，我的手無意義地在空中揮了揮：「……警方的經費有限，設備老舊，電腦還是錄音筆故障，很常見。」

「我聽了錄音，將內容與警詢筆錄比對，剛好斷在他要『勸導』朱煥煒認罪那段，就沒聲音了。你不會懷疑這是被刻意關掉錄音的結果嗎？」

我的思緒一陣混亂。

「作證時他一再強調，整個過程都是依你的指揮偵辦，絕無不法。不過，這種自白，一但到了刑事法庭，只要律師幫他抗辯自白的非任意性，不就毀了嗎？」

忽然想到那時，彭清介所說：報告檢座，這個交給我們，在羈押期滿之前我來想辦法……

難道，這就是他想出來的辦法？

我不怪他。當時畢竟說過「突破心防的方法不會只有一種」這樣的話，難道自己內心深處不曾期待他用些非常手段……

幹！當時的心急，換了一場寂寞。

「告訴你這些，是想讓你知道，會作出錯誤判斷的，不會只有別人。」

拖著沉重步子走出會議室，已不在乎年度職務評定成績將會爛到什麼程度，只想搞清楚為什麼剛才像是經歷一場惡戰，背後一片汗溼，全身疲累得緊。

還有，到底誰該為這場惡戰付出代價。

法官們走進法庭時，法警高喊：「起立！」

審判長點呼證人入席。證人是個長得很秀麗的年輕女子。

記得上次詰問證人鍾慧之後，辯護人表示要傳與被告發生車禍的女騎士。

審判長與她核對身分資料。我瞟了一眼電腦螢幕。證人名叫沈鈴芝。

文石請她陳述與被告發生車禍的經過。

「那天是工作上趕著送急件，又擔心遇到塞車，所以騎公司提供的機車走小巷。就在市民大道與安東街口，因劉學彬先生所開的黑色轎車違規右轉而發生擦撞。劉先生下車向我道歉，並查看我的傷勢。我跟他說只是小腿有點小擦傷不礙事，問他要不要報警，他說他的保險桿擦痕不嚴重，尊重我的決定。」她口條清晰，講話聲音很好聽，給人很好的印象：「我說我趕時間就不要報警浪費時間了。」

「然後呢，妳就騎走了？」

「我本來打算這樣，但他好像不放心，堅持要留下聯絡方式，並且建議我去醫院檢查，相關醫藥費也願意負責，因此交換名片後我才離開。」

「這其間，劉先生車上有沒有人下來？」

「有個女生下車。」

「她下車詢問妳的傷勢嗎？」

「不是。她站在劉先生旁邊，看我們在講什麼。」

「單純旁觀？」

「不是。她先罵劉先生，再罵我。」

「因為她認為擦撞是妳造成的嗎？」

「不是。她認為劉先生趁機搭訕我，向我要手機號碼別有目的。劉先生努力解釋極力辯駁，她吵不過，就轉頭罵我。」

「罵妳什麼？」

「綠茶婊，想勾引男人就去找別人，別當街耍心機。」

「發生擦撞之前，妳認識被告劉學彬嗎？」

「不認識。就是運氣不好被他違規撞到。」

「依妳現場觀察，那個女生為什麼突然罵妳？」

「她以為劉先生想勾搭我，卻發現自己誤會了，可能面子掛不住，就遷怒我。」

「只是單純發生車禍，怎麼會產生這種誤會呢？」

我插嘴：「異議，要求證人陳述個人意見。」

審判長說：「辯護人，請修正問題。」

文石點頭，直接問：「依妳身為女性的觀點，以及在現場的觀察，那位女生為什麼會有這種反應？」

「我認為她在吃醋。」她抿了抿嘴，小心翼翼地說。這個覺得在說別人壞話的表情很可愛，讓我突然想起了她就是第一次開庭時，坐在旁聽席上那個梳著馬尾辮的女孩。

文石要求審判長提示卷內所附曾青妮的照片在投影幕上，讓她辨認：「照片上的人，是妳剛才說從車上下來罵妳、愛吃醋的那個女生嗎？」

「是的。」

「主詰問結束。」

「公訴人請反詰問。」

「嗯哼。」我清了清喉嚨，決定揭穿她的假面：「妳說那天是工作上趕著送急件，請問是什麼急件？」

「一個假扣押的聲請狀，要送來法院。」

「咦？那妳的工作是？」

「我在法律事務所擔任助理的工作。」

「在哪家事務所？」

「與辯護人文石律師同一家事務所。」

三位法官聽到她這樣說，臉色立即出現異狀。這就是我要的效果。在辯護律師受任案件裡由自己的助理充當證人？那剛才的證詞會不會事先受到指導？會不會偏頗附和？還有幾分可信度呢？

「今天來作證之前，文律師有跟妳說什麼嗎？」

「有啊。他要我作證時把車禍當天的情形講給法官聽就可以了。」

「妳，真的有發生車禍嗎？還是為了幫被告脫罪，照文律師指導的內容作證呢？」

三位法官同時將視線轉向文石，我也預期必定引來大聲抗議。殊不料文石見我們都注視著他，竟翻了個白眼，給了個無奈的表情，並沒有提出異議制止。反倒是沈鈴芝的臉色一沉：「檢察官這麼說是什麼意思，我放下繁重的工作來協助法院釐清真相，你卻這樣懷疑我說謊，好像不太尊重證人蛤？」

審判長沒想到她會這樣說，怔在當下。我可不能退讓：「替人作偽證的事我當檢察官以來可沒少見過，找自己的助理來幫被告作偽證的事倒是頭一回見。」

「我哪裡說謊了？只因為我剛好是辯護人的助理就一定作偽證嗎？」這小妮子居然氣到脖子都紅了，語氣裡滿是不甘心：「審判長，我要求檢察官向我道歉！」

我朝文石瞪了一眼：這也是你教的？

他聳聳肩兩手一攤：誰叫你惹她的？

面對史上第一次有證人面對詰問、當場要求檢察官道歉的荒唐狀況，程月君回過神來：「證人妳回答問題就好，不必帶著情緒。」

「為什麼？要我逆來順受嗎？曾青妮可以有情緒，我也是人就不能有情緒？他不道歉我就不作證了！」

「證人有作證的義務！妳要我處妳三萬元罰鍰嗎？」

「刑事訴訟法第一百九十三條規定，證人無正當理由拒絕具結或證言者，才能處罰。我被羞辱，只不過要求道歉，算是無正當理由嗎？」

這……簡直是考驗我當審判長的臨場反應嘛！程月君怔了幾秒，又看了我一眼，不知如何指揮程序。旁邊的受命法官見狀，語氣放軟道：「檢察官會那樣說，只是提醒法院注意而已，他應該不是有意羞辱妳，而且妳與文律師確實有同事或上司下屬關係，檢察官的懷疑也不是完全沒道理吧？」

「法官，那如果我可以證明剛才所說的是事實，他是不是就該向我道歉？」

這小妮子脾氣居然如此執拗……三位法官面面相覷，又把視線投向我。

為了化解這卡住的程序，我只好說：「如果妳真能證明，那我跟妳道歉。如果妳不能證明，我就辦妳偽證罪。」

「呿，一個大男人道個歉這樣不乾不脆。」她扁扁嘴不屑地瞪我一眼，隨即起身將放在旁聽席上的包包打開，從中掏出一支隨身碟：「這是當天我安全帽上加裝的行車紀錄器錄影檔，就交給法官當證物吧。」

審判長當場勘驗錄影內容。結果與她作證所述一致。

最引人注意的是，曾青妮當時罵被告與沈鈴芝真的很兇。

審判長詢問對於勘驗結果雙方有何意見。

「曾青妮是個愛吃醋的女子，吃起醋來可以當街罵被告，這是辯護人一直想要證明的吧。不過，這能為被告加分多少？難道女友愛吃醋，劉學彬就不會殺人了嗎？相反地，正如證人所說，人都有情緒，曾青妮動輒亂吃醋，兩人相處起來勢必會生口角衝突，劉學彬一氣之下起了殺機，才是合理的推論吧。」為了將證人及證物的證明力搶來控方這邊，我如此說。

對於勘驗錄影的結果，文石卻說沒意見。

這傢伙到底打什麼主意，真令人無法省心。

最可惡的是，我居然向他的助理低聲道歉，而且說「剛才誤會妳了，對不起。」時，他居然偷偷露出一抹微笑。

審判長程月君接著提示法醫研究所的鑑定意見書，命雙方表示意見。

事前閱過卷，鑑定報告的結論是；不能排除死者被人從身後以類似繩索之物勒頸施加強制力、造成死者頸部留下兩道瘀痕的可能性。

也就是說，辯方要求法官囑託鑑定的結果，沒有討到什麼便宜。

與其說法醫研究所通常是站在檢方這邊居多，不如說同為法醫，見解都不至於差太多。

「請求列入檢方證物之一。」我放心地說。

「非常遺憾的是，法醫研究所回答得模稜兩可。」文石貌似並未因此受到打擊：「或者可以說，原本是他殺所留下血痕的肯定答案，經由更專業的機構鑑定後，出現了只剩可能性的動搖了。」

「荒唐！鑑定結果並沒有推翻本署原先提出法醫報告書的結論啊。」

「所以我才聲請傳喚原先出具鑑定報告書的法醫伍柏成。」

「伍法醫的意見都已表明在報告書裡了，沒有必要浪費司法資源傳喚。」

「現在不查證，若被告上訴再聲請，上級審還是可能會請他上庭作證。」

審判長見雙方僵持，安撫我說：「沒關係，司法院在推金字塔堅實的第一審，不論辯方聲請的證人有無必要我們都傳，以免上級審有意見。而且現在傳喚也有利檢方掌控案情，不致發生超出起訴意旨的變化，對不對？」

伍柏成是地檢署特約的資深法醫，過去遇到跟他合作的兇殺案已不計其數，證詞應該會偏向檢方吧？話中的含義，我聽得懂，與審判長交換眼神後我點頭：「那就請庭上斟酌決定吧。」

伍柏成醫師坐上鑑定人席，並唸結文宣誓證言一定屬實。

審判長先詢問鑑定人的學經歷。伍柏成這方面的專業背景非常漂亮。

文石首先發動主詰問：「本案死者曾青妮是被人從後方勒斃，請說明您判斷的依據是什麼？」

伍柏成推推鼻樑上厚重的眼鏡，穩重地陳述當時檢驗的過程，最後下結論般說：「死者的結膜與鞏膜，也就是眼球周圍粉紅色組織與眼球的白色部分，出現點狀出血，證明死因是頸部勒絞窒息。」

文石的頭偏了一下：「能否為我們解釋為何從眼球出現血點，就能判斷是勒絞窒息？」

「外力對頸部施壓，使血管壓力突然快速升高，上沖至眼球血管，就會造成眼球微血管破裂出現小紅點或血絲，這就是所謂點狀出血。若頸部血管血壓正常，就不會有這種徵狀。」伍柏成很輕鬆地說明。

「據我所知，頸部被施以外力的原因很多，被人用雙手扼住頸部、死者用繩索類之物上吊，或圍巾領帶被車輪、電扇之類的機器絞捲而意外勒住，都有可能造成您剛才所說的情形。那麼，為何您的鑑定報告書裡，最後的判斷是他殺，而不是自殺或意外？」

伍柏成要求出示定鑑定報告書裡死者的上半身局部相片。審判長立即指示書記官將相驗卷內相片放映在投影幕。

「死者頸部有兩道被勒過的血痕，都是橫向平行凹溝。其中下方的血痕有強烈的生活反應，上方的血痕則反應較弱。可以推論死者是被人從身後勒斃，留下下方的勒痕、死後被布置成上吊自殺，造成第二次的上方勒痕。另外，關於死者手腳有多處擦挫傷，」伍柏成放下指著投影幕的手指，作了個請的手勢：「請庭上再出示案發現場相片。」

書記官移動滑鼠，投影幕上很快映出現場相片。

「現場的許多桌上的東西，電視櫃上的物品被傾倒散落，可以推論死者生前曾與人打鬥，或被勒頸後掙扎扭動，造成手腳的傷痕及現場物品的散亂。」

有證據及科學為依據的證詞，根本是無懈可擊的鑑定意見吧。

「為什麼血痕是橫向的平行凹溝，就可推論是被他人勒殺？」

「上吊的死者因為身體懸在空中，體重加上地心引力讓頸部縮緊在套索或其他索狀物，留下的凹溝會斜過頸部，呈現V型。相對的，索狀物勒殺的凹溝通常和脖子呈現水平。這是因為無論攻擊者是面對受害者或從背後攻擊，都會從兩端橫向縮緊索狀物。」

「您剛才說的生活反應，指的又是什麼？」

「生活反應指暴力施加在人體時，在損傷局部或全身出現防衛反應，而於死後所留下的痕跡。這個案子被害人下方血痕凹溝的生活反應包括皮下出血、組織收縮、腫脹、局部血栓形成等情況，都比上方血痕凹溝明顯，可以據此判斷她是被人從後方以索狀物勒住，勒束位置在下方血痕的部位，被害人用力掙扎反抗，所以生活反應痕跡明顯。之後凶手為掩人耳目，將她套上索狀物吊掛在掛燈上，因為此時被害人已經死亡或即將死亡，無力反抗或反抗微弱，上方血痕的生活反應痕跡就比較微弱。」

「您說的情形是所有的上吊與勒殺，都是這樣區分判斷的嗎？」

「異議！問題不明確。」我出聲。

文石對審判長微微舉手，不待裁定就直接修改問題：「平行血痕凹溝，一定是他殺勒斃所留下的嗎？」

「是。」

「下方血痕凹溝的生活反應較明顯，就一定能推論是他殺的結果嗎？」
「在本案的情形，是的。理由我剛才已經說明了。」
文石的詰問忽然停住，彷彿陷入沉思。
不，恐怕是陷入苦惱。因為鑑定意見聽來有憑有據，邏輯分明，而且肯定。
被告劉學彬神情緊張到不行，緊盯著文石。
「辯護人，還有問題要詰問鑑定人嗎？如果沒有就請檢察官反詰——」
不待審判長說完，文石似乎下定決心般突然問：「伍醫師，您說的很肯定，但，一定沒有例外嗎？」
「行醫超過三十年，擔任法醫超過二十年，我還沒看過例外的。」
對於伍醫師的堅定，內心裡大聲鼓掌，暗忖我連反詰問都可以省了。
殊不料文石接下來的舉動，竟讓我瞠目結舌，懷疑自己看到了什麼。
應該也把法庭裡的每個人都嚇傻了吧……
從辯護人席起身，他走向伍柏成，然後伸手……
下了法庭，拿起桌上的水杯狂飲了一大口，我才驚魂甫定。
瘋子。文石那傢伙真是個瘋子。居然有律師會瘋狂至此，真是難以置信。
手機這時傳來簡訊聲。我點開瞄了一眼，將法袍脫了就立即簽外出。

來到約定的地點。不一會兒黑色身影不知從哪裡竄出，鬼祟地溜上了我的車。

曾燁脫下黑色鴨舌帽，粗魯地用袖子抹去滿頭大汗：「楊檢，大事不妙了。」

「上次我請你去查的事，遲遲沒有回報，現在見面就跟我說大事不妙？」

因為經辦某部長酒駕的案子，及某立委之子運毒案被換走，覺得有鬼，但涉及檢察長、襄閱及主任是否有人配合政治壓力，我暗中找曾燁調查，打算揪出害群之馬；但曾燁始終沒有回報進度，催了幾次只得到「這種案子難度很高、急不得」的答案。

見他一臉凝重的表情，我問：「你到底查到什麼？」

曾燁似乎心煩意亂，開始嘰哩呱啦亂無章法述說了一堆，以往身為調查員的冷靜消失殆盡，我意識到他遇到很棘手的狀況，耐著性子聽他說完，然後在心裡快速整理重點。

老檢察長郭燤昭在升遷前，常與署裡署外幾個檢察官私下聚會。

因為有個擔任經濟部長的老婆，郭燤昭與政界人士的關係也不錯，這是他高升高檢署的原因。據可靠消息，近日他又即將調升法務部政務次長。

因為與政界走得近，所以郭燤昭與許多政治人物有交情。某部長酒駕案及立委之子運毒案，最後被告都安然而退，可以合理懷疑是透過他的關係去影響承辦檢察官，至於他是如何影響哪些檢察官，「掛線監聽」的結果查不出來，顯然身為偵查主體的檢察官們都知道「重要事情」不能在電話手機裡講。

但是台南政商名媛郭依莉卻從沒想過自己有天會被地檢署傳訊，更欠缺危機意識，所以當她被釋放後，「掛線監聽」她與一名王姓立委的對話，感謝那名立委找政黨黨團總召對我的「上面」關說，讓她全身而退。

也就是說，關說施壓的對象可能是郭熾昭，但也可能是吳秉鈞甚至高元吉。因為郭熾昭選邊站的結果，並不是王姓立委與黨團總召同一派系；而雙方派系最近為了爭奪政治資源與國營事業人事權，檯面下惡鬥得非常兇猛，所以郭熾昭未必買帳。那麼問題就必須回到：司法體系偵辦刑案不分背景勿枉勿縱，職司檢察權的檢察官本應獨立行使公權力，保持公正客觀，卻何以蹚進政治圈？

從郭熾昭的情形不難察知，辦案表現平平、在地檢署蹲了大半生，卻因選對了政黨投靠，立即升為檢察長，兩年後又高升高檢署，不日又將高升為政務次長。後進有樣學樣，誰還有心思在辦案上戮力從公求表現？

郭依莉既稱是對我的上面施壓，那就可能包括吳秉鈞與高元吉。

倘若他們選押的，是與關說者同一政治派系的話。

「郭、吳、高三人，到底是誰在搞鬼？」

曾燁沒回答這個問題，只是再次抹了抹額上的汗水，神情看來很緊張。我連忙抽了張面紙給他，並將冷氣溫度調降。

「我打算掛聽這三個人。」似乎在強作鎮定，他深吸了口氣，顫著聲音說：「結果卻被發現了……」

我還在理解被發現是什麼意思，他的喉結滾了滾：「我掛聽是沒經過監聽票的，被同事發現，可惡的是他的政治傾向和王姓立委、黨團總召是同一派系的，他馬上向上面檢舉我……」

「嘖！怎麼這樣……」

「事情在局裡傳開，有人站在我這邊幫我說話，有人卻向政客通風報信。最糟的是，我剛剛得知一個壞消息。」他一臉嚴肅地望著我：「我們調查的對象中，有人要報復您了。」

第十話

自從擔任檢察官以來，始終以打擊犯罪為職志，從不參加親人以外的飲宴往來，連同學好友都日漸疏於聯絡，所以曾燁緊張兮兮說有群傢伙與政客勾結準備展開報復，我根本沒放心上。除了以身正不怕影子斜打氣外，也感謝他幫我調查了許多幕後的事。

「日後若真的被處分就來找我，我一定幫你申訴！」拍拍他肩頭，我豪情萬丈地承諾。

當時他苦笑以對的表情，迄今都印在視網膜上。

因為一個月後，這種苦笑居然在自己臉上綻開。

廉政署廉政官十幾個人浩浩蕩蕩闖進辦公室，亮出搜索票與約談通知書，要我乖乖就範。望著他們毫不留情翻箱倒櫃，以及同事們的側目眼光，我意識到這就是曾燁所說得罪「他們」的反撲嗎……或為權勢，或為名利，一群各懷目的勾結在一起的利益共同體。

被帶到廉政署調查組的訊問室後，兩位廉政官尚知保持對前輩的基本禮貌，先倒了一杯水放在面前，並寒暄閒聊瞎扯套問年資輩份。我虛應了幾句後感到不耐，挑明了說：「可以了，這些讓嫌疑人鬆懈心防的招術就省了吧。」

兩位廉政官一臉尷尬，男廉政官乾笑：「呵呵，前輩就是前輩，這招您三十幾年前就用過了吧，哈哈哈。」

「我不會讓你們難做。直接問案就好。記得宣讀米蘭達四項權利。」

女廉政官面露欽佩神色，手肘推了推男廉政官。後者起身拉上窗簾，前者悄聲說：「楊檢，是有人檢舉您貪污，上面交查。很抱歉我們必須公事公辦。」

「貪污？哼哼。」

開始訊問後，才知幕後黑手是如何心狠手辣。

廉政官不斷詢問與名為滿富不動產的公司有何關係、與負責人陳滿富有何往來、是否曾在陳滿富與他人的訴訟中提供法律協助之類的問題。

反來覆去繞來繞去地問，偵訊技巧都是我每天在用的，只是沒想到現今被問者變成自己。

從來沒聽過的公司與負責人，竟然能跟我扯上關係。

「若如您所說不認識也無任何關係的話，」女廉政官從案卷裡抽出一張影印的明細表，移到我面前：「請解釋一下為什麼對方要給付這三筆款項？」

帳號顯示是我的帳戶。紅筆所劃的上個月月初、月中與月底，各有一百萬元匯入。電腦註記匯款人是滿富不動產。

帳戶是提供公家轉帳薪水之用，若有提領也都是網上操作，平常幾乎不去銀行刷簿摺也就不會留意餘額，哪知何時竟被人存入三百萬元！

「我不知道！若不是對方匯錯，就是別有目的。你們應該去問匯款人。」

女廉政官操作了一下電腦，應該是在看筆錄：「公司的會計說，老闆交代是付給楊檢的後謝。」

「後謝？謝什麼啊？我看是 bullshit 吧！」

他倆交換眼色，沒有回答我的問題。換男廉政官問：「楊檢，您的經濟狀況如何？」

「領公家薪水，也沒作任何投資，算小康吧。」

「唔。確實算小康。」他翻了翻案卷，盯著一份資料許久：「從財產所得資料清單看來，如果您臨時有較大額的花費，恐怕就比較難以支應。」

「房子是三十年前結婚時買的、車子開十五年沒換，我會有什麼大額花費？」

又與女廉政官交換了眼神，他用試探的口吻：「您的千金目前在紐約攻讀研究所吧？」

中薇……商學院博士班……我的心開始揪緊。

「紐約的哥倫比亞大學？」他的語氣變得輕佻：「哇，曼哈頓耶，一個月生活費要多少啊？學費也很可觀吧。」

「我房子押給銀行借錢供她讀書，有錯嗎？」

「我沒說有錯呀。只是，光是還貸款也很辛苦吧。像我，到現在連學貸都還沒還完，台北的物價又年年漲，就覺得壓力很大。」

「我女兒還有在打工，明年就畢業了。」

「還有你兒子，最近過得很不錯嘛。」

中凱？

媽的，眼前這傢伙居心叵測……我咬了咬下唇：「你想說什麼？」

「他沒打工了吧？最近買了一輛很貴的重機耶。」

「那是我給他的錢，」我找出那筆匯款指給他看：「這裡有轉帳紀錄。」

「喔，」他瞇了一下眼。「在對方匯給你第一筆一百萬元之後轉的帳呢。」

幹！我恨自己為什麼沒留意存款餘額！

「你可以辯稱是用手機線上轉的帳，沒注意到餘額，但是……」他往椅背一靠，雙掌墊在腦後，像準備發動奇襲的老鷹般盯著我：「上個星期他開著一輛全新的法拉利，就很可疑了吧。大學生開法拉利，嘖嘖。」

「他開法拉利？」我失聲叫出。

「我們問他，他說是爸爸送的。」

「狗屁！」

女廉政官移動滑鼠按了幾下，然後將筆電轉向我這邊：「上午我們請他來作筆錄了，他還沒告訴你嗎？」

彷彿墜入無底地獄般，後腦暈眩不止。我忍不住以手掌扶住額頭。

是誰在搞鬼？郭、吳、高那三個傢伙一定有人在後頭操縱這一切！什麼三百萬元，什麼法拉利，如此慷慨花費就為了把我搞臭搞死，可見是我承辦的案子妨害到難以想像的龐大既得利益，一定還有黑心商人摻和其中。最可惡的是還調查孩子，利用中凱與我的疏離及無知企圖坐實收賄動機……

快速思忖著把事實全盤托出的利弊。若照事實說，沒有證據指證，而且那三個傢伙或是誰搞鬼都不確定……尤其彭清介、曾燁的違法取證勢必浮上檯面，雖說不是出於我的指示，但拖累他們在所難免……不行，不能再牽連無辜了。

「我沒有送他車子。你們不可能查到我給付車款的證明。」

「楊檢，對廠商來說，直接送給你或送給你兒子，應該沒什麼差別吧。」

「廠商是誰？那個叫什麼富的嗎？」我冷哼一聲：「對價關係是什麼？」

「這就是我們請您過來的目的，如果自白，減輕刑責的規定您比我們清楚。否則過濾搜索的證物不知要花多少時間，您又否認收賄，那麼法官會羈押多久就不確定了。」

「唷，拿羈押來施壓了。既然查不到對價關係，還決定要聲押嗎？」

他倆第三次相換眼色。他繼續說：「這得由承辦檢察官決定。」

「承辦是哪位？」

「吳秉鈞吳檢。」

幹！

這麼聽起來，滿富公司的會計並未說後謝的原因，他們甚至連陳滿富都還沒訊問。這種情形的可能是：陳滿富不是在逃，就是人在國外傳喚不到。

但既如曾燁所說這是一場構陷局，那麼陳滿富就永遠不會返國。

筆錄作完要移送地檢署複訊，上公務車後兩位廉政官還客氣地跟我閒聊。直到快抵達地檢署時，他們忽然拿出手銬：「楊檢對不起，依規定必須委屈您一下。」

我猶豫了一下，然後他媽的伸出雙手，懷疑自己的人生為何淪落至此。自唸法律以來沒有一天忘記伸張正義，也努力讓無數罪犯戴上手銬，如今居然讓手銬套在自己腕上了……

待車子停在地檢署門口而非循例駛入地下室，我就體悟到吳秉鈞真的是個雞腸鳥肚的爛人。車門一推開，狼群般擁上來的記者、麥克風與閃個不停的鎂光燈就讓人想吐。女廉政官可能出於憐憫，靠過來低聲問：「楊檢，需要外套蓋住手銬嗎？」

我搖頭。一步跨出車門，直挺挺地站在車邊，左右兩臂被人架著走。

但是，為什麼要走得這麼慢……

媽的！是故意要讓媒體拍呵……

「為什麼要收受賄賂？」、「被移送法辦現在的心情如何？」、「收賄的動機是什麼？」、「第一次被戴上手銬會感到難過嗎？」、「會擔心被移送偵辦嗎？」、「覺得家人知道後會感覺怎樣？」

一陣無腦瞎問實在讓人受不了，我倏然站定：「我是被人設計陷害的，設計的人與我在地檢署的同事勾結，原因是我偵辦的案件擋了許多人的財路——」身旁的廉政官聽了大吃一驚，立刻拖著我猛力往前衝，前面的廉政官還大聲叫道：「讓一下！請讓一下！」

但記者們聽到像中了邪般，推擠得更兇：「是擋了誰的財路？」、「是跟哪位同事勾結？」、「是辦了什麼樣的案子？」、「覺得自己會被收押嗎？」、「被冤枉的心情感覺怎麼樣？」

被冤枉的心情感覺怎麼樣？難道會很爽嗎？

在我即將被架進電子安檢門之時，我轉頭大喊：「我辦案得罪了同事才被惡意陷害，是哪個同事你們去查了就知道！」

吳秉鈞看了新聞，想必氣得跳腳，但又得戴上假面開記者會了吧。

看著柯井益與我激烈地辯論著羈押的要件事實是否存在，程月君緊著眉心搖頭：「好了，不要再吵了。」

貌似非收監關押勢不為人的柯井益，仍然大聲指責我讓全體檢察官蒙羞；我則反嗆甘為政客奸商爪牙的檢察官才是司法敗類。我們惹得程月君舉起卷宗重摔在桌上發出巨響，並提高聲調叱道：「我說不要再吵了！法律人藐視司法才是司法之恥！」這才讓柯井益與我的怒氣暫歇。

回想在整起事件中逐漸陷入泥淖，噩運連連，直到聲押庭輪值法官剛好是程月君，才感受到老天沒有把我的好運完全沒收。

聽到她裁定一百萬元交保時，我大大呼出一口氣。

柯井益一臉沮喪。坐他旁邊始終不發一語的吳秉鈞不滿地說：「法官的裁定我們檢方無法接受，才一百萬！跟他所收到的賄款不成比例呀！」

「不爽就去抗告！」程月君起身準備退庭；「你們雙方都是檢察官，到底在搞什麼，這樣要人民怎麼相信司法！」

步出法院大門，已是破曉曦微，街上一片寂靜。

開車時腦袋因疲憊而空白，直到推開家門屋內狼藉混亂，才發現昨天家中也被調查人員搜索。

我撥開沙發上的物品攤坐，用力搓揉發痠的雙眼，再睜開時注意到地上。

那是秋樺的遺照。相框上玻璃碎裂，還留有一個鞋印。

我跳起來蹲在地上撿起它，立即撥掉上面的碎玻璃，手指因而割傷滲血。

心頭也在滲血。

居然這樣對待秋樺，這些混蛋……我氣到全身發抖。

憤怒、挫折、無力感襲來，牙齦因緊咬而異常疼痛。

直到手機的鬧鈴響起，才從多場噩夢中醒來。拉開窗簾，已是次日的清晨。

原來不知不覺中，自己抱著秋樺的照片在沙發上昏睡過去，整整睡了一天。

草草洗漱換裝，把冰箱裡過期的牛奶灌進肚，就匆匆出門上班。

才下車，就在地下停車場遇到蔡欽洋。

他見四下無人，把我拉到角落：「學長，你還好吧？」

歷經巨大壓力，第一次感受到有人關心。我長吁了一聲：「暫時沒事。」

「前天的事老大很生氣，已經召開臨時人事會議討論要如何處置你。」

「我說的是實話。」

「就算是實話，也不宜對著媒體說吧。」

「那我該對誰說？」

「在檢青論壇發洩一下就好了嘛。」

「有用嗎？」

他嘆了口氣：「總之，委屈學長了。」

進到辦公室，在桌上看到人事調職令，才知道他說的委屈是什麼。

有位先賢先烈在電話中的玩笑話一語成讖：我被調去金門地檢署。

整個上午都撐著尊嚴出庭。直到中午時分開庭結束，瞥見秋翠的身影出現在樓梯間的門前。

她一臉憔悴：「姊夫。」

我們走到法院較為隱蔽的角落，我告訴她被人構陷的事。

「這是怎麼回事啊，有天理嗎……」她靜靜地聽完，沉默了一會兒問：「聽說你因為這件事被調到金門？」

我苦笑點頭：「哼哼。以後被傳喚回來出庭都得搭飛機了。」

「我被調到屏東地檢署。」

「什麼？」震驚讓我一時說不出話來，沒想到她居然會被連坐！

這些幕後的鬼啊，太可恨了！

「我會幫孩子辦轉學。」她紅了眼眶：「姊夫，你以後自己多保重。」

握緊的拳微微顫抖，我恨得咬牙擠出：「……對不起，是我害了妳。」

她搖搖頭，作了個離開手勢轉身，走沒幾步又回頭：「姊夫，那個李正剛李檢你還記得嗎？」

「唔。怎麼了？」

「昨天看到電視新聞知道你出事了，想聯絡但你手機一直沒接。他電話打來找我，要我轉達請你跟他聯絡一下。」

下班後，我在車裡打電話給李正剛。

手機那端的他一直打氣，還說什麼選舉後改朝換代，現在檯面上這些傢伙說不定反而被冷凍，要我忍一時屈辱，就當做暫時到外島散心一陣子。

我提及于靖晴失蹤的事。他疑說會不會消息走露被噤聲或是被消失了……

真令人膽顫心驚，不敢多想。

不論如何還是感動於他的鼓勵，只是此刻打擊太大。什麼定罪魔手的，現在聽來真是諷刺，說不定網路酸民有人譏笑說該改為「犯罪魔手」或「收賄髒手」之類的。

可能聽出我意志消沉，他忽然說：「老楊，你對司法失望嗎？」

我深吸一口氣：「坦白說，從來沒有像現在這麼失望過。」

「你還想要幫那些無辜受害的人討回公道？」

「當然想。但是……體制如此，人事如此，連政治髒手都如此肆無忌憚，真的好無力。」

「反正事已至此，先別想這麼多。至於于靖晴那邊，我來找找看。」

「唉……那麻煩你了。」我嘆了口氣，沮喪地說。

次日是週六，也是連續假期的第一天。我徒步前往相框店。

師傅將換了新框的照片拿出來，指著秋樺臉頰的部位說：「這裡拿來時就有點刮傷，要不要重洗一張新的來換？」

那是被碎玻璃割劃所致。我搖搖頭，付了費用，步出店門時眼眶溼熱。

彷彿真的在秋樺臉上劃了一刀般心疼。

返家後將照片放回櫃子上原來的位置，靜默凝視許久。忽然很想去看她。

拎著從花店買來菊花、劍蘭與滿天星搭配的花束，我將車開往新北石門。

才駛過淡水區，就見到烏雲從北方捲滾而來。黑壓壓的，彷彿壓在心頭。

接著雨滴大顆大顆打在擋風玻璃上，密集有力；就像藏鏡人對我的攻擊。

墓園的停車場裡只有寥寥幾輛車，一如平日的墓碑群般寂寥。

蹲在秋樺的墓前，用掌心擦掉碑上遺相的灰塵。

相片中的她，依然維持著自信的笑容；可我的自信已被徹底擊垮。

連名譽恐怕都輸光了，日後還能如往昔般熱血辦案嗎？我不知道。

讓妳失望了，秋樺。就此在離島等退休，還是該再拚下去……

倘若秋樺還在，她一定會支持我。這力量如今不在了，必須獨自咬牙撐下去。

秋樺，我很想念妳……眼前一片模糊。我忍不住哭了起來。

許多有她在身邊的日子，一幕幕在腦海裡迴旋著。

這麼善良溫柔的人，卻死於那麼荒唐可恨的原因。

「……節哀吧。」不知過了多久，身後有人低語道，同時將一小包面紙輕輕放在祭酒與花束旁邊。

待我返頭起身，那個女孩已坐進一輛紅色轎車，正在發動引擎。

小跑步追上去輕敲玻璃。她按下車窗。我問：「妳是文石律師的助理吧？」

可能一時沒認出，她愣怔地看著我。我說：「能跟妳要一張名片嗎？」

大方地從包包裡掏出名片遞來，她睜著大眼睛，顯然還在回想在哪見過我。

我接過，此時聽到放在車上的手機響了，只得趕緊跑回車上。

手機鈴聲在我衝回車上之前就停了。我檢視訊息，有一則未顯示電話號碼的未接來電，還有一則簡訊。

我點開簡訊：「去找一個叫文石的律師吧，也許他能幫你。于靖晴。」

我立刻點撥李正剛的號碼，告訴他簡訊的事。

他說因為擔心安危，多方打探才得知她躲在花蓮。他特地跑了趟花蓮找到她，現正在返回台東的路上。

「躲？」

「她說因為在台南幫你追查一些事，可能是驚動了對方，不久就接到恐嚇電話。報警後警方說是從國外層層轉接了好幾個國家，很難追查發話人是誰。同時發現有人在跟蹤她，之後連家人都收到了警告，幾年前她也曾因挖掘案件真相遭到追查對象找人施暴，被打到住院，這次顧及家人安全，連夜逃到花蓮鄉下去了。」

嘖！幕後之人的魔掌居然無所不在，可見勢力龐大。

我忽然意識到自己面對的是不知名的暗黑勢力，成員涵蓋政商法三界。政商勾結已夠令人火大，連法界也沉淪於暗黑陰影，實在顛覆三觀。

「那應該給我一個電話呀，完全消失也未免太那個了吧。」

「我問了。她說對你很抱歉，因為她察覺自己的手機被監聽、行蹤又被掌握，所以……老楊，我覺得把人家拖進來，實在不宜再苛責。」

確實是因為我的事害她舉家逃難躲避。我趕緊澄清：「我不是責備她，只是太擔心她遭遇什麼不測的事。」

「其實我也用開玩笑的口氣說，妳查到什麼至少可以提供給楊檢，不然也太沒江湖道義了吧。不過看到她的遲疑與旁邊老母親擔憂的表情，就覺得她不敢講是人之常情，我不敢強人所難啦。」

「但她現在傳簡訊，要我去找律師的意思是……」

「聊到最後，我說那妳至少給楊檢一些建議讓我轉達。她沉默了很久，只搖搖頭。可能是我離開後她突然想到什麼，借誰的手機隱蔽來電號碼傳給你的吧。」

「這樣啊……」

「那個什麼石的律師，會不會是她的誰或知道些什麼，你要不要試試？」

可是，那個文石真的是個瘋子呀！叫我去找那個瘋子？

放下手機，瞥了一眼被我放在副駕駛座上、剛剛那個女孩的名片：

「法律事務所法務助理　沈鈴芝」

貳、花嶼的鬣狗們

第一話

我端著紅茶推開會議室的門，坐在桌後的客人讓我嚇了一跳。

是在墓園裡跟我要名片的那個中年男子。

仔細回想，更早之前好像在哪看過他，一時想不起來。

退出會議室後我跑去問白琳律師。她說：「他跟文石交過手，妳忘了嗎？」

交過手？不是律師就是檢察官囉……檢察官？啊！

沒想到在法庭上針鋒相對的檢察官會來找文石，更沒想到居然是楊錚。

我馬上去茶水間端來一壺紅茶，快步走回會議室。

文石與客人轉頭望向推門進來的我，怔怔地瞟了桌上茶杯，不約而同端起來啜了口。我換上新茶：「我的獨門銷魂紅茶。試試。」

文石抽抽嘴角道：「楊檢，這是我助理沈鈴芝。她想留下來聽，日後也許幫得上忙。」

楊錚望著我，微微頷首。我立刻拉了椅子，並在嘴邊做了個封口的動作。

那天遞名片給他時，打死都沒想到他會上門委託。

隨著他的敘述，在筆記本上的速寫愈來愈快，心頭也愈聽愈沉。

若非檢察官，他所說的，我會懷疑是自認遭受不公對待的怨言。

但他是檢察官。而且是形象很好、給人正氣凜然印象的檢察官。

為什麼他的敘述讓我對檢察體系的三觀崩壞。

聽到被調職到外島以防他繼續挖掘真相時，我不禁握緊了拳，想狠搥在桌上。

「到底是誰在幕後搞鬼，我想揪出來，但我即將被調職到金門，所以……」楊錚敘述完畢，最後說出委託的目的。

這麼不公不義的事，身為律師當然要接受委託，把幕後黑手揪出來呀。

殊不料文石居然說：「楊檢，您這個案子牽涉太廣，恐怕超出我的能力範圍。」

楊錚卻沒露出意外表情，沉吟了幾秒：「我想也是。」

「我想的卻不是這樣！」我忍不住插嘴：「于靖晴會請您來找文律師，自有她的道理。」

他倆竟然不約而同轉向我：「什麼道理？」

「蛤？」我歪著頭想了半天：「一時想不出來。反正一定有她的道理，對吧？」

他們收回視線、還同時站起了身。看來一個婉拒受託，一個不打算委託了。

「不、不是……」我也忍不住起立：「楊檢您這就算了嗎？文旦你真的不接了嗎？」

文石沒律師架子，身為助理的我常對他沒大沒小，老愛用破音字稱他文旦。

他們一臉疑惑地望著我。我急了：「楊檢，照您所說，也許是檢辯對立習慣了，也許是曾青妮吊斃案讓您覺得文律師是個行事脫軌的傢伙，讓您對他沒有信心的吧？但您要被調到外島了，還要面對被誣陷的官司，那麼原來的鎗擊案還有餘力追嗎？還是您決定放棄了、算了？」

「我當然不可能就算了。只是，文律師既然不想接，我只好找別人接了。」

「您要找誰呢？若非無計可施，也不會選擇文律師吧？」

他愣怔了幾秒，貌似被我說中，陷入沉吟不語。我再轉身慫恿文石：「你不要一下子就拒絕嘛！上次那個女子墜樓案，于靖晴是怎麼幫我們的你忘了嗎？現在她介紹案子來，就算不投桃報李，好歹也該給人家面子嘛。」

「接案要考量有無勝算、時間與能力是否勝任，跟水果有什麼關係。」

見文石這樣說，楊錚點點頭表示贊同：「既然這樣，我就告辭了。」

「抱歉。」文石與他握手，表達歉意。

瞅著楊錚步出會議室的孤獨背影，我對文石翻了個白眼，輕步追了出去。

在電梯門前，我搶先幫他按了下樓鍵。他禮貌地點頭。

「楊檢，那天啊，您為什麼會想跟我要名片呀？」

他扯扯嘴角：「不知道。或許想謝謝妳的面紙吧。」

「可我知道為什麼唷。」

「嗯？」

「這是兩個過往親友安排的。」

見他歪著頭露出不解之色，我解釋說：「若不是去悼念好友小晴，我就不會撞見您。若不是去祭拜夫人，您也不會遇見我。那天應該是夫人不忍您受委屈、小晴有意讓我和文律師伸出援手，在冥冥之中這樣安排的吧。」

「……」

「既然認為文律師是個脫軌傢伙，就算于靖晴建議也應該不會考慮才對，為何今天還是決定來找他呢？」

他沉默片刻，訥訥說：「非常案件，需要非常之人用非常手段……」

「就由我來勸文律師吧。當然，您也可以試著去找其他律師或您在警調界的朋友繼續調查。反正我們雙管齊下，您看如何？若文律師同意了，我立刻通知您。」

「那就……麻煩妳了。」

電梯門打開，我向走進電梯裡的他微微欠身。

其實根本沒把握文石是否真能幫他找出真相。

興許，是自己比較想知道真相。不公不義的事被掩蓋，還有人高居權位吃香喝辣，這種事是我沈鈴芝無法容忍的。

一刻都不行。

次日下午時值酷暑，空氣中瀰漫著沉悶想睡的分子。

「阿芝，幫我倒一杯紅茶進來。」拉開辦公室的門，文石探出頭來說。

「您這個要求牽涉太廣，恐怕超出我的能力範圍。抱歉。」

文石愣成木樁，望著手指在鍵盤上跳著的我，努力理解這話與現實間的距離。

剛好經過我工作間的白琳律師聽了，噗哧爆笑：「哈哈哈哈……一杯紅茶而已，超出能力範圍？」

「白律師也覺得可笑對不對？」我停下手中工作認真地問。

白琳止住了笑：「咦？怎麼啦？」

「文旦也是用這種可笑的理由，拒絕了楊錚的委託呀。他能用，我不能嗎？」

白琳轉頭瞟向文石。文石無奈地聳聳肩，步出辦公室自己到茶水間去泡茶。

白琳問到底怎麼回事。我概要地說了一下昨天文石拒絕楊錚的事。

「政商勾結又有黑道？若是我也不想蹚這渾水。」

「若楊錚委託妳，妳說超出能力範圍，這我信。但他委託的是是文旦耶！他會沒有這個能力？」

白琳怔了一下，斜著頭疑惑道：「妳剛剛是在說我能力很差嗎？」

「我在說文旦找藉口拒絕，辜負當事人的信任很不應該。」

「是阿芝太天真了。」文石端著一杯紅茶出來：「楊錚手握偵查及聲押大權，又可調動警調配合蒐證，可說是司法雄獅啊！連他都深陷泥沼，我只是出一張嘴的律師，能幹麼？」

「你自己也說深陷泥沼了，還不拉他一把？」

「這個案子背後有檢察高層、政客集團和黑道殺手的涉入，各有各的盤算，怎麼想都是一桶屎啊。」

「你可以當那根攪屎棍呀。」

頂著黑眼珠想半天，文石放棄理解：「就憑我一個人對付那麼多人？」

「我可以幫你呀。」我轉望向白琳：「白律師也會伸出援手的吧。」

「攪屎棍？怎麼想都不算讚美啊……」眉頭垂成八字，他啜了口自己泡的紅茶，整個五官隨即皺成一團：「這麼難喝！為什麼跟妳泡的差這麼多？」

「就說我可以幫你了嘛，包括泡紅茶唷。」

「那妳先去幫我泡杯紅茶吧。」

「那你答應接了對吧？」

「基於什麼理由，妳要那麼幫他？」

「地獄不滿，誓不為人；罪惡除盡，方證正義。我也想當這麼帥的人。」

「女孩子姑娘家，帥不帥什麼的是要幹麼？」

「男子漢大丈夫，摳摳搜搜的，像個娘們。」

白琳抿嘴偷笑，終於忍不住說：「用得到我的地方，就開口吧。」

「妳別寵壞阿芝，她愈來愈沒大沒小了。」

「人家白律師都要幫忙了，你還找得到藉口嗎？」

他不置可否，瞅我一眼就踱進自己的辦公室了。

「白律師妳看他啦，以前很有正義感的，現在這麼畏畏縮縮。」

「阿芝為什麼堅持認為小石應該要接楊錚的案子呢？」白琳別具興味地問。

「非常案件，需要非常之人用非常手段。這世上只有柚子這種非常之人，才有解決這種案子的非常手段。」

話雖如此，文石似乎興趣缺缺。幾經迂迴試探，他都以沒興趣插手為由轉移話題。

但如我對楊錚所說，或許那些無辜的靈魂自有指引、冥冥之中天道自有安排。

兩個星期後的某天下午，律師們都不在，同為助理的小蓉輪值去跑法院遞送書狀，我以為事務所裡只剩自己一人，停下鍵盤上跳動的手指，我舉起雙臂伸展，起身邊揉痠疼的腰部，邊前往茶水間打算吃東西補充體力。

在經過文石辦公室時，裡面傳來微微異聲，讓我不自覺地放慢了腳步。

有人在裡面。還在講話。那是一個老頭兒的聲音。

咦，我明明記得文石出去了呀，原來跟當事人有約。可能剛才太認真盯著電腦螢幕，沒注意他帶當事人回來了。我輕敲頭側。

但是當我嚼著蜜餞從茶水間再經過辦公室時，發覺不對勁。

那老頭還在講話……呃，不是，是還在講一樣的話。

「我就說……就是說……」隱約聽到這樣的話，剛才好似也是這樣說。

因為老人家太囉嗦的關係嗎……我端來兩杯紅茶，打算進去解救文石。

推門進去。文石站在落地窗邊眺向遠方大樓。

小茶几旁沙發上，空寂。我快速巡視，老人躲在哪？
他轉身，用疑問句的眼神望向我。我彎腰，用疑問句的眼神望向辦公桌下。
「妳找什麼？」
「當事人走了喔？」我放下手中的茶盤問。
他伸手翻了一下行事本：「不是約一個小時後到嗎？」
我歪著頭，走到櫃子旁拉開櫃門，瞅著裡頭滿滿的卷宗：「你剛才跟誰講話？」
「這裡還有誰？」他瞟見茶盤上的兩杯茶，擔憂地問：「妳是不是工作太累了，要不要放個假？」
「放假？恐怕超出我的能力範圍。」
愣怔了半晌才聽出我話中真意，他扯了扯嘴角，把自己癱進椅子裡：「妳放假，我買單，就沒有超出能力的問題了吧。」
雖為助理，經濟上我比身為上司的文石來得寬裕。
每次放假回家父母總問我為什麼還蹲在事務所裡，說只要辭職到老爸的公司就有副理的職位，立刻有至少五十名的下屬可供使喚，出門還有司機開車，只要將唯一心思用在幫老爸打理好公司業務就可。只是我雞婆好事，不行俠仗義就覺得渾身沒勁，所以在考上律師之前，寧願蹲著當個小助理。
「你居然敢瞧不起我的經濟能力？」
「不敢不敢。只是去玩之前，我們還是有些準備工作。」
見他不像是開玩笑，我問：「……那我們要去哪裡玩？」

「困在這都市叢林難免身心俱疲，當然要去接觸大自然啦。」

「我不想去。我只想知道楊錚的案子是誰在背後搞鬼。」

「我們不是檢察官，甚至連地檢署工友都不是，是要從何查起呢？」

文石的辦案能力，讓我覺得他在推拖。正要發作，白琳從外頭探身進來：「小石，你要我找的東西有結果了——咦，你們在討論什麼？」

文石有一秒的神情閃爍，我立馬知道白琳在說什麼，大叫：「不管！我也要參與！休想叫我去放假！」

放假時若能面對碧草如茵與湛藍大海，也是一大享受。

但今天不是來享受，是有任務的。

與孤僻的文石相反，白琳的人緣很好，在法界有許多人脈，打探小道消息靈通得很。據她的情報，這家位於石門草里漁港附近的高爾夫球場，坐落於臨海峭壁，是國內最臨近海洋的高球場，視野十分開闊，可一邊欣賞北海岸的壯麗景色，一邊沿著天然地形設計且起伏很大的球道擊球。在臨海的球道揮桿，更有小白球可能失速墜海的刺激感，因此吸引許多法界熱好此道者前來挑戰。

或者說，來此社交，結識一些對前途有幫助的人士。

畢竟，一張會員球證的會費可真不便宜。

我坐在餐廳裡滑手機，同時注意著駛進球場從各式名車下來的人。

畢竟楊錚說的那些檢察官，我一個也不認得，需要從白琳找來的照片辨認及記憶。只是，這些證件照看起來都很青澀，與現實的差距如何，頗考驗眼力。

就如在這些人手中，正義兩個字是怎麼寫的，常考驗一般人民的理解力。

畢竟是清晨，來打球的人還很少。我與白琳閒聊：「什麼原因讓文旦決定要接這個案子？」

「那時我在跟他討論一個非訟案，他接了一通電話，結束後就忽然問我是否可以提供一些楊錚案的關係人資料。」

「楊錚打給他的？」

「不是。手機那端是個女生聲音。」

我輕吹了聲口哨：「喔，果然對美女還是無法拒絕呀。」

「妳怎知是美女？」她也朝停車場眺望了一眼；「說不定是個大媽或阿桑。」

我噗哧笑出聲，隨即正色道：「擔任助理這麼久，好像沒見他跟哪個女生往來過齁？」

「妳覺得今天他自己不來這裡，卻叫我們來，是為什麼？」

「以他那種半社恐半宅男的個性，來這裡能幹麼，當球僮嗎？」

「撿球太辛苦，開高爾夫球車就可以了。」

我們一起笑彎了。

這時一輛進口休旅車開進停車場，一個身材高大戴著墨鏡的男子下車。

白琳手肘輕碰我手臂：「那個是吳秉鈞。我曾出過他的庭，所以不宜出面，妳應付吧。」

話還沒說完，另一輛騷包的黑色超跑也駛入，下來一個土裡土氣的矮子男。

「那個是顧興德。我來。」

我們拎起球具袋，有說有笑地往第一洞走去。

超討厭高球這種運動。花錢、不環保、運動量又有限，我認為它充其量就是有錢人的社交活動而已。但為了查案，不惜重本買了全新高球女裝，還緊急要求老爸傳授兩招，害老爸誤以為我有了改行從商的念頭，開心了好久。

聽說顧興德的球技很爛，白琳只將球打向第二洞。

我則大力揮桿，直接將球揮往海邊的第四洞。

小白球落在第四洞附近，只要小心一點，也算小鳥甚至可以老鷹了，但我故意將它往海邊懸崖推。此情被遠在樹下的一個桿弟看見了，睜大眼睛盯著我。我聳聳肩，吐了吐舌尖，然後將小白球推進草地凹陷處。想將它推出來，除非拿鏟子挖或直接用手取出拋上草坡，不然以臨時學的功夫根本無法再將球打出來。

所以我在這裡推過來、打過去，來來回回，好似費盡心力也無能為力。

實則我在等一顆球。

那顆球飛來第四洞附近時，主人往我看了一眼。我知道他就像游進石滬的魚。

他一下子就將球直線揮進第四洞，然後第二次投來視線。

我對他回以崇拜的表情，並立即做了一個拜託的手勢。

英挺的外表給人第一印象極佳，確如楊錚所說，頗適合擔任發言人的角色。他問：「怎麼啦？」

我用甜甜的聲音說：「……打不出去呀。」

幫他揹球具的就是剛才盯著我的那個桿弟，應該與他很熟。他倆對望一眼，桿弟對他點點頭，表示認為我真的是個高爾白痴女孩。

「怎麼會打到這裡呢？」

「第四洞很靠近海邊，我怕把球打到海裡了，誰知道一緊張就……」

「我幫妳吧。」他走近我的球，瞄了一眼，刷地一聲就將球高高打往上坡區。待砶地一聲球落地，我忍不住小尖叫：「太帥了……」

我瞟見他的嘴角有得意的笑意。

跟他說了聲謝謝，我往上坡走。他搭著桿弟駕駛的高球車從身後接近。

「要不要上車？太陽這麼大。」

拉了一下遮陽帽，我微笑說謝謝，然後刻意坐進後座。

他從前座轉頭問我：「怎麼一個人來？」

「跟朋友一起。她比較會打，可能已經打到第八洞了吧。」

「以前好像沒看過妳。」

「以前在淡水打。今天朋友邀才來這邊。」

接著第五洞、第六洞都是一桿進洞。畢竟師承二十年高球經驗的老爸，加上自己的體育細胞，這點功力我還是有的。

目的是不想讓他認為我是嬌弱的白蓮花，或是別有居心的綠茶婊。

但是在第七洞時，我卻再次扮演了綠茶婊。

球在水塘邊來來回回，就是不肯就範的樣子。身後傳來腳步聲，我故作苦惱狀，彎身換球桿，起身時正好與他的視線對上……

不，是與他趕緊將視線往上的視線對上。

我的衣服短裙都很合身，他的視線閃躲前停在上衣領口交會處。

「怎麼啦？」他連忙拉開笑意：「妳剛才不是打得不錯嗎，比我快來到第七洞呀。」

「唉唷，今天水逆啦。」我輕聲抱怨道。

「我看妳是恐水吧，打到海邊或水塘邊就會緊張。」

不理會他的取笑，我瞄準，使盡全力扭腰揮桿，桿球撞擊聲清脆，但球卻落到一棵樹幹上，反彈到草地上，差點沒滾進水塘裡，嚇得我哀叫。

他仍然是一桿就揮進洞裡，嘴角掩不住得意。

拖著腳步，我蹲在自己的球旁，嘟著唇擺出生氣般的無奈狀。

「要我幫妳還是教妳？」他走過來問。

感謝上帝，他男性賀爾蒙作祟了。

我聳聳肩，低著頭小聲說：「……如果不麻煩的話。」

「妳姿勢不對，施力會偏，打出去的球就會歪掉。」他兩腿張開，擺了一個標準姿勢；「雙肩要平，雙臂要直。」

我學他，但雙臂故意微彎。他主動站到身後，兩手伸向前握住我的手背，幾乎形同環抱：「手臂要打直，像這樣……」

等了幾秒他沒再繼續說，我只得問：「嗯，然後？」

「……然後妳必須看向遠方的目的地。那個洞。」

注視著遠方，但餘光瞄了一眼站在幾公尺外的球僮：從他的視線與表情，我知道身後的吳秉鈞居高臨下並沒看著遠方球洞。

他應該在窺視衣領間隙裡的風景。

我忍住想給他一巴掌的衝動問：「可以揮桿了嗎？」

「喔，瞄準好了當然就可以打了。」他連忙放開手。

使勁一揮，球飛出去。落下後滾了幾下躺在球洞邊。

我雀躍地跑去將球推進去，笑著跟他道謝：「練了這麼久，原來訣竅在這裡。」

前往下一洞前，他再次邀請我搭高球車。這回跟他坐在同一排。

他開始與我攀談。起先聊些打球技巧、球場環境，後來聊球打了多久、參加過哪些比賽之類的。到抵達第八洞區域時，話題轉為個人問題。妳叫什麼名字、什麼工作，甚至……結婚了沒有。

結婚了沒有？重點來了。事先白琳告訴我，吳秉鈞是個黃金單身漢。

男人很可悲，常常被視覺影響賀爾蒙，賀爾蒙再影響大腦，讓人類變回動物。

我笑著說：「現在哪有女生那麼早結婚的啦。」

下了高球車，他還緊追著問：「妳說妳只是個上班族？可是上班族會在這種地方出現？」

「我朋友有錢，她願意帶我來也不行嗎？」

「原來如此。妳是在私人公司任職嗎？」

「我在一家私人企業擔任助理。」

「私人企業？哪方面的？」

我給了個神祕的笑，再將視線轉向桿下的白球，用力將球直線揮進球洞。旁邊幾個球友見狀，發出讚嘆的輕呼及掌聲。

「我雖然不知道你的貴姓大名，不過從你問東問西的樣子，我猜你的工作不是刑警就是法官。」

他大笑起來：「哈哈哈哈，抱歉，我太失禮了。」

幫我們開高球車的球僮插嘴：「他是吳檢察官。」

我睜圓了雙眼，微微吐了舌尖：「檢察官……我的媽呀……」

他的下巴微抬，露出些許得意的笑意，同時大力揮桿。不過球飛過了球洞，落在一個地勢較低的窪地裡。

「我叫吳秉鈞，在地檢署任職。」他邊往球洞走邊自我介紹說。

是啊，我知道你叫吳秉鈞，還知道你欺負正直的楊錚，很欠打。

見我默不作聲，他換著球桿別具興味地說：「我又不會抓妳，妳怕什麼。」

「檢察官不是都……很兇的嗎？」

「我只對壞人兇。」他還扮了個俏皮的鬼臉。

若是那些花痴女記者，恐怕就要被電暈了。既已從楊錚口中得知他的為人，光忍住手中的球桿不往他頭上敲就已耗費太多真氣，以致尖叫好帥喔之類的，實在超出能力範圍，我裝不出來。

「檢察官的工作，是不是都很忙要常加班啊？」

「不會呀，工作能力差的人才要加班。」

「意思是，你的工作能力很強？」

球僮又插嘴：「吳檢已是襄閱了，也許不久就升檢察長了呢。」

他對球僮作了個封嘴的動作，臉上卻藏不住笑意。

「襄閱是什麼？」

他對著裝傻的我，開始解釋地檢署裡的人事制度。

望著他的意氣風發，揣想若檢察官的獨立偵查權沒有被人事綑綁、檢察體系的人事權沒被政客操控，興許他的意氣風發是來自於破獲哪個詐騙集團、追回多少被害人的血汗，而非來自於職位。

第二話

還沒打到第十洞，他已說完自己漂亮的學經歷、優異的辦案成績、強大的身家背景。我只裝幾個崇拜眼神、丟幾句好奇的問題，他就自動滔滔不絕。

文石說今天的任務很簡單，畢竟司法應是孤獨的工作，司法人久了都剩壓抑。只要想辦法把那根綑綁壓抑的繩子解開，對方就會自然伸展——或許還沒解開就想伸展了。

站上第十八洞時，他終於忍不住：「沈小姐，能跟妳加個 Line 嗎？」

我拿出手機讓他掃碼：「你會來打球，表示喜歡戶外活動？」

「妳不知道以前在學校時，同學都說我是陽光美少年嗎？」

真心想笑。我掩嘴笑出聲，止住才正色說：「我們度假村有個海島三日遊，還有水上活動，不知你有沒有興趣？」

「原來妳在度假村工作？」他拉出笑意：「大學時曾得過大專盃金牌，我泳技還行。」

「那到時候，把活動內容發 Line 給你。」

「好啊。」

不知是果嶺難度太高、還是景色太美而分心，他這一球居然打到池塘裡了。

我則是一球飛過成排的蒲葵，兩桿攻上果嶺，取得「老鷹」的機會。

回到餐廳與白琳會合。交換眼神後，我們步上二樓咖啡廳躲在角落的位子。從落地窗看出去，停車場又多了好幾輛名車。

白琳先說：「這個顧興德才擔任檢察官幾年，年紀雖輕企圖心強，認為檢察總長就是他在檢察體系的終極目標，整個聊天都繞著哪個學長升高檢、哪個學姊結案神速考績優等，超煩的。」

「蛤？第一次見面就跟妳講這些？」

「嘿嘿，原來他跟我是唸同一所大學，是早我幾屆的學長，話題當然就好聊啦。而且這傢伙一方面想升官，一方面又覺得我們律師好賺，大談哪個學長在大型事務所光是幫上市公司出具法律意見書，幾年就賺了好幾個億，羨慕到口水快流出來啦。」

「這麼羨慕就乾脆退下來轉任律師嘛。」

「他說至少要從高檢署退下來，當律師才賺得快。」

「權位金錢都愛就對了。奇葩。」我啜了口咖啡。「那麼文石交代的任務呢？」

「有加 Line 了。」她搖搖手機：「不過，他說他不喜歡海上活動。」

「哼哼，是自己不認真辦案害了無辜當事人，怕被水鬼抓交替吧。」

「不是，他說小時候曾經溺水差點掛掉。」

「是說文石幹麼叫我們來邀請他們參加什麼海島假期啊？」

「這就不知道了，反正小石做事一向諱莫如深神鬼莫測。」

我講了跟吳秉鈞打球的經過。白琳聽了，以手背撐著下巴看著我：「聽起來剛才的打球經驗應該很愉快、但妳表情卻如此猙獰？」

「因為發現一件詭異的事。」杯中咖啡被我一口喝掉：「為什麼他沒穿法袍的時候，一言一行都很令人火大。」

她笑出聲：「不然呢？」

「他開記者會時一派義正辭嚴的樣子，坐在偵查庭的法台上，想必也是正氣凜然吧，為什麼私底下行徑卻像個渣男。」

「不然呢？法袍一穿，就會從凡人變成聖人？」

怔了一會兒，我輕吁口氣：「是我想太多。是我太單純。」

「司法工作需要想很多，也需要單純；不過，認清現實才能走得遠。」

楊錚算是老江湖了，他認清現實了嗎？不自覺輕輕搖頭，不想糾結在這種難題，我轉換心情問：「不知文旦那邊有什麼收穫。」

「他說要去參加一場餐會。好像在東方文華酒店。」

「嚯喲！他自己倒是蠻會享受的嘛。」

「他說參加這餐會是人生最痛苦的。」

「有好酒好菜，還痛苦咧——咦，說不定唷，若罹患社交萎靡症，卻必須一直跟別人搭話應對，確實很痛苦。是說，那種活兒交給我們不是比較好嗎？」

「我們下一攤也不錯呀。」她瞄了一眼腕上的錶：「時間差不多了。」

白琳先上車。等了十分鐘確定不會再撞見吳秉鈞，我才快步溜上車。

「聽楊錚的描述，那個顧興德好像跟蔡欽洋走得很近？」我發動引擎，將車子開出球場。白琳點頭：「他們是司法官學院的同學，剛才他好幾次提到蔡欽洋很照顧他。」

「若非覬覦妳的美色，怎麼會主動跟妳講這些。」

「我故意說想申請轉任檢察官，基於照顧學妹，他才告訴我許多巧門。」

「巧門？」

「就是能讓考績變好的三高技巧。考績好，就升得快。」

「三高？」

「像是案件月結量要高、處分的維持率一定要高、酒量一定要能戰勝陳高。」

「陳年高粱？那像我只能喝紅酒怎麼辦。」

「有可能一輩子蹲在地檢署，做到退休。」

「所以蔡欽洋教他怎麼喝酒？喝酒是處世做人的方法之一？」

「楊錚不會處世不懂做人，才落得發配邊疆的下場。」

「我覺得楊錚會來找柚子，是因為他覺得自己與柚子是同一類的人。」

「哈哈……這是今天我聽到最強的推理結論。」她擊掌笑了起來：「小石有妳這樣沒大沒小的助理——」

「是他三生有幸。」

車子從北部濱海公路往三芝方向疾駛。一路上我們聊著事務所的日常。聊到文石時，因為他怪，我們居然比賽貼他標籤，什麼司法怪傑、神鬼律師、社交怪胎、宅男法律人，甚至被訟案耽誤的AI人，亂七八糟的名稱硬往他額頭貼，然後再笑得花枝亂顫。直到車子進入淡水時，我想到昨天的異狀：「妳說文石做事神鬼莫測，雖然他辦案方式出人意表，但我常懷疑會不會他真的有什麼……靈異體質？」

「蛤？」視線從蜜粉盒小鏡子轉移到我臉上。

「昨天下班前要送整理好的卷宗進他辦公室時，在門口聽到奇怪的聲音。」

「奇怪的聲音？」

「很像……烏鴉——不，很像《侏儸紀世界》那部電影裡一種恐龍的叫聲，當然沒那麼嚇人。我推門進去，發現文石很正常地在翻閱卷宗，用電腦打訴狀。」

「是他又秀斗短路了嗎？」

「以前剛認識他的那些日子，我一定這麼認為。不過前幾天同樣要進他辦公室，也發現類似情形，我懷疑是不是聽錯，只是一再出現就難以釋懷了——」

「什麼類似情形？」

「我聽到有個老人家在跟文石講話，進去後發現根本沒有。過了兩天，又聽到裡頭有兩個人在對話，結果進去還是只有他一個人。」

「他一定在講手機或用電腦線上通話，並且開了擴音模式嘛。」

我搖搖頭：「我看到他手機是以關機模式在充電，電腦也沒有上網。還是，他有什麼不可告人的祕密見我進來，就立刻關機或停止通話？」

「唉呀！」她伸手摸我的額頭：「妳是工作太累出現幻聽嗎？」

「說不定是他工作壓力太大出現雙重人格？或是他被什麼髒東西附身了？我有點後悔強迫他接下楊錚的案子……」

「跟妳沒關係吧，他一開始確實沒有接呀。」

那麼是什麼原因讓他改變決定……那通電話？電話那端的女人？

女人之中，白琳可說是無人反對的美女律師。

車子駛進敦化南路的飯店地下室，我們先進預訂的房間。簡單梳洗換裝後，來到一樓酒吧吃些東西。

「待會兒郭依莉會在樓上包廳宴請政商人士，我搞到這個，帶妳開開眼界。」她從包包裡掏出一紙信封，就對桌上的餐點開動。

我打開。裡頭是鑲金邊的邀請函，邀請人是郭依莉；邀請理由是為一個媒體大亨七十歲的生日舉辦慶生宴。「喔喲，妳連這種東西都拿得到？」

「楊錚訊問郭依莉時，不是提到她請了三個律師？我跟其中一個有點熟。」

我啜了口蔬果汁：「當律師是不是應該要廣結人脈，才有前途呀。」

「對拓展業務當然是有幫助。」

「那如果對社交活動不感興趣，不就不適宜從事這一行？」

「等著法扶指派案件的律師，都過得很辛苦。」

「那文石呢？既不喜歡社交活動也不接法扶個案，豈不是法界孤兒？」

「他只是有點怪……」她頓了頓，貌似放棄般：「好吧，我承認以他的個性，當律師很違和沒錯。」

「有點擔心他。」我放下手中的叉子：「幸好白律師社交能力強，能協助他。」

「法界的消息我還算靈通，但其他方面妳比我強多了，至少在維持當事人的信任方面他有妳這個助理。」

「有讀者認為我是個沒分寸的女生，很討厭我，還說為什麼不要讓文石跟白琳搭檔就好。唉！」

我無奈地聳聳肩：「我該向妳學習，以後考上了才能當一個不被讀者嫌棄的好律師。」

「傻妹子，這個世界不需要有兩個白琳，但一定需要沈鈴芝。」

「唔？」

她端起杯子喝了一口蔬果汁：「這個社會不需要那麼多想賺錢的律師，但一定需要熱血的法律人。像妳這般。」

「白律師～～妳幹麼這麼體貼啦，人家聽了會想哭耶……」

「好好好，不哭哭。乖。」她笑著說，隨即正色道：「其實看到妳熱血地東奔西跑，我就常提醒自己要保有決定唸法律時的初心，但有時就是不得不向現實低頭。這次文石不想接楊錚的案子，我也擔心他是否對司法心冷了。」她非常嚴肅地看著我說：「法律人心冷，法庭就會變成傀儡劇場，審判就會變成虛應故事。」

緊握雙拳，我激動地問：「快告訴我，待會兒的任務是什麼？」

「打探出楊錚所說的幕後黑手是誰。」

結束下午茶時間，我們搭電梯直達39樓醉月樓餐廳。

還沒到開席時間，入口已擠滿報到的賓客，嘈雜到讓人以為是造勢場面。我忍不住問：「媒體大亨？」

白琳點頭正要說話，就被人叫住：「美女，這裡！」

白琳跟她們揮揮手，帶著我過去。

經由介紹，這群貴婦裡有人是律師、有人是檢察官。

「想不到林董生日，來這麼多人。」

「林董廣結善緣，為人海派豪爽，政商通吃，當然就是今天這個場面了，聽說他還特別交代要低調。」

「低調就已經這樣了，那高調的話——」

「那得到大巨蛋去辦了。」

「太恐怖，妳看電梯門一直開，人一直進來耶。」

她們七嘴八舌我插不上話，只得拿出手機搜尋林董背景的相關報導。

經營兩家電視台、一家報紙、三個網路平台……利用這些媒體，翻手就是風、覆手即為雨，想要塑造自己是聖人偉人神明爺的、想要對政敵潑屎潑尿潑硫酸的，莫不想抱緊林董的大腿。

他還是一家大型連鎖KTV的負責人，每年捐給各政黨、各政客的政治獻金超過億元……也可以說，只要不討厭金錢的政治人物，每個都想喊他一聲乾爹。

所以，現在目視所及的衣冠楚楚與衣香鬢影，都是來跪拜衣食父母的？

為了避免剛吃下肚的東西反芻，我趕緊將注意力轉向白琳與貴婦群們。

一個少婦正與白琳低聲細語，我靠過去想聽，被她銳利眼神察覺，立刻噤聲。白琳瞥了我一眼，轉頭跟她說：「阿芝只是助理，也是我閨蜜，沒關係的。」

少婦的眼珠又向四周掃了一圈，才又低聲說：「……所以我才說她不簡單。」

「可是，她真的那麼厲害？」白琳也低聲問。

「就一通電話，妳敢說沒兩把刷子？」

「一通電話，就能保證她絕對不會被收押？」

「後台像不像花崗石，硬吧？誰不喜歡硬？」

停了兩秒，可能是想到硬的絃外之音，她居然放浪地大笑起來。白琳也陪著笑，只是額上刷下尷尬三線。這時門外傳來一陣騷動及掌聲，旁邊有人喊說：「林董到了。」桌邊的人都不約而同鼓掌。我跟著起身，鑽到人群前面，看到一個禿頭濃眉方型臉、厚唇闊嘴大肚腩，走路姿勢霸氣、臃腫體態像隻大熊的阿北，在掌聲與擁戴中邊走邊與兩旁的人握手寒暄，光是進場就耗了十幾分鐘。待他被迎向主桌，全場立即響徹雲霄的喊「林董好——！」

笑得雙眼都瞇成彌勒佛，他招招手：「大家好。請坐、請坐。」然後就一屁股霸氣地往主位坐下。

這時一個珠光寶氣的婦人拿起麥克風，表示自己是今晚壽宴的主辦人，眾親友同為林董暖壽真是溫暖之類的場面話。

我溜回座位，悄聲跟白琳說：「她手指上那顆絕對一百萬以上。」

「她就是郭依莉。」

看起來四十好幾近五十歲的年紀，笑容可掬的樣子掩不住銳利與精明，完全是商場女強人的作風。想像開庭時她面對聲押毫無懼色的模樣，覺得楊錚敗在她手裡，真是輕敵。

進入介紹貴賓環節，起身向全場揮手致意的幾個什麼董仔啊、社長啊都不認識，我只知好幾個面孔常在報紙社會版出現，頭銜是什麼堂主會長的。

直到郭依莉喊出掌聲歡迎內政部長蒞臨現場，才讓我睜圓了眼。

部長是律師出身，對於在場有案在身的大哥大姊們，都當兄弟姊妹般敬酒問候，然後就坐在某個會的會長旁邊，開始熱絡哈啦。

內政部下面有警政署對吧？也就是說，內政部長也管警察不是嗎？

白琳見我臉臭，拉拉嘴角輕撫我肩，意思是沒事沒事，這是社會。

我忍。我業障重，看到不該看的東西。我挾菜吃。

不一會兒麥克風又傳來郭依莉的聲音：「歡迎監察院長光臨會場！」

監察院？好久沒聽到這個部門的聲音，原來官箴清明到這種程度了。

拿起酒瓶往杯裡倒；對於那個頤養天年的傢伙，我連轉頭瞄一眼的勁都沒有。

過了半小時，透過麥克風又傳來郭依莉比剛才高亢十倍的音調：「各位貴賓，現在總統已經抵達大廳門外的電梯了，請大家用熱情的掌聲歡迎我們的總統！總統好！總統好！總統好！……」

現場因此一陣騷動，大家紛紛起立鼓掌並往中間走道擁去，場面有些混亂。

黑道，白道。犯罪者，執法者。官商民匪，同桌共餐，把酒言歡，原來江湖無波、歌舞昇平就是這般景況。失敬失敬。

江湖若是無波，又豈能算是江湖？

江湖已非江湖，法制與秩序何用？

我將杯中紅酒一飲而盡。難怪郭依莉面對楊錚的聲押威脅，可以處之泰然。

以前在法庭上旁聽楊錚與文石的對戰，覺得檢察官的權力真大。

是否起訴，決定了被害人或被告今後的人生，哪個人進到偵查庭對於法台之上的檢察官不是畢恭畢敬。

可眼下這排場勢力，基層檢察官能面對？相形之下，檢察官的權力算什麼？

這時手肘被推了推，白琳靠近我：「重要情報到手。走吧。」

我跟她走餐廳側邊的門離開。電梯門闔上時，才把喧鬧隔絕耳外。

回到事務所，還沒坐下，就聽到後方的洗手間傳來嘔吐聲。

待洗漱完畢，我們扶著吐到癱軟的文石，走回他的辦公室。

「你不是去參加什麼高檔餐會，怎麼會吐成這樣。」我端來熱紅茶遞給他，擔心地瞥一眼他的領子：「難不成食物不新鮮？」

「別提了，被一個酒鬼搞的。」他喝了口紅茶，晃晃腦袋試圖清醒。

我靠過去，沒聞到酒氣，也不見他臉頰有酒紅：「你確定是喝太多？」

「不是，是那傢伙講得話太噁心，給噁的。」

「誰呀？」

見他揮手不想說，白琳笑道：「小石說想要一睹郭熻昭的風采，所以我請一個在檢察司擔任專員的學長以家屬身分，帶文石去參加部裡辦的尾牙。」

「酒鬼是郭熻昭？」

「致詞時道貌岸然，黃湯後原形畢露。酒精真是現形良藥。」

「原形畢露？你被他……那個、那個了？」

「哪個哪個？」

我伸出雙手，在距他胸前幾公分處做出抓揪狀：「玷污了？」

他眼一橫，把眼白給我看，還雙臂護胸故作害怕，把我惹笑了。

「妳們收穫如何？」

我嘰哩呱啦把在球場及酒店壽宴的情形講了一遍，其間嘩啦嘩啦夾雜髒話罵了一遍。

白琳笑著拍拍肩，要我別生氣，說那個一直與她聊天、還用花崗石隱喻後台硬度的少婦，是她學姊，也是在楊錚偵查庭幫郭依莉辯護的三位女律師之一。白琳拚命稱讚她們功力高強，並請教是用什麼理由居然能讓郭依莉逃過羈押。

少婦被迷湯灌得鬆了心防，說其實出庭前與她們商討對策時，郭依莉就曾一直用手機在跟人聯絡，並把律師們的沙盤推演轉述對方。

不知對方說了什麼，原本很緊張的郭依莉一直問「真的嗎」、「保證嗎」，等結束通話後居然就舒顏展眉，一派輕鬆。

她們是有經驗的律師，一看就知當事人有「後門」可走，但不會多問。

白琳問少婦：「後來她被飭回，妳們有問她是誰那麼神通廣大？」

少婦說：「當然有。不過她只是神祕兮兮地說，朝中有人好辦事。」

「那妳們覺得是誰？」

「妳問這個幹麼？」

「若朝中人可靠，哪天我當事人遇到危險，也去拜託郭依莉引見一下嘛。」

「唉唷，我聽說妳的名聲在法界很好的呀，想不到也對這種事感興趣啊。」揶揄之後，少婦低聲說：「其實後來我私下問她，她說法務部長會直接打電話給檢察長，所以她很放心。」

聽白琳說到此，我整肚子來火怒罵：「郭熻昭豈止是太糟，根本是非常糟、特別糟！」

文石放下茶杯：「跟我調查的結果差不多。」

「怎麼做？」我雙手合掌磨擦，迫不及待問。

摸摸鼻翼，文石思索著什麼，最後居然長嘆一聲說：「唉！出去玩吧。」

第三話

我以為文石腦袋短路才這麼說，沒把他的話當真。

反正他的思路跳躍、說話沒頭沒腦也不是第一次。

殊不知昨晚下班後，我正在排隊等吃拉麵，手機居然收到他發來簡訊：行李準備好，明早十點布袋港旅客服務中心碰面。

布袋港？嘉義那個布袋？彷彿頭上乍然被蓋布袋般錯愕。

所以現在我打著呵欠，拖著行李箱，從高鐵嘉義站出來，潛進一輛計程車。

聽說要去布袋港，司機阿北很高興這麼長途：「美眉呀，要去澎湖玩齁？」

「蛤？」

「啊像妳這種從北部來的，去布袋不都是要去澎湖玩的嗎？」

「是喔，為什麼？」

「那裡有遊輪開去馬公，比搭飛機方便。」

海上活動……出去玩……澎湖？跟楊錚委託的案子有什麼關係？

見我未語，司機阿北又找話題：「啊妳要去幾天？」

「不一定耶。」

「聽說有颱風要來哩。」

天要下雨、娘要嫁人、西太平洋要生颱風，誰能控制得了？

下了車步入旅客服務中心，在大廳睃尋，見到文石在候船室角落翻著地圖。

「律師工作這麼繁重，你能出來走走，對健康很有幫助。」我拿草帽在頸邊搧風：「是說，怎麼會想去澎湖？」

「我接到于靖晴的電話，她說楊錚案的相關人等會去澎湖，若想知道真相，就得跑一趟。」他在手機點開一則簡訊。是一張邀請卡，卡上寫著「敬邀法界精英參加海島度假職人專案　燕鷗雅居」、「憑 QR Code 入住」。

「我的邀請卡轉送給你，保有一個房間。」簡訊寄發人是于靖晴。

與時下鍵盤、監視器與行車記錄器記者不同，她是個頗有正義感的記者。在《午夜前的南瓜馬車》那個事件裡，我對她的印象還不錯。

「她怎麼會知道？」

「看重獨家新聞的記者是不會透露消息來源的。」

「唔，可以理解。那麼我們這次該怎麼做？」

「可能讓妳當個服務生之類的，其他還沒想到，就見機行事吧。」

「服務生？」我不可置信地摸他額頭：「沒發燒呀。」

他正要回應，大廳傳來準備登船的廣播聲。

我們起身，他從外套口袋抽出船票遞了一張給我：「有問題上船後再說。」

沒繼續問他，是因為進入安檢區隊伍中，有個人的身影吸引了我。

「對，那是顧興德。」文石悄聲說。看來于靖晴的消息頗為靈通。

是說她不是被恐嚇、帶著家人躲到花蓮去了嗎……

上了直航馬公的遊輪，找到座位後，我問：「楊錚的案子，到底怎麼回事？」

「有人在幕後操控司法。楊錚想知道是誰、怎麼操控的。」

「為了升官，郭熾昭迎合上意？」

「上意是誰？上意為什麼要他這麼做？還有，吳秉鈞有參與嗎？高元吉有參與嗎？如果沒有，為什麼要配合郭的指示？」

「郭是他們的上司，控制著人事權嘛。」

「叫柯井益不就好了嗎。另外，檢察官的考績是由職務評定審議會開會決定的，不是由檢察長決定。」

「哼哼，我查過了，審議會議除票選委員外，其他的指定委員是由檢察長指定的呀。而且，對職務評定結果有意見時，檢察長也有權簽註意見交職務評定審議會復議，不論初評結果如何，也要送檢察長覆評。還有，法務部長也有變更復議決定的權力。也就是說，基層檢察官的喉嚨上，被扣著人事權的爪子，哪有什麼獨立辦案的偵查權可言哪。」

「獨立偵辦是存乎一心的，太在意人事評定的話，當然就受制於人了。」

「人事權是用來叫別人聽話的嗎？用來操控偵辦中的案件就是瀆職！就是黑心！」我忿忿不平道：「連不在意人事評議、只想好好辦案的楊錚都被發配邊疆，這種長官還配當官嗎！」

「怎麼，妳已經認定是郭熾昭幹的好事了？」

「他絕對有份啦！」我察覺自己的聲量引來周圍座位的其他乘客側目，趕緊低頭斂聲：「我這樣未審先判好像不對齁。」

他手肘碰我手肘：「再次證明于靖晴給的情報正確。」

我抬眼。一個身著名牌外套、梳著油頭的中等身材男子比對著船票與座位上的標示號碼。找到位子後，鄰座的顧興德與他熱絡地打招呼。

看來他倆是約好同行的。

我正想問，轉頭發現文石已經嘴啊啊，整個人斜靠在椅背上睡死了。

這時輪船的引擎聲響起，廣播傳來提醒乘客注意安全事項。

輪船停泊在馬公港南海碼頭。我遞了張面紙給文石，讓他擦嘴角的垂涎。

他一臉睡眼惺忪，望向窗外：「……到啦？」

「有沒有這麼睏哪……」

「忘了提醒妳，接下來我們可能會很忙，養精蓄銳很重要。」

下了船，步行到港口對街的南海遊客中心。

在候船室裡，我們悄悄坐在顧興德與那個油頭男的後頭。我戴著墨鏡，舉起手機做作地自拍，其實是偷瞄前座顧興德的手機。

他居然跟白琳在傳簡訊。白琳本來與他約好一同前來度假，卻突然傳簡訊說臨時有急事無法成行，對他很抱歉，請他到度假村時多拍些美景傳給她。

顧興德傳了個哭哭的表情貼圖。

這時油頭男發覺有異，轉頭看向我。我連忙歪頭吐舌尖扮了個可愛表情，並按下手機拍照快門，同時對他微笑。

正妹總是讓人掉以輕心。油頭男也報以點頭，就轉向顧興德：「美女來了嗎？」

「枉費我向她大力推介這個行程，還保證完全免費，結果突然說不來了。」

「你這個色鬼。」

「你才色鬼咧，有老婆了還在外面——」

「喂！」油頭男碰了一下手肘，顧興德才警覺身處公共場所，但不忘虧回去：「辦到通姦案件時，你不會心虛嗎？」

「我早就知道通姦一定會除罪化。」

「他馬的，最好是啦。」接著兩人呵呵地笑了起來。

從手機找出白琳傳給我的照片圖檔。比對辨識結果：若油頭梳成學生頭、臉頰瘦一點就是蔡欽洋了。

不一會兒，一個身著黑色制服的中年男子靠近我們：「請問，是要去燕鷗雅居的客人嗎？」

蔡欽洋與顧興德站了起來，和同時也起身的我們好奇地交會了眼神。

「四位嗎？」興許從出社會就在旅店工作至今，中年男子看起來老實可靠。

大家都拿出手機讓他掃 QR Code。

對於沒有 QR Code 的我，文石跟他解釋我們是一起的。

我很好奇若問我們的關係，文石會回答什麼；幸好中年男子沒問。

「這邊請。」蔡顧二人拉起各自的行李箱跟著他。我們則跟在後面一段距離。

「于靖晴說來到南海遊客中心後，坐在最靠近販賣部的角落位置，在這個時間就會有燕鷗雅居的人來接。」

我返頭，發現剛才的座位確實是在販賣部門口前方角落。

文石掏出口袋裡的手機，再次點了幾下遞給我看。

于靖晴的簡訊裡提供前往燕鷗雅居的時間、路線及服務人員接洽的方法，同時告知陷害楊錚的嫌犯會在這三天入住旅店，只是不知是誰。

至於如何得知及為何嫌犯要前往入住，她則沒說。

不過從願意提供情報之舉來推敲，她似乎有意讓文石介入調查。

簡訊最後居然說：「若你不怕死，就去登島調查吧。」好像又提醒了此行的危險。是因深知涉入的危險性才放楊錚鴿子，跑去花蓮躲起來嗎……

中年男子領著來到停車場，指引我們上了一輛九人座、車身貼著「燕鷗雅居」四個字與一隻振翅海鳥造型圖案的廂型車。

「感謝客人們參加我們旅店辦的海島度假職人專案。現在起的三天就由我們為各位服務，請叫我小陳即可。」中年男子發動引擎，同時將車內冷氣開到最大，以逼散暑熱。

「海島度假職人專案是什麼？」蔡欽洋問。

「是我們燕鷗雅居辦的高檔精緻旅遊專案，專門接待各行各業的精英客群，例如像各位這樣司法界專業人士。上星期我們才招待了一批營建業大老闆，下星期的客人則是專門接待好幾位基金經理人。」

「專門接待是什麼意思？」蔡欽洋像在問案，樣子很可笑。

「本店因為地處外島，建物規模不大，客房有限，所以老闆採取專案模式經營，不開放一般民眾訂房，只接受頂級客戶預約。」

「怎麼知道符不符合所謂頂級客戶呢？」

「我們只接受頂級黑卡的持卡人訂房。」

車內頓時只剩引擎運轉聲。想必我們都在想頂級黑卡持卡人的背景……想拿到黑卡，原則就是「非常有錢」、「刷卡金額很高」且「信用良好」。

根據一家美國銀行的調查報告，黑卡的持卡人平均家庭年收入約為一百三十萬美元，大約新台幣四千萬元；平均擁有資產價值達一千六百萬美元，約合新台幣五億元。

然後我們四人面面相覷露出心虛。想必車內無人擁有黑卡。

但是，我們卻都身處前往享受黑卡尊榮服務的路上……誰為我們付款的？

于靖晴的邀請卡又是誰給她的？

「那麼，海島度假職人專案的內容包括哪些？」蔡欽洋的語氣與剛才不同，聽得出來有興奮感。

小陳瞥了一眼後視鏡，笑著說：「戶外有海釣、潛水、觀浪、賞鳥、絕美落日，旅店內有美食好酒、交誼廳、橋牌室、KTV歡唱室、三溫暖蒸浴室、頂級抒壓SPA——啊，反正在山上能做的我們店裡都能、不能做的在我們這也能做。」

幽默引來大家一陣笑聲，他轉動方向盤繼續說：「不過啊，大部分的客人都喜歡留在室內社交結識其他客人呢。老闆說，可能黑卡的客人們都怕曬黑，很奇怪。」

大家再次被他逗笑。

車子在馬公市的山水漁港旁停下。一艘船身紅白相間、名為海上牧羊號的漂亮小遊艇泊在碼頭邊。我們跟著小陳登上遊艇。

艇雖小，內部設備卻意外豪華。紅絨地毯、檜木飾條窗框與艙頂、小牛皮沙發、各式洋酒飲料的玻璃冰櫃，旁邊放著一排水晶酒杯。

引擎發動後，冷氣強勁卻無聲地吹來，身上的溽熱瞬間消散。

沙發椅背上還裝有觸控電腦，點開可K歌、可觀賞最新電影。

望著窗外的萬里無雲、碧海藍天，遼闊無際帶來的心曠神怡，讓人無條件將都市裡的煩擾全都隨海風拋進浪花裡。一星期的工作疲累，在海天一色的抒壓景色中讓我眼皮開始沉重起來，不一會兒就斜躺在沙發裡沉沉睡去。

在引擎聲嘎然而止之前，被人推了手臂，讓我立即從夢中醒來。

文石低聲說：「到了。」

船身輕碰碼頭邊的防撞輪胎。我起身瞟向窗外，港邊堤牆上有塊白底紅字寫著「歡迎光臨花嶼社區」的標語。透過另一邊窗戶可看到海邊有兩塊形似兩個併肩半身人的怪石，後方小丘的天際線上矗立著一座白身黑頂的小燈塔。

「那個是情人石，是本地著名景點唷。」小陳熄了引擎，走出駕駛室進來，看著我說道。他該不會誤以為我與文石是情侶或情婦關係吧……

小陳將遊艇繫在碼頭邊的繫纜樁上，再領著大家踩著石階上岸。

此時顧興德靠過來問：「兩位是哪個法院的？」

文石禮貌地笑著說：「不是耶，我是律師。」我則故意不答，讓他誤會我與文石真的是情侶關係。他聽了眼睛一亮：「喔，那你一定是商務律師了？都從事哪方面業務，企業併購？上市上櫃？」

「沒有耶，我只是個訴訟律師。」

顧興德放聲大笑：「太愛說笑了。除非你接的都是跨國企業的國際訴訟。」

蔡欽洋說：「你怎麼知道人家不是？」

顧興德聽了止住笑意，認真地說：「真的嗎？佩服、佩服！」

「沒有沒有，我真的只接一般的訴訟案。」

不過他們倆臉上寫著：怎麼可能、不必這麼低調吧，黑卡律師？

小陳先帶我們到舊港一帶繞繞。先是經過一棟水泥單層建物、門上嵌著「花嶼村簡易發電廠」的浮字，小陳說這是縣府自辦的供電設施，裡頭是德製柴油發電機，供應整個花嶼的電力，不過離島自營發電品質不穩，鄉公所長年找不到專業技術人員承擔電廠運轉業務，協調由台電接管又迄今未果，所以只要發電機故障就會全島停電。

沿著岸邊小路往前走看到福德祠與番官廟，都是比台灣墓園裡有錢人的祠堂還小的廟，看得出來小島居民物力唯艱但信仰虔誠的文化。

再往前經過一幢兩層透天建物。小陳說是漁民活動中心，讓人意識到花嶼居民應該大多是以捕魚維生。

再經過一個觀景涼亭後，就看到校舍迷你的花嶼國小。

我好奇問學生大概多少。小陳說全島設籍約一百人左右，實際常住居民僅幾十人，且島上並無國中，人口外流的結果，校內學生人數只在十人上下而已。

「畢竟這裡是全台灣最西的三級離島呀。」小陳苦笑道。

再往北走，經過了只有所長與警員各一人的花嶼派出所，來到草叢裡矗立三塊方形石塊的景點，小陳解釋因為花嶼長年季風強勁，居民以此石擋風鎮煞，故名為鎮風石。此時我偷瞟顧蔡二人一眼，他倆似乎對此不感興趣，強忍呵欠使臉部表情僵硬；倒是文石非常認真觀察石塊。

「花嶼最高的地方是煙墩山，說是山其實只能算丘陵，標高才53公尺而已。山頭在日治時期為日軍營區，現在只剩一些防禦牆、瞭望台及兵營遺址。客人們如果不怕荒涼的話，明天可以去那裡看看。」小陳指著全島地勢最高的東北方說。

全島都在視野所及，面積大約只有一平方公里多，根本不需要開車，走路就能輕鬆環島一圈了。這真是個遺世獨立在台灣海峽中的孤島啊。

然後我們在小陳帶領下往燈塔方向走。從時間與太陽的方位判斷，燕鷗雅居位於小島靠近西邊的地方。

「為什麼沒見到什麼花？這裡不是叫花嶼嗎？」顧興德突然問。

的確，一路上好像只見許多禾草與耐旱植物。

「鳥嶼無鳥、花嶼無花、貓嶼無貓。這是澎湖人都知道的。」小陳笑著說。

「名不符實。」顧興德居然皺著眉，不知在不滿些什麼。

「沒什麼，太陽餅裡也沒有太陽嘛。」文石說了這麼一句自以為幽默的話，然後大笑了起來。

大家都在思考花嶼與太陽餅二者間天馬行空的關聯，無人回應，更顯尷尬。

就在文石的笑聲中，一幢黑頂白身、南側牆面滿佈爬牆虎的小樓房出現在小徑左側視野裡。我忍不住問：「那就是燕鷗雅居吧？」

待走近一看，建物上方屋頂居然是做成燕鷗頭部的造型。

推開鍛鐵柵格大門，通過漂亮的游泳池與小花園，小陳將我們帶進旅店大廳。大廳面積雖然有限，但厚重地毯、牛皮沙發、各式洋酒的酒櫃，頗為氣派。一位圓臉柳眉、合身褲裝，年約三十餘歲裝扮豔麗的女子迎上前來：「歡迎各位！辛苦啦。請先休息一下，享用我們的迎賓飲料。」

我們四人在沙發區入坐，冷氣的清涼立即逼散身上溽熱。

小陳介紹說她是旅店的女老闆。她端來的托盤上有冰鎮的香檳、果汁與白酒，高腳杯身還滲出水珠，看來都很可口。我瞅了一眼她的名片：「燕鷗企業經理　燕艾梅」

她甜聲地笑著說：「叫我 Amy 就行了。」

顧、蔡二人看著大廳裡的陳設稱讚連連。高級木料構築的壁爐上方掛著巨幅色彩繽紛的油畫，窗框浮雕著飛雲般飾紋、鑲著馬賽克玻璃的五角形窗戶，地板飄著淡淡木質味，給人夏抒壓冬溫暖的期待感。這裡面積雖然不大，但偏僻離島竟有如此精緻高檔的小旅店，著實令人意外。

這時一位約略大學生年紀的女生，從櫃檯後方走出來：「各位客人好！我來為各位辦理入住登記服務。」

大家紛紛從皮夾裡掏出證件交給她。我注意到她胸口名牌上「服務生　蔣小鷗」的字樣，猜想她可能是女老闆的女兒，但兩人長得卻不像。

等待小鷗登打入住登記時，文石貌似隨意詢問：「Amy 怎麼會想要在這種偏僻小島開設旅店哪？」

燕艾梅笑著說：「極西之境，有間以澎湖候鳥為名的旅店，不是極有特色嗎？」

「而且是取老闆的姓與服務生的名作為店名？」

「不是巧合唷。」燕艾梅眼眉笑彎：「登報徵人時的條件，我特意要求名字中有鷗這個字的女孩。」

非常有巧思。我不禁揣想那麼小陳的全名是不是叫陳雅居。

這時幫我們將行李送到各人房間的小陳從樓梯間現身，向大家欠欠身：「我要去馬公機場接客人了。」說完就匆匆走了出去。

從燕鷗雅居的外觀窗戶推估，這小旅店的房間數應該有限，想不到還有客人是坐飛機來的。更想不到的是，另有兩個人的身影接續出現在樓梯間。

蔡、顧二人見狀立即起身迎向他們，跑到交誼廳熱絡地交談起來。

聽了幾分鐘，我就知道一個是柯井益、一個是高元吉。

我拿起手機找出白琳提供的相片比對，確認如此。只是相片裡的柯井益年少時瘦得像隻猴子，現在則臃腫到只剩五官保有當年遺跡而已。至於高元吉年輕時五官英挺，如今就是削瘦的微禿大叔；雖然交談時保持禮貌聆聽與偶爾應答，但眉頭總是蹙著，看起來別有心事。

他倆搭飛機到馬公，所以比我們早到，已在房裡休憩一陣子了。

四位檢察官的話題不是辦公室裡的八卦，就是詐騙集團橫行導致案件量爆增的抱怨。我聽得沉悶無趣，轉頭發現蔣小鷗眉喜眼彎、笑聲嚶嚶。

原來文石竟在櫃檯邊跟她有說有笑。

蔣小鷗要跟他拿證件，他故意不給，還要人家猜自己的名字。蔣小鷗笑得尷尬，文石瞇著眼說：「蘋果和梨子打賭，看誰先講出自己的名字就算輸。梨子很興奮地說『來啊！』，結果蘋果馬上大叫你輸了！」

蔣小鷗怔了幾秒，噗哧一聲笑彎了身。

「本以為妳是梨子，現在看來我快要變梨子了。當然，如果妳先說妳的名字，我就真的是蘋果。」

她抿嘴忍住，指著自己外套上的名牌：「我叫蔣小鷗呀。」

「算了，我認輸。」他搖搖頭，然後從皮夾裡取出證件：「來啊！」

蔣小鷗笑著接過，開始打電腦。

在一起工作以來，頭一次發現他居然很會撩妹嘛！

之後，他還叫人家將手掌伸向他……幫女生看手相？這招太老派了啦。

第四話

因為一張電子邀請卡只預留一個房間，所以我與文石只能同住一房。

重點是我倆都沒有黑卡，住房費一晚多少連問都不敢問。

房間在二樓靠近樓梯。房間其實有點小，但小島上有這般雅緻房間已讓人嘖嘖稱奇了。從巡視完室內擺設的表情看來，文石也很意外。

我在想今晚誰睡床誰睡地上的問題；文石卻用手機看著算命網站的文章。

「唉呀，說錯了……我把感情線和智慧線搞混了！」他忽然叫了出來。

我靠過去看：「你真的在研究手相？現在哪有女生喜歡這種搭訕，真土。」

「土什麼，人家蔣小鷗不是伸手讓我看了嗎。」

「那你看到了什麼？」

「她的手指關節有一些紫色的痕跡。」

「那代表什麼，人緣好還是爛桃花？」

「代表她工作很努力。」

「女生會喜歡聽這種算命結論嗎？至少該告訴她白馬王子何時出現、何時有偏財運之類的吧。」

「是喔，稱讚工作努力她不高興嗎？」

「唉，活該你到現在交不到女朋友，算了算了。今晚你睡床還是睡地？」

「都給妳睡，我還有事要忙。」

「深更半夜還要忙什麼？」

「到時候妳就知道了。」也許是被潑冷水，他似乎意興闌珊不太想講話了。

「你最近好像經常鬧憂鬱齁？」

沒理會我。托著下巴弓著身，他坐在床沿兀自在手機上搜尋著什麼。驀然一道霞光照進室內，讓他看起來彷彿羅丹的沉思者。

我眺向窗外，夕陽的暉紅灑瀉海面波浪上，粼粼波光，煞是好看。

「如果不是來工作，真想去游泳。」我自言自語，同時從行李箱拿出乳液與精華液打算沐浴後保養一下烈日曬過的皮膚。

他也打開自己的行李箱，翻出五顏六色沒有標示的瓶瓶罐罐及許多奇怪的金屬片、皮革等雜物。正想調侃他，小几上的電話響起。我走過去拿起話筒，傳來蔣小鷗的聲音：「晚餐準備好了，請移步樓下餐廳用餐。」

像聞到料理香味的拉布拉多犬般眼睛一亮，文石立即起身：「開飯了！」

我只好衝進浴室洗把臉，連化妝水都沒抹就匆匆跟著下樓。

進到餐廳，除了蔡顧柯高四人外，還有兩個男的也在座；他們應該是小陳後來去機場接回來的。

其中一個是吳秉鈞。他瞥見我，立即綻出異樣眼神。另一個留著平頭身著休閒衫的男子則不認得。他不在白琳傳的那組相片裡。方形臉頰配上濃眉薄唇，身形塊頭粗壯，看起來有點陰沉，頗像黑道中人。

他們六人坐在長桌旁，其他人都有說有笑，但這位神祕男始終靜靜地喝著酒。

我們入座靠窗的小方桌；蔣小鷗送上餐具與溼紙巾：「兩位要喝點什麼？」

我點了杯摩卡，文石則只要汽水。

飲料端上來後不久，身著圍裙的燕艾梅推著小餐車送來晚餐。無菜單料理包括海鮮油醋沙拉，前菜是上湯奶油蝦；主菜是起司焗龍蝦、蒜蓉石斑義大利麵，湯品配上鮮筍蛤蜊湯，最後甜點為肉桂蘋果派。店方還贈白酒一瓶。

不吃海鮮的人可改點牛排套餐，不過來海島度假，當然應該大啖海鮮美食。

這麼豐盛的晚餐，我是吃得開心。可吃到一半察覺文石心事重重，盤裡食物沒怎麼動：「怎麼了，你身體不舒服嗎？」

他使了個眼神。我放下刀叉拿起杯子啜兩口咖啡，實則拉長了耳朵。

「……不是，你不認同，為什麼還要做呢？」柯井益斜睨著眼，語帶不屑。

「你以為我願意嗎？」高元吉瞪他一眼，回嗆道。

「你意思是說，我就願意了？」

「我只知道你樂在其中。」

「這什麼話？我也想過得清高呀，只是人在江湖、身不由己，大家都知道我現在忙得要命。」柯井益這話辛酸，講完頓了幾秒，除了高元吉外，其他人卻都哄堂大笑。

「老柯，你若想過得清高，就主動請調來澎湖好了。」蔡欽洋反諷他。

「我打造一個貞潔牌坊送你好了。」吳秉鈞也調侃道。

眾人又是一陣爆笑。柯井益翻了個白眼：「我要那種娘砲的東西幹麼，你不如送我九九會館的貴賓卡還比較實用。」

「九九會館？你好意思說，上次會館的小姐還抱怨說你把人家弄痛了。」

「喔——」眾人一陣起鬨笑鬧。顧興德大笑說：「你該不會練過九九神功吧？」

「不是，是練九陽神功。」柯井益雙臂還在空中比劃了幾下。

蔡欽洋立即取笑他，還在半空做出抓物動作：「其中還包括九陰白骨爪吧。」

吳秉鈞也說：「難怪人家小姐會說你把人家弄痛了。」

眾人哄笑得更大聲了。

長桌上有兩瓶開過的白蘭地。我愣怔地瞟視因酒意而滿臉通紅、隱晦但開心地說著色色話題的他們……褪下紫邊法袍的檢察官們，原來也不過是庸俗的男人們。

從頭到尾獨自嗑食的高元吉，趁笑聲方歇之際低聲提醒：「這裡是公共場合，注意一下你們的言行。」

顧興德往我們這邊看了一眼：「放心吧，商務律師應該也很懂玩吧。」

商務律師從來不進偵查庭，不必顧忌。這是他話裡的另一層意思。

然後他們互相敬酒起來，並各自找聊天對象，話多嘴雜，聽不太清楚。

再過一會兒聽到有人問：「……咦，次長怎麼還沒來？」

仔細聆聽，是有人提及大家齊聚這家小島旅店的原因。相互詢問下，發現原來都是收到同一人的邀請卡：郭燏昭。

但郭燏昭本人卻不見人影。顧興德倏然想起什麼：「差點忘了！幾個小時前有收到次長的簡訊，說他臨時有事今天趕不過來，明天才會來。」

他亮出手機。眾人看過臉上都有都輕鬆的表情。

「若非次長照顧，當年我恐怕沒機會升上主任，就不要說襄閱了。」吳秉鈞突然感性地說。

「我也是，幸好跟對了人。」柯井益晃晃掌中酒杯：「郭次長待我恩重如山哪，所以說什麼也得來赴宴。」

「郭次長的德高望重，真是仰之彌高、鑽之彌堅，我等後輩五體投地，即使程門立雪也有價值啊。」顧興德這個小狗腿如此附和道。

「唉呀，我和阿德年資淺，跟隨次長的時間不像襄閱、主任那麼久，不然被他拉拔一次，不知能多強大呢。」蔡欽洋故意幽幽地說。

吳秉鈞指著他與顧興德說：「一個鑽之彌堅、一個想被拉強拉大，我看你們根本是在想九九會館的小姐吧。」

大家看向他，接著齊聲哄堂爆笑。

我翻了個白眼，悄悄將烤龍蝦的配菜烤香腸一刀子狠狠切斷。

不過，酒能讓人卸下心防，所以酒後特別容易吐真言，這是真的。

「郭老頭沒來，大家多輕鬆啊。」剛剛的爆笑稍歇，柯井益就邊嚼著食物邊說：「老實說，他還在地檢署時，我可是每天都戰戰兢兢。」

「是嗎？」蔡欽洋放下手中的刀叉，叉上還有塊咬過的殘肉。「我們都以為你是檢察長眼前的大紅人哩。」

「我再紅，也紅不過褒閔嘛。」柯井益這麼一說，顧蔡二人也立即奉承起來：「來！敬褒閔一杯！」、「我們的前途就靠褒閔了！」

「別別別啊，往我頭上貼金我也沒權力提拔你們。」吳秉鈞蹙眉道：「我如果那麼受郭次長看重，他調去高檢，為什麼檢察長不是我？」

場子忽然冷了下來。

「呃，那個，」顧興德將口裡的食物嚥下，急忙打圓場道：「聽說接任的邢畢仲檢察長，人品才能俱佳，頗受高層賞視，才脫穎而出——」話說一半，見吳秉鈞臉色愈來愈難看，急忙轉彎：「當然褒閔的能力不輸邢檢察長，但位子只有一個，有時只是運氣……」愈說愈心虛，索性低頭嗑蝦，迴避眾人質疑的目光。

雖然微醺，柯井益目光仍然銳利：「先別說後台多硬，單是看邢老大修理楊錚的魄力，不得不佩服他殺伐果斷。」

「哼哼，楊錚的事，若不是我撐著，我們署早就被媒體公審成臭雞蛋了。」吳秉鈞語帶不滿，手指還用力點了點桌面。

「喂，我沒出力嗎？郭老頭那時有少罵過我嗎？」柯井益瞥見高元吉獨自喝著悶酒，大聲說：「老高你壓力也不小，對不對？」

高元吉瞪了他一眼：「去你的。」

柯井益反而大笑：「哈哈哈哈，老高還是一身傲骨啊。喂，至少你還坐在主任的位子上嘛。」

高元吉似乎不想再理他，面無表情，低頭嗑蝦。

「邢老大就算再有才、再殺伐果斷，如果沒有靠山，哪能從外地調來就空降檢察長大位呀。」蔡欽洋靠近柯井益認真地問：「他後台是誰？部長啊？」

搖搖頭，露出不屑的表情，然後柯井益眼珠頂向天，伸出食指比了個噓。

「馬的！」吳秉鈞喝得滿臉通紅，話也敢嗆了：「我升主任時，他還只是個檢察事務官而已呀，什麼殺伐果斷？不過是馬屁拍對人了而已。」

「裹閱別急，就算他抱對了大腿，選舉就快到了，改朝換代後屁股未必還能繼續黏在原來的位子上呀。」柯井益舉杯：「聽說改朝換代的可能性很高。」

吳秉鈞與他碰杯：「如果只是可能就別扯蛋了。」

「我說的第二個改朝換代，可不是選舉結果，是邢老大的結果。」
他倆交換眼神，貌似互相確認對邢畢仲未來的預知。「這消息可靠嗎？」
柯井益目光轉向從頭到尾沒說一句話的平頭男。
吳秉鈞好像立即明白了什麼問：「是有了什麼是嗎？」
平頭男微微點頭，繼續吃著自己盤中的食物。
「啊呀！那就先敬襄閔一杯，」顧興德立即為吳秉鈞倒酒：「不不不，是先敬吳檢察長一杯！」
然後除了高元吉外大家都舉杯，讓吳秉鈞笑逐顏開。
很期待他們再討論楊錚的事，但一眾醉鬼又開始講色色笑話。
我望向文石。他望著櫃檯後方的蔣小鷗，若有所思。
呿！男人。

晚餐後回到房間，文石說要去查一些事，從行李箱拿了東西。
「那我咧？」
「妳不是想打探楊錚的事？」
「所以我要想辦法接近吳秉鈞？」
「不用那麼累，四處走走就可以了。」語畢他就匆匆出去了。
什麼啦，又短路了嗎？是說一個人在這房間裡也未免太無聊，也想再四處看看這小島，所以我只披件外套、拿了手機與房卡，就推門下樓。

走出旅店，就看到一條超強光束在漆黑夜空裡閃動。

那是指引著台灣海峽船隻、塔身為鋼筋混凝土白色圓形的花嶼燈塔。

它是台灣最西的燈塔，日治時期日本人因軍事上具重要地位而興建。在第二次世界大戰期間，曾因缺乏電石氣供應而停止照明，卻因此躲過戰火，迄今仍矗立在這海域一角。

我隨意地往港邊走去。島上房子稀少，居民多數以漁業維生，從網路上搜尋的文章得知在澎湖有個俗稱小管的魷魚漁場就在花嶼附近，難怪街巷內四處可見村民套袋裝著小管；海港邊上也可看到白天裡漁民吊在鐵架上未收的一日乾。以手機上的電筒照射，淡黃透光，魚乾味道拂過鼻腔，我覺得這是上帝透過花嶼的陽光賜給漁民恩典的氣息。

信步走到一間名為天湖宮的廟宇，雖然比台灣鄉間的諸多廟宇都小，但據說規模已是花嶼最大。詳讀牆上碑文及關於澎湖縣誌的文章，才知此廟建於清朝，主神供奉李府王爺，之後有個魯府王爺進駐，形成同時供奉兩王爺的「王爺廟」。目前風貌是一九八三年整建後沿續至今，廟內主祀魯府王爺，有人說李王爺已被送走，另一說李王爺年事已高，將廟權移交魯王爺掌理。是說廟宇不是信眾供拜的場所嗎，怎麼還有類似公司股權移交概念？民間信仰的可愛，實在有趣。

廟埕左前方豎立一支旗杆，廟貌美輪美奐，而風火輪、福祿壽三仙及寶塔三者具備的廟頂裝飾變化，與澎湖地區的廟頂裝飾多半不會三者兼具不同，頗有特色。

從旅店出來迄今，還沒遇到半個人。難得來此僻靜小島，我站在廟前廣場上，舉起手機自拍留念。

檢視手機自拍的留片，突然發現最後一張的自己身後，竟然有個比著愛心的雙手從外伸進畫面裡！抬頭轉身，發現吳秉鈞竟站在後方。

「嚇我一跳。」我輕撫胸口，語帶責怪道。

「怎麼一個人，妳男朋友呢？」

「他不是我男友，是我上司。」

「上司？喔……他已婚？」他的表情古古怪怪。

我知道他在想什麼：「別亂猜，我們是來工作的。」

「工作？唔……」他摸摸下巴，顯然懷疑什麼工作需要來這種小島。

「你們檢察官什麼事都要懷疑猜忌，實在很可憐。真心這麼覺得。」

「哈哈，只是是好奇而已。」

「好奇什麼？」

「一對男女出現在旅店裡投宿，總給人許多遐想，尤其是同住一房。」

「你居然調查我的投宿紀錄？我開始討厭你了。」我淡淡地說。

「哈哈哈，別生氣，只是順便問一下蔣小姐而已。」

「公司要考察同業的經營模式，可是成本有限，只願為員工支付一間房費，我們只好兩人擠一間。我上司還說房間今晚全部讓給我，他不會回來。」我語氣微慍：「我們沒有吳檢那麼好的經濟條件，這樣吳檢滿意了嗎？」

「原來如此，所以妳現在才一個人出來逛？」
我聳聳肩，邁步打算離開；不承想他居然亦步亦趨地跟著。
「我收到電子邀請卡時，想起妳提到的海島度假，還以為是妳寄給我的。」
「結果不是，而是你長官寄的，很失望吧。」
「我們酒喝太多，講話太大聲了。」
「剛才喝成那樣，現在還能出來散步，你酒量不錯呀。」
「哈哈哈，我事先有吃解酒藥，再出來吹吹風就行了。」
「好賊唷。」仰頭發現沒光害的小島星空真是美，真希望這時不必動腦應付這種人。「那個叫楊錚的犯了什麼錯，被你們修理啊？」
他怔了一下，可能揣量我沒有法界中人的利害關係，才拉出笑意說：「他原來是我們地檢署裡的一個檢察官，因為極不合群，常常搞事，所以被檢察長電了。」
「檢察官能搞什麼事，若犯了規懲處記過不就得了？」
「對呀，所以最後他被調職了。」
「不是因為妨害別人升官？還是擋人財路？」
「妳怎麼會這麼想？」
「電影電視劇都是這樣演的。」
他大笑：「原來妳喜歡追劇。」

其實我喜歡追打那些為追求權位陷害同事、罔顧被害人權益的混蛋，如果能把他們的雞雞鋸掉就更喜歡。

見我不作聲，可能覺得我對這個話題感興趣，思忖幾秒後雙手一攤：「是啦，他是兩者都有。」

我轉頭望向他，故意睜大了雙眼：「是那個叫邢老大的人把他調走的？」

「嗯，他下的決定。」

「邢老大不已經是檢察長了嗎，楊錚怎麼妨害他升官了？」

「當家不鬧事。當家的最討厭下屬鬧事，下屬鬧事會被上級認為當家的管理不力，當然就影響日後升遷。」

「官場的複雜確實不是我們這種市井小民所能想像。不過妨害升官我能理解，但擋人財路……難道他也擋了邢老大的財路？」

「不是，是另一個老大。」

「郭老大？」

「哈哈哈哈，我們聊天時聲音真的太大，都讓妳聽到了呢。」見我無害的模樣，他的心防可能都放鬆了：「郭老大也是受到上面的壓力，至於上面是受誰施壓，就不是我能知道的。」

郭熐昭的上面還有次長、部長、院長……而且也不太可能每件事都跟下面的裏閱說明，畢竟他是檢察長，交代一下，下屬的檢察官很少不買帳的吧。暗忖再問下去恐讓他起疑，這話題我就先行打住。

一家牆上以油漆隨意寫著「老船長雜貨店」的小店出現眼前。我打算買瓶礦泉水。一進門，老闆娘就直勾勾看著我。從小冰櫃拿出兩瓶水放櫃檯上時，仍在她打量視線內。我忍不住問：「……怎麼了嗎？」

老闆娘面露歉意，以台語說：「拍謝，我認錯人了。」

我拿錢給她：「是有人跟我長得很像？」

「喔？」

「我們村裡很久沒有美女出現，今天晚上居然被我看到兩位美女。」

「剛剛一個留平頭的查埔來買菸，外面一個查某在偷拍被他發現，他出去想問她，結果查某一下子就溜走了。」

平頭男？我將其中一瓶送給吳秉鈞，觀察他的反應。

「應該是男生偷拍女生吧？」吳秉鈞取笑道：「除非那個男生是什麼大帥哥。」

「不是，那個查埔是中年人，長得很普通，但是那個查某真的是美女，藍色挑染的波浪捲長髮真的很漂亮。她就站在那裡拿手機拍他。」老闆娘指了指店外的一棵矮樹。

「是捉姦嗎？」他故作幽默地說：「捉姦捉到這種窮鄉僻壤來了，要付給徵信社不少錢吧。」

走出雜貨店，我問：「晚餐時好像有個平頭的先生跟你們同桌齁？」

他忽然理解了我的意思：「不會是他吧……」

「他是誰呀？」

「一個朋友。」

回到燕鷗雅居，藉故要早點休息擺脫了吳秉鈞。

進房裡仍不見文石蹤影。我大字型癱在床上思忖，隨即起身下樓來到櫃檯並按下喚人鈴。蔣小鷗從櫃檯後方的門裡探頭，發現是我，立即出來問：「有什麼需要嗎？」

「Amy 人呢？」

她不自覺往牆上的掛鐘瞄了一眼：「這個時間老闆應該去馬公採買了。」

「喔……請問妳剛才有出去嗎？」

「出去？沒呀，老闆不在，我要顧店哪。」

「妳沒休息一下，去散個步什麼的？」

「那客人們晚餐後的碗盤就沒人洗。」

「讓小陳洗嘛。」

「他要開船載老闆去採買呀。」

「也對。啊，跟我一起來的那位文先生有回來嗎？」

「應該沒有。」她從櫃檯裡取出房卡：「他的房卡一直在這裡。」

她的手指處確實有些紫色的傷痕。我笑笑說：「辛苦妳了，晚餐真的很好吃。」

「謝謝。」

「剛剛跟我一起來那個吳先生，有向妳詢問我與文先生的事？」

她微怔，隨即恢復笑意：「有打聽。」

「妳跟他說了什麼？」

「他問妳住哪間房，我說這是客人隱私。他問跟妳一起吃飯的先生是誰？我說不知道。他又問為什麼那位先生會與妳一起進同一房間？我說我們不便過問。」

所以吳秉鈞根本是故意套話。真賊！這傢伙講的話可信度得保留三分。

「謝謝妳了，蔣小姐。」

她報以微笑。笑得很甜。難怪文石會特別注意她。

第五話

叩叩的聲響喚醒了我。跳下床來到窗邊，發現是隻白色黑喙的鳥啄著倚偎窗台邊上的樹葉，見我拉開窗簾就驚慌地飛開。

居然能被早起的鳥叫醒，這種經驗是長期待在水泥叢林裡無法享受的。天色曦微，手機上時間顯示才五點多。室內沒有文石曾回來過的痕跡。洗漱後換了泳裝、披上罩衫就溜下樓。

經過飯廳時遇到燕艾梅：「早啊。早餐準備好了。」

「回來再吃吧。」我做了個游泳的姿勢就衝出門。

這時晨泳最棒了，整個泳池都是我一人的，哈哈。

來回游了幾趟，清涼池水讓身心舒暢，蔚藍天空吸引我乾脆仰躺水母漂。仰望的視野裡出現燕鷗雅居，它的外觀相當新穎，牆上油漆乾淨明亮，與昨天在港邊聚落所見民宅的老舊殘破、甚至有些已人去樓空屋頂坍塌的景象完全迴異。在這種邊陲小島竟有如此旅店，有一種……它是從大都市經由時光隧道傳送到這裡來的違和感。

這時有腳步聲從岸邊傳來：「沈小姐，這是本店招待的果汁。」

蔣小鷗將插著小紙傘的柳橙汁，放在池畔遮陽傘下的小木桌上。

「謝謝。」我游上岸，拿大毛巾擦頭髮：「妳好早就起來工作啊，難怪文先生說妳很努力。」

她怔了怔，突然說：「文先生昨晚離開前跟我說，妳很想看看我們的廚房？」

想起在布袋港候船時文石說的計畫，我趕緊說：「喔不是，我是想觀摩精品旅店的廚房如何運用最少的人力、做出足以供應客人需求的餐點，但是妳們太忙的話我也可以幫忙。」

「可是老闆說妳是客人——」

「今天還有客人會來吧，昨天的客人又還沒走，妳跟 Amy 兩個人怎麼忙得過來？我幫忙不要錢的唷，純粹考察而已。」

她的表情古怪，不知在思忖什麼。想來客人主動要幫忙還是頭一遭吧。

我才一頭霧水：文石怎麼會想出這麼古怪的計畫……

「那我再去問一下老闆，待會兒告訴妳。」她微笑點頭，轉身正要進屋，突然想起什麼，又靠過來低聲說：「……樓上有人在偷拍妳。」

抬眼發現，二樓窗口後方果然有個拿著手機的身影，我趕緊將大毛巾裹在胸前，並站進遮陽傘下。「那房間是誰的？」

「那位姓顧的先生。請小心。」語畢微微欠身，她就轉身離開。

顧興德？這個賊頭賊腦的色鬼……是說白琳怎會臨時有事不來了……

我坐在躺椅邊，點開手機：柚子，我可能當燕鷗的服務生了耶，真神奇。

寄出簡訊後幾秒，手機響起：「燕艾梅說讓妳進廚房了？」
「蔣小鷗說會去問問看。」
「昨晚跟燕艾梅說過了，她沒答應，我猜她最終還是會點頭，否則妳務必想辦法混進廚房。」
「可我不會烹飪啊，我會把牛肉炒成牛肉乾你不知道吧。」
「妳就幫忙洗碗端盤子什麼的。時候到了我會給妳指示。」
文石說，他昨夜跑去派出所找警員詢問有關燕鷗雅居的事。
值班警員這幾天才從望安鄉調來，還不熟悉花嶼人事，所以帶他去找村長。
村長說上個月曾出海捕魚，出港前都還沒聽說村裡有人要來投資旅店，回來後聽村民聊天提及，才知道他出海的半個月內，在燈塔附近空地上居然長出了一棟旅店。
從起造到蓋好還挖了泳池，只費時半個月？村長強調：「出海前一天我還帶著回來探親的親戚和孩子們環島走了一遍，那時燈塔那邊還是一片荒涼呀。」
誰那麼大手筆在這孤島上神祕又神速地建店？村長搖搖頭，表示自己沒錢去享受這種高檔旅店，但樂見有人願意投資花嶼，希望能為村民帶來商機。
謝過村長與警員，文石說他走到花嶼港邊，跟白琳聯絡。
他要白琳盯著郭熿昭。白琳說郭熿昭已經到松山機場，貌似準備要來花嶼了。
這時他見小陳上了海上牧羊號，並將小遊艇駛離了港口，不知又要去載誰。
估量時間後，文石返回燕鷗雅居，這時一樓飯廳已熄燈，只剩櫃檯上方一排嵌燈孤伶伶地亮著而已。他直接進到廚房，見到燕艾梅洗碗碟、蔣小鷗擦地板，就提出讓我去幫忙的建議。

我懷疑他是對蔣小鷗有意思，才搞這一手。

「能有什麼意思啊？是這裡可能有線索。」他語帶無奈澄清道。

「廚房裡有線索？我只知道可能有蟑螂的屍首。」

他不睬我，說離開燕鷗雅居後，花錢請一位有漁船的村民專程載他回布袋，並連夜趕回台北找邱品智。

「找他幹麼？」

「查證一些事，搞清楚到底是誰在背後捅楊錚。」

「不就是郭熇昭、吳秉鈞這些傢伙嗎？」

「查清楚了就會立刻趕回去，希望能在晚飯前抵達燕鷗雅居。」

「你在趕什麼？」

「再不趕快，妳看到的可能就不只是蟑螂的屍首了。」

我以為他只是玩笑話，殊不知後來真的發現屍首啦！

回到餐廳吃早餐時，顧興德忽然坐到我旁邊。

問東問西就算了，小眼珠不時往我身上掃視，充滿侵略性，讓人非常厭惡。若非要找出陷害楊錚的幕後黑手，不然早就教訓他了。

任職公司、學歷背景、興趣嗜好、身高體重，像在問案一樣令人無言，我耐著性子維持禮貌的應答，心裡卻對白琳在高球場應付他時的心情寄予無限同情。在他即將脫口詢問三圍多少之前，我決定反守為攻：「你們當檢察官的都這麼無趣嗎？搭訕女生像在審問嫌犯似的。」

眼角餘光發現吳秉鈞下樓來了，搭訕女生這四個字是說給他聽的。

「當然不是啦，應該是看到美女，緊張到職業病犯了，哈哈哈。」

「我記得有一個檢察官，就很穩重，給人信任感。」

「喔？誰呢，說不定我認識。」

「楊錚。報紙上關於他的新聞都是破了許多大案，綽號叫定罪魔手，聽起來就很酷。」

「他呀？哼哼。酷什麼！表現太差，被貶到金門去了。」

「這是網路謠言吧。」

「他因為不服上級指揮，還亂爆料，甚至還起訴無辜的被告，一塌糊塗，整個地檢署都知道，新聞上的破案英雄都只是人設啦。」

「那也不至於被調到外島吧。」

「他還涉嫌收賄瀆職，妳覺得至不至於？」

「會不會是被人陷害的？」

「案子還沒結呢，怎麼知道是被人陷害的。」

「該不會是他得罪了什麼人吧。」

「妳知道哪種被告站在法庭上一定喊冤？犯了重罪的被告啊。」

「官場上的惡鬥、為了升官，構陷同事，這種事不是常有嗎？」

「妳的公司有嗎？不然妳怎麼會這麼認為。妳沒看昨晚我們幾個同事把酒言歡，不都很融洽嗎？」來外島度假還要講一些工作上的事，他可能覺得無趣，就轉移話題：「話說回來，沈小姐是在什麼公司任職？」

「我在一家私人企業擔任助理。」

「哪方面的企業？」

「又開始訊問。」

「這麼神祕？」

這時手機響起簡訊聲。我瞄了一眼，是吳秉鈞傳發的：他在騷擾妳嗎？

「你老實回答一個問題，我就說我家公司讓你知道。」

他攤攤手：「我沒什麼好隱瞞的。」

「楊錚被貶到金門，是你們的檢察長下的人事令？」

「人事令都有法定程序去考核——」他瞥見我對於官腔官調的不滿表情，旋即改口：「是啦，就是老大決定的。」

「你家老大就這麼恨楊錚嗎？好歹他破大案，也幫老大爭了不少面子吧。」

他用這個女生怎麼對老大這麼感興趣的目光打量我，不過扯扯嘴角，應是覺得我無害，當作聊天也無所謂的心態說：「說實在的，我家老大對後輩都很照顧，但楊錚做事太硬，連老大都罩不住，還擋了別人財路，怎能留人呀。」

「擋誰的財路連你家老大都必須屈服？」

他揚了揚眉，語帶曖昧：「像妳一樣，來自民間企業。」

「像我一樣是觀光旅宿業？難以想像這一行和司法機關有什麼關係。」

他哈哈大笑，饒富興味地瞧著我：「原來妳這麼單純呀。欸，妳家開旅店？」

我不置可否地扮了個怎麼不小心被發現的表情。他開心地說：「妳家是一家企業，人家是好幾十家不同企業。妳說，有沒有關係？」

「……財大氣粗也不能這樣吧。」

「人家就是粗嘛，哈哈哈……」見我尷尬，他一臉色欲薰心的模樣：「怎麼樣，交個朋友吧？」手還不老實地從鋪著桌巾的桌下伸了過來。

我趕緊移動大腿：「我、我有男友了。」

「我看到妳男友坐船走了，而且，妳男友那個挫樣，跟妳不配。」

「他是律師耶。」

「律師不就是商人嗎？搞不好他現在正抱別的妹咧。」他手又伸了過來。

強忍將手中叉子往他手背插下去的怒意，我躲開並下意識拉緊罩衫：「唉唷，不能好好聊天嗎……」

想不到他見狀，反而更興奮，把椅子喬得近些：「我家原來那個郭老大是個與人為善的老人家，現在的邢老大是個酷吏，妳有什麼想知道的，去房裡我慢慢告訴妳，嗯？」

「我不想知道了。」在確定坐在遠處的吳秉鈞臉上已顯慍意、及端著餐點出來的燕艾梅撞見某人的豬哥模樣時，我立即跳起來竄進廚房裡。

顧興德見我逃跑，竟興奮地哈哈大笑。

之後聽見吳秉鈞因這事與顧興德起了些口角；燕艾梅進來對我說：「在文先生回來之前，妳就來廚房幫忙吧。女孩子要懂得保護自己呀。」

我千謝萬謝。任務達成一半，還發現燕艾梅是個好心的姐姐。

自認社交能力非凡，不論是冷若冰山還是敏感謹慎，只要聊個幾分鐘，總能讓對方態度軟化，縱然無法成為朋友，至少放下敵意，覺得我是個親切的女生。滿腦知識、洞悉力強、擁有各種奇異能力，唯獨社障的文石，就常借助我的社交能力進行關係人的探訪。

但在燕鷗雅居的廚房裡，我社交能力居然毫無用武之地。

我邊幫忙清洗杯盤，邊與烹煮午餐的燕艾梅、做著甜點的蔣小鷗閒聊。約莫兩小時的交談她倆不是「嗯、是啊、有可能、也許是吧」，就是「喔、不是、不一定、就是說嘛」，最多一個微笑回應。

從她們彷彿被隱形鋼鎖栓住的口中，我完全套不出燕鷗雅居的情報。

愈是這樣，愈讓我覺得她倆在此經營旅店，一定有不可告人的祕密。

實在不想毫無所獲，只好趁她們不注意時，偷偷拍下她們身影；有時她們忙進忙出不在時，索性將廚房內的鍋碗瓢盆瓶瓶罐罐食材配料全拍下來，直接傳到文石的手機。

接近中午時分，小陳探頭進來：「我要去馬公載客人，回來會比較晚，不必準備我的午餐。」目光掃到我，露出疑惑，但因趕時間轉身就走了。

「小陳叔好辛苦，他就這樣整天跑來跑去？」我問。

「燕鷗雅居的東西壞了，也要靠他維修。」這是蔣小鷗說最多字數的話。

接近中午時分，燕艾梅說畢竟是客人，讓我做太多不好意思，還說若不想見到顧興德，可以將午餐送到我房間。

回到房間後，我換下短褲與罩衫，穿上牛仔褲與白襯衫，心想這樣總不會引人遐想了吧。這時我注意到戶外居然一片陰霾，烏雲不知何時佈滿天空，好像就快下雨了。推開窗，一陣涼風猝然吹進，我的心也發涼。

我記起計程車司機阿北的話。拿起手機點選，果然發現有颱風接近的新聞。

這時小几上電話內線聲響起。是蔣小鷗問午餐的事。我說自己去餐廳吃即可。

進到餐廳，幾個男人已坐在長桌旁吃喝。

柯、蔡、高、吳及那個平頭男。我注意到少了一個人。

我選擇窗邊離他們比較遠的雙人桌。蔣小鷗端來套餐。

長桌那邊男人們低聲交談著，相較昨天高亢張揚，今天有點檢察官的樣子了。

「顧興德人呢？」蔡欽洋忽然問。

「他不是跟你同一個房間嗎？」柯井益邊嚼著牛排邊說。

「早上就不見他人影，現在又沒來吃飯。喂，小鷗！」他對正端著水果走來的蔣小鷗說：「妳有看到顧先生嗎？」

蔣小鷗怔了怔，說：「顧先生吃完早餐就出去了，沒說去哪裡。」

「一下子沒見，你就這麼想他呀？」柯井益揶揄道。

蔡欽洋低頭喝了口洋蔥湯：「那傢伙剛才傳簡訊說有重要的事要說，讓我在飯廳等，現在都快一點鐘了，居然還沒回來。」

「打他手機問看看不就得了。」

「打了沒人接，我傳的簡訊也沒讀。」

「說不定在哪裡搭訕正妹，你就不要打擾他了。」高元吉語帶不齒地譏道。

看來顧興德喜好漁色是大家都知道的，話題就轉到其他，沒人再提這事。直到午飯後的甜點飲料都結束了，仍然未見顧興德進來，這時已快兩點了。我注意到蔡欽洋拿起手機，應該是又試著聯絡。放下手機時，他皺著眉與平頭男交頭接耳幾句，平頭男就起身往外走。

午餐後我溜到派出所打探消息。值班警員斜癱在值班台後方椅子上打手遊，見到我立馬跳起來卻差點跌摔在地，狀極狼狽；我趕緊上前扶住他：「警察大哥，小心啊。」

馬上扣好制服扣子，他露出羞赧表情：「不、不好意思……」

「沒關係沒關係，鄉下地方嘛，大家都很輕鬆。」我體貼地笑著說。同時瞄到值班台上他的名字叫駱家駒。

以最快速度整理好服裝儀容，他恢復專業形象：「小姐有什麼事嗎？」

我問颱風來了是否還有船能回布袋或馬公。他搖搖頭說風浪太大的話沒有船家會冒險駛離港口，現在要回本島應該已沒船可搭了。

我謝過他，傳簡訊問文石到花嶼沒。

他伸長脖子瞟了一眼：「如果他還沒回來，恐怕必須等颱風過了。」

「是喔。」

他說剛剛才接到分局通知：「因為颱風已經登陸東部，海浪很大，應該沒船敢再出港了。預計再過幾個鐘頭，也要撲向澎湖了。」

門外樹上枝葉愈搖愈大，天空也飄起小雨。我蹙眉，有種不安預感。

提及文石拜託他找村長，他說確有其事：「文律師走後，我跟所長立刻上網，居然找不到那旅店的登記記錄，所長還透過關係找縣政府人員要資料——」可能我的表情有些驚訝，他旋即強調：「轄區裡有什麼特殊狀況，管區警員都必須掌握。」

「那查到了什麼嗎？」

「正在等對方回覆。」

謝過他之後，我步出派出所。經過港邊時看到顧興德身影出現在候船室，不知在等什麼。為免又被他糾纏，我繞遠路快步返回燕鷗雅居。

回來後都待在廚房裡，幫蔣小鷗整理餐具收拾爐台。我們東拉西扯瞎哈啦。原來聊八卦她才比較放鬆開口。直到外面傳來騷動，我與她對望一眼，一起放下工作來到前廳。

警員駱家駒身上滴著雨水，正與吳秉鈞、柯井益及高元吉正三人說著什麼，三人聽了面色凝重七嘴八舌。

仔細聽起來，是有人死了。屍體被發現遭海水沖在港口的堤邊。

駱家駒是來查證死者身分；當視線無意間掃到我們，立即招手。

我與蔣小鷗上前。水滴從髮際淌下額頭的他說：「請提供我所有旅客名單。」

蔣小鷗到櫃檯操作電腦。他用手機拍房客名單：「現在店裡就你們五個？」

「是的。老闆和小陳都不在。」

「燕老闆在派出所，所長在問話。」他瞅了名單：「文石人呢？」

「他是我上司，臨時有事昨天就回本島了。」我說。

「陳峰呢？」

「小陳叔他去馬公接客人，不知回來了沒。」小鷗說。

「到底是誰死了？」我問。

「我們懷疑是一個叫顧興德的檢察官。」駱家駒說：「麻煩的是，現在颱風登陸了，馬公那邊的刑警沒辦法過來，就不要說檢察官和法醫了。」

吳秉鈞插嘴：「我們三個都是檢察官，哪需要馬公派誰來？」

「但是程序上還是得聯絡澎湖地檢，對吧？」

「那你還在這裡幹麼，還不快去聯絡？」吳秉鈞口氣嚴厲斥道。

駱家駒搖搖手機：「已經聯絡了，我不正等回電？你以為值班檢座會乖乖坐在地檢署裡等警方通報命案相驗嗎？」

吳秉鈞見他口氣強硬，氣得滿臉通紅：「我在北檢是襄閱！你什麼態度！」

「管你是香是臭，我們所長說你們都是命案關係人。」

柯井益攔制正要發飆的吳秉鈞：「我們能去指認，死者可能是我們的同事。」

「你們有個同事叫蔡欽洋的，已經指認了。所長問蔡檢能否相驗，他還罵所長說法醫沒來相個屁。」他瞟了一眼窗外：「如果各位要跑一趟派出所，我還得保護檢座們不被吹進海裡，請恕離島地方警力有限。」

他們三個的臉色瞬間垮了，難看到極點。

很震驚顧興德居然橫死，聽駱家駒講話我又想笑，心情超複雜。

更令我訝異的是，屋外狂風暴雨，與早上的天氣根本兩個世界。

「請各位不要到屋外去，以免發生意外徒增警力負擔。」駱家駒不帶感情地說完，就走到門邊將架子上溼漉漉的雨衣披上：「有任何問題會打電話來請教。」

小鷗與我送他出門，並合力推上快被風吹炸的大門。

他們三個到大廳沙發區，討論到底發生何事。

我無心竊聽，回廚房掏出手機聯絡文石；但他手機收不到訊號，只得發簡訊。

須臾蔣小鷗也進來，說燕艾梅及蔡欽洋冒著風雨回來了。

她聽沙發區的三人向他倆詢問，得知是蔡欽洋去港邊尋找，在候船室的椅子上發現顧興德的手機，驚覺不妙，召集幾位正在綁船纜的村民搜尋，才發現屍體。

打撈上岸後礙於風雨無法出港，只好暫時移屍至派出所後的小房間裡。見是旅店客人，所長才叫駱家駒打電話叫燕艾梅去問話。

「會有什麼人來這種小島殺人哪。」我不解問。

也許被嚇著了，蔣小鷗搖頭，面色凝重。

這時服務鈴響起。她趕忙出去前方櫃檯。我也跟在後頭。

站在櫃檯前的是個兩鬢飛霜、身形微佝的老頭。站他身邊的小陳用毛巾擦著身上的雨水：「幸好在颱風登陸前及時入港。」

蔣小鷗接過老頭的證件辦理登記。我瞥了一眼證件上的名字：郭燤昭。

第六話

怒風咆哮大雨瓢潑，蔣小鷗將大廳水晶燈開亮時，我才發覺屋外天陰地晦。

郭熇昭、吳秉鈞、柯井益、蔡欽洋、高元吉及平頭男坐在沙發區，七嘴八舌討論著顧興德的事。我幫在廚房準備晚餐的燕艾梅端來茶點，再退回櫃檯。

手機收不到訊號，簡訊沒法子傳。櫃檯上市內電話的話筒也空洞無聲。

看來文石受狂風暴雨所阻，在颱風離去前沒法趕回來了。

或可說，花嶼全島在颱風離去前，呈現完全阻絕的狀態。

我突然覺得自己任務重大，得細心掌握每個可能的線索。

特別是郭熇昭這個傢伙，以當時的職位，確實可能是楊錚案的幕後影舞者。

「要多久才會脫離暴風圈？」柯井益問。

「氣象預報說是明天下午。但海面風浪仍大，據派出所所長說，恐怕得到後天才能出港。」蔡欽洋回道。

「那個德仔怎麼會死了？」喉嚨裡拖著老痰的郭熇昭突然問。

蔡欽洋立即畢恭畢敬回道：「法醫沒辦法來相驗，確實死因還不知道。」

「你沒有法醫自己就不能判斷了嗎？」

蔡欽洋微怔：「正常相驗程序不是都——」

「現在狀況正常嗎？」郭熡昭厲聲斥道：「意外還是他殺，完全沒有跡象嗎？」

蔡欽洋愣怔，一時無法回應。高元吉蹙著眉：「你就把剛才發現的過程講一遍，讓次長來判斷吧。」語氣裡卻嗅得出對蔡的不屑。

蔡欽洋說，他接到顧興德的簡訊說有要事要談，要他在飯廳等，但到午飯後都沒見人影。他出去尋找，在候船室的椅子上發現顧興德的手機，驚覺不妙，召集幾位在綁船纜的村民沿港邊搜尋，發現在堤下湧浪中的屍體。打撈上岸後將屍體送至派出所檢視，外觀除了慘白，看不出外傷。幾個人七嘴八舌，都認為顧興德沒有自殺的動機與跡象。

「會是失足落海嗎？」吳秉鈞問。

「有什麼理由他要去港口站在堤岸邊被大風吹下去？」蔡欽洋困惑地反問。

現場一片靜默。郭熡昭用指節敲了敲桌面：「你們都沒人懷疑是他殺嗎？」

他殺……像聽到瘟疫般，每個人臉上爬滿了驚疑。興許這兩個字從得知顧興德死亡時就已在心底萌芽，只是沒人願意掀開強作鎮定的盒蓋而已。

「難道有仇家跟到花嶼來追殺他？」

一聽高元吉這麼說，柯井益與蔡欽洋都附和說：不曾聽說顧興德有何仇家。

始終緘默的平頭男突然冷冷冒出一句：「仇家不一定是來這裡之前才有。」

大家將視線投向他。靜默數秒後高元吉說：「意思是，他來這裡才與人結怨，結果被……那是發生什麼事，你們有人看到或知道嗎？」

「欽洋，簡訊確定是興德本人傳發的嗎？」吳秉鈞想到什麼，嚴肅地說。蔡欽洋聽了臉色大變：若是凶手拿顧興德手機傳的，難道下一個被害人是自己？

大家又是一陣靜默。吳秉鈞突然轉頭望向櫃檯這邊。

雖然他很快收回視線，但已被察覺，蔡欽洋起身瞅向我：「沈小姐？」

在錯愕中，我不自覺地應了聲：「……怎樣？」

他走近櫃檯：「今天午飯之後，妳人在哪裡？」

「我在島上四處逛逛。」

「到哪些地方去了呢？」

意識到他是在查不在場證明，一把無名火倏然在我肚裡燒：「關你屁事！」

「顧興德有騷擾妳吧？」

「你想說什麼？」

「因為他偷拍妳，妳懷恨在心，就把他推下海？」

「你自以為是的蠢樣還懷疑我殺人，非常惹人厭，所以我也會推你下海。」

「妳這是承認了？手機請讓我檢查一下。」

「你這是承認自己蠢了？」我冷冷道：「他在房間偷拍我時，你在哪裡？不然你怎麼知道他偷拍？還是，你也拿起手機了？我要求檢查你的手機！」

他怒不可遏：「妳憑什麼？」

「你又憑什麼？」

「我是檢察官，我懷疑妳對於顧興德的死涉嫌重大——」

「我是被害人，我懷疑你偷拍我身體隱私部位涉嫌妨害祕密罪，現在行使對準現行犯的逕行逮捕權，請你配合！」

「妳在游泳池邊穿著泳裝哪叫隱私——」

「喔！承認了齁！你明明就跟顧興德在房間窗口偷拍，不然怎知道我當時穿泳裝？我懷疑你們連我換衣服時都偷窺！」

「妳胡說什麼——」

「噁～呸！喂喂喂喂喂！」郭熿昭將喉間的老痰吐在面紙裡，同時提高了音調喝叱：「被偷拍了去報警不就得了，殺什麼人哪。罵你蠢還不服氣，給我回來！」

蔡欽洋臉色忽陰忽雨，悻悻然回到沙發區。

「顧德興平常辦案草率，不該起訴的亂起訴，冤枉的人不都是有動機嗎？」高元吉輕蔑地說。

「叫警方去調路口的監視器來查吧。」柯井益說。

「現在外頭大風大雨的，查個屁。而且這種鬼地方，有錢裝監器嗎？」

「照你這麼說，這案子該怎麼辦？」

「等風雨停了，澎檢那邊自會派人來查，你急什麼？」

「說的好像都跟你沒關蛤，都是同事，這麼冷血啊。」

高元吉端起茶杯，不再回應，眼神滿是不屑。吳秉鈞見狀打圓場：「你們吵什麼呢，難得大家聚在一起度假，不要壞了心情。來，以茶代酒敬次長一杯。」

大家這才記起此行來此目的，紛紛舉杯。

郭㵔昭卻動也不動，冷道：「跑這麼遠來這種鬼地方，只讓我喝茶？」

吳秉鈞趕忙向櫃檯喚道：「拿酒來呀！昨天的威士忌呢？」

威士忌的酒味，混著空氣中溼氣與男人身上的體臭，讓人有點想吐。

酒過三巡，郭㵔昭問：「我離開地檢署後，大家都還好吧？」

除了高元吉外，其他三人頻頻對郭㵔昭歌功頌德，說什麼若非次長在任時的照顧，大家豈有好日子過之類的。平頭男則置身事外，獨自啜著杯中物。

他們互相吹捧、也彼此吐槽，不時互相敬酒，看來一片融洽。我在櫃檯邊假裝擦東西，冷眼睨觀。看到每個人都有幾分醉意時，柯井益話鋒一轉：「聽說三個月後，高檢署有兩個老東西要退休了，不知誰比較有機會啊。」

講老東西時，他根本沒留意郭㵔昭的眉尾微抖，看來酒精已沖淡了禮貌與拘謹。吳秉鈞也毫不在意地說：「聽說士檢有幾個人爭取得很厲害。」

「那我們署呢？」蔡欽洋也加入討論。

吳秉鈞搖搖頭：「咱們邢老大不夠力。」

「他不夠力怎麼會空降檢察長的大位？」

吳秉鈞嘖了聲：「你忘了楊錚的事？那時鬧到上頭都發火了。」

「那麼久的事了，還被列管？」

「印象分數嘛。」

柯井益眼珠一轉：「你倆喝昏了嗎？旁邊坐著誰呀，次長在此、次長在此呀！」

眾人視線轉向郭熑昭，一陣起鬨舉杯敬酒。蔡欽洋奉承道：「有次長在，我們就有機會了呀，哈哈哈哈……」。吳秉鈞大喊：「我該罰三杯！」。蔡欽洋也舉杯：「我陪罰三杯！」

一輪罰酒方歇，郭熑昭長嘆了聲：「唉，說到楊錚那個傢伙，那時上頭真的火大。幸好你機伶把他給做了，不然一定會被他的事拖累啊。」

「……做了？」視線所及的蔡欽洋幾許咕噥後說：「次長，不是我做的吧。」

「不是你？那你怎麼會升上主任的？」

「不，楊錚的事，不是井益跟您配合的嗎？」

「咦，是嗎？」貌似有了醉意，郭熑昭輕拍後頸蹙緊眉頭：「井益，你那時是怎麼幹的？說出來讓大家回味一下。」

「楊錚啊很有正義感。」柯井益將瓶中的酒液重新注滿杯中：「就因為太有正義感，在他急於偵辦朱煥煒鎗擊案時這個優點就會變成缺點。所以當他與襄閔因為新聞的事鬧得水火不容時，要對付他，只需要找他辦案中的程序問題，就可以卡死他。」

「你的意思是，邢老大在職務評定委員會揭發他辦案時漠視手鎗上沒指紋、以不正方法誘騙訊問證人淩燦中、周雲妃，甚至警方訊問時威逼朱煥煒等一連串違法瑕疵，這些都是你提供給邢畢仲的傑作？」

「襄閔讓我接手朱煥煒案，我當然要『用功』一點嘛。」他的視線轉向吳秉鈞，同時沾沾自喜道：「況且，邢老大才來沒多久，哪來閒功夫研究個案？只要提供一些除去礙路石頭的方法，他一定會欣然使用的。」

但凡楊錚嚴謹遵守程序，也不會被柯井益揪出把柄。心急還吃熱稀飯，註定要燙破嘴的。

吳秉鈞點點頭：「其實高檢署空出來的位子，我蠻推薦井益去的。」

「喔？那你自己呢？」

「不是說有兩個老的要退了嗎？」

大家怔了怔，同時爆出笑聲。吳秉鈞顯然認為自己是當然人選。

「不過，」郭熿昭等眾人笑聲稍歇，又問：「我好像沒叫你們搞這手的啊。」

柯井益立即正襟危坐：「當然沒有！只是，如果不這麼做，次長怎麼能順利高升呢？」

「這麼說，我能升遷，還得感謝你囉？」

見郭熿昭這麼說，柯井益將視線轉向吳秉鈞。

吳秉鈞眼珠一轉：「次長，記得當時我們曾討論楊錚的事。我說楊錚的事很棘手，您說楊錚的罩門就在他太急於破案，只要從這點下手，就……」

「意思是，當時是我下的指導棋？」

「在您的指導之下，我們才有了從程序上找問題的靈感嘛。您的辦案經驗、人事管理，都猶如我們的老師呀。」

「老師？你們兩個未免太謙虛了吧。呵呵……」郭燻昭睨他們一眼，可能是覺得爽，奸奸地笑了起來。

這時燕艾梅從廚房出來：「各位貴賓請移步，晚餐準備好了。」

我瞥了一眼窗外的昏天暗地，風雨聲愈加狂嘯。

顧興德的事，好像完全在風雨中，被人遺忘了。

趁上菜前的空檔我奔回房間，取了行動電源，餵一下電力個位數的手機。瞥了一下房內，文石沒有回來的跡象。但發現簡訊匣裡有個留言。

——不要吃海鮮。

是我傳寄照片幾分鐘後他回覆的。但，這是什麼意思？

出了房門，吳秉鈞斜倚在走廊的窗邊，盯著門邊的我。

我不想理他。快步走過時他忽然說：「顧興德是妳殺的吧？」

我怔住，臭臉問：「我殺他幹麼？」

「要問妳自己。」

「神經病。」我轉身要走。

「我看到了。」他追上來：「顧興德騷擾妳，妳非常生氣。」

「你被人性騷了不生氣嗎？」

「當然生氣。所以妳有殺他的動機。」

「我告他不就成了，殺他讓自己從被害人變成被告，合理嗎大檢？」

「合不合理等起訴後讓法官來判斷，但我考慮立案將妳列為嫌犯。」

我注視他。他的眼神裡透著邪惡。「你要怎樣才覺得我沒有嫌疑？」

他眼神流轉，彎彎嘴角說：「跟我交往吧。」

無恥。

「那你就列我為被告吧。」我扭頭就要走下樓。

殊不料他一把硬將我拉進懷裡：「我怎麼捨得？」接著嘴唇就要湊上來，酒臭混著人格低下的腐臭讓人噁心，我死命扭動掙扎同時罵道：「你比那個顧興德更該死！」就在他快要得逞之際，我反躲為攻往前狠狠咬住他的耳朵，痛得他立即放手哀嚎。我逃走前往他臉上呸了一口：「渣！」

他在身後嚷道：「我一定辦妳！辦死妳！」

餐桌邊的幾個人歡聲笑語杯觥交錯，沒人察覺剛才樓上走廊的事。
我驚魂甫定來到廚房。燕艾梅端著餐盤撞見我：「沈小姐快去用餐吧。」
我來到窗邊的雙人桌，從瓶裡倒了杯水一口喝乾。
眼角餘光察覺吳秉鈞也下樓來，在他們中間落座。
蔣小鷗說晚餐準備的是龍蝦大餐、海鮮套餐及海陸雙拼。
向蔣小鷗點了海陸雙拼。我記住文石的簡訊，決定只吃陸不吃海。
「所以，朱煥煒真的有罪才對囉？」郭熺昭打了大嗝，解開腰際的皮帶，碩大的啤酒肚立即爆突。
柯井益怔怔地看著他：「次長，您喝醉了嗎？」
「醉？」郭熺昭半垂著鬆弛眼皮，實在看不出來他是睡是醒。蔡欽洋趕緊圓場：「次長的酒量豈是千杯能醉！太沒禮貌了。」
「不是，朱煥煒案不是您交辦給我的嗎？我當然依上意辦事啊。」
「蛤，依上意辦事……」郭熺昭咕噥著，不知在掂量什麼，興許真有醉意了：「……上意是什麼？」
「就是您交辦時，都會告訴我誰有罪誰沒罪，我就朝您指示的方向偵辦。這就是檢察一體，以往您總是這樣告訴我們的不是嗎？」柯井益的表情彷彿懷疑郭熺昭已經老到出現退化失憶，努力解釋道。
「檢察一體。對對對，這就是檢察一體。呵呵呵……」郭熺昭忽然清醒般奸笑道，還笑到拍桌。其他的人連忙硬擠出陪笑的臉。「喂，我看高檢的缺，我就推薦你去好了。」柯井益聞言，趕緊起身彎腰為他剝蝦：「次長英明！」

「那這麼說來，到底鎗是不是朱煥煒開的？」

桌邊的人都用疑惑的眼神看著他，猶如正看著一個失智老人不停鬼打牆。

吳秉鈞靠近他放低聲：「次長，您那時說鎗是誰開的不重要，重要的是上頭要我們放人，要用什麼理由結掉這個案子，您要我們自己想辦法，所以……」

「對對對，呵……」他像是記起來了，又奸奸地笑了，還拍拍吳秉鈞的肩：「我記得你們就找吳國樂的案子來替換。」

吳秉鈞鬆了口氣：「反正吳國樂最後也是無罪確定。」

「絕！我看高檢另一個出缺，就推薦你好了。」郭爀昭拍掌，露出得意的笑意。吳秉鈞立即起身，笑著拿起酒瓶為他倒滿酒：「感恩次長。讚嘆次長。」

我用力將左手壓在右手腕上，壓制右手中的叉子射向那個死老頭。

什麼檢察一體，根本是蛇鼠一窩。

蔣小鷗端上湯品，擔憂地問：「……妳還好嗎？」我才察覺自己的表情可能嚇到了她。

為了掩飾怒氣，我給她一個微笑：「很好啊。」隨即拿起湯匙喝了幾口：「Amy 姊的手藝真好。」

見她放心地退回廚房，我繼續拉長了耳朵。

「到底楊錚收受賄賂的事是怎麼爆開的？」郭爀昭環視無人作聲的席間：「你們不要告訴我是廉政署自己查到的蛤。」

「次長，」柯井益將剝好的蟹肉挾進他盤裡：「這個是您離開後的事嘛。」

「他馬的！」郭熑昭忽然發怒起來：「地檢署有檢察官貪污，我在法務部還能歲月靜好嗎？我不會被部長釘被立委電嗎？」

見吳秉鈞、柯井益及蔡欽洋都不吭聲，始終少話的高元吉突然說：「這不是你的傑作嗎？」循著他的視線，大家將目光轉向蔡欽洋身上。

「我？高主任搞錯了吧。」

「哼哼，你平常好像很關心楊錚，其實你關心的是自己的升遷吧。」

蔡欽洋雙手一攤，滿臉無辜：「有上進心的公務員誰不關心自己的升遷？」

「那說一下你舅舅的名字吧？」

蔡欽洋表情凍結：「扯我舅舅幹麼。」

「你利用你舅舅陷害楊錚呀！」

「我哪有！喂，這是楊錚跟你說的嗎？」

「見到楊錚的下場，我總得搞清楚是怎麼回事，以免改天被人在背上插刀的人變成是我，還不知發生什麼事啊。」高元吉冷笑道：「哼哼，你舅舅叫陳滿富，經營滿富不動產公司，對吧？」

「……」

「邢老大眼中，你才是幫他除去路上石頭的人吧。所以高檢的兩個位子，應該會幫你爭取一席。」

吳秉鈞與柯井益瞅著這個年資比他們淺的學弟，面露難以置信。

學弟比他們更狠，藏得卻是如此之深。

「喂，我舅舅與楊錚間有什麼非法行為，與我無關啊，你別亂栽贓。」

「不對，」吳秉鈞插嘴：「記得要傳訊陳滿富時，入出境紀錄顯示他長年在國外，已經好幾年沒回國。我問調查局的偵查員，他們對於消息來源支吾不詳，只推說是線民的線報。我擔心是烏龍，又唯恐楊錚在調查局裡有自己的人，所以全案移給廉政署接辦……現在看來，在調查局裡有人的是你，是你餵情報給他們的？」

蔡欽洋扠了一塊烤章魚腳入口，未置可否地注視著吳秉鈞。

「關於楊錚的收賄動機，原本苦無線索，不承想沒多久就接到情報說什麼女兒花費很大、兒子更是讓他頭痛。廉署廉政官們說擔心這樣的動機不足，沒多久又掌握到他兒子名下多了一台名貴跑車的線索……」吳秉鈞睜大雙眼：「這些也是你透過調查局的人提供的？」

津津有味地嚼著食物，彷彿品味著吳秉鈞後知後覺蠢樣的蔡欽洋，嘴臉格外惹人討厭：「那又怎樣，只要按線索查出的事實是犯罪，誰提供的有差嗎？而且，三百萬加上法拉利，若只為了要陷害楊錚，上千萬元也未免太大手筆了吧。」

他這番話引來一陣靜默。

郭熾昭切下一塊豬排，刀盤磨出刺耳的聲音：「他一直對風天耀死纏爛打，恐怕是風天耀幹的吧。」

「以後我們辦案太認真，不就都要小心被暗算？這太恐怖了！」柯井益突然娘砲了起來。蔡欽洋卻似乎很享受這一切：「風天耀不過是個生意人，這筆將來會依法沒收的千萬賄款他哪捨得呀。」

「如果路上的石頭會阻擋幾百個億的利益，掃除石頭只需花一千多萬，這筆生意是政界人士的手筆吧。」

眾人面無表情望向郭熑昭，每個人都若有所思。

政商的黑手伸進檢察體系，如此黑暗。我覺得背脊發涼。

要你死就起訴你，歷經多年訟累，最後判無罪也脫層皮。

反正檢察官只要有合理的懷疑就可以起訴，冤枉了被告也沒責任，甚至沒有國家賠償的問題，頂多按羈押期間換算每天三千元的刑事補償金。

刑事補償金由政府撥經費支付。也就是，檢察官枉法起訴的後果，由全民買單。

可惡……檢察官有認真正直如楊錚李正剛，也有玩法弄權如眼前這群。

我終於體悟到楊錚得知朱煥煒被放出去後，又亂開槍傷及無辜的憤慨。

「那個朱煥煒到底是為誰賣命？」柯井益突然問。

以為當然知道的郭熑昭沒回應他的視線，兀自啃起豬肋排。

吳秉鈞睨他一眼，將一尾甜蝦送入口中：「你可以直接打電話問部長，也可以等你自己升了部長就知道了。」

「靠！政客真是黑心，把我們檢察官當什麼用了。」柯井益覺得自討沒趣，低語咕噥道。

「你有把自己當檢察官？」高元吉奚落道。

柯井益聽了不爽反嗆：「你呢？你又有多清高？」

高元吉喝了口湯：「好歹我是被逼的。不像你。」

「你都已經是主任檢察官了，還有誰能逼你？」

「那時次長說如果我管不住楊錚，就要將我調到外島！那我臥床的老媽怎麼辦？三個孩子誰來顧？」面對柯井益的揶揄，他怒嗆：「你為了升官，逢迎拍馬，又算什麼！」

「逼你你不也就範了？有骨氣就像楊錚一樣去金門嘛。」

「喂喂喂，吵什麼！」郭熑昭拍桌斥道：「你們邀請我來，就是讓我看你們吵嘴的嗎？」

大家面面相覷。也許是藉著酒意，高元吉貌似忍了很久豁出去般道：「次長，我只想知道，您邀請我來這裡是有什麼『吩咐』嗎？」

「我邀請你？」皮鬆肉垮眼皮半垂著的郭熑昭，努力睜開了雙眼：「你喝醉了嗎，別開玩笑了。」

高元吉怔了，他從口袋掏出手機點了幾下：「這是您寄給我的邀請卡。」

幾個人湊過去端詳。蔡欽洋皺眉咂嘴：「跟我收到的一樣啊。」吳、柯二人也附和，說與他們收到邀約來此度假的電子邀請卡一模一樣，寄發人都是郭熑昭。

「明明是你們邀請我來的呀！」郭熑昭傻眼，站起身從被鮪魚肚卡住的褲袋裡掏了半天才取出手機，用老花眼瞪著滑了好一會兒，再扔到桌上，嗆了聲「你們自己看！」就帶著酒意蹣跚走向洗手間。

在大家傳閱過手機後，原本酣熱的氣氛整個冷掉。

「這……到底是怎麼回事？」

第七話

倏忽巨大的雷聲轟然作響，連窗戶都微微震動。

水晶燈也隨雷擊兩次忽滅又明，屋外風嘯雨騰。

詭譎的氛圍瀰漫室內，眾人面色凝重，猜測到底是怎麼回事。

「……看來是有人故意把我們找來這裡。」

「但目的是什麼呢……」

「會不會跟顧興德的死有關？」

幾番低聲碎語，就算不想讓我聽到，也猜得到他們在討論什麼。

我忖度這趟來花嶼，的確滿是古怪疑雲。

說這裡可以挖到楊錚案幕後真相，以及提供邀請卡給文石的是于靖晴。原本是于靖晴自己在查，卻遭到威脅不敢再追……那麼，提供這個線索與邀請卡給于靖晴的人是誰？這個人也同時寄發邀請卡給這些檢察官了嗎？

威脅于靖晴的人又是誰？

照剛才他們的對話聽來，可以確定楊錚的遭遇應是政商勾結對司法施壓的結果；剩下的問題是，幕後黑手到底是誰……

「……詐騙集團？來這裡吃住都免費，我們被騙了什麼？」吳秉鈞不知反駁誰的疑問，引來一陣靜默。就在這靜默中——

「啊啊啊啊啊啊啊啊啊啊啊啊啊——！」淒厲慘叫從洗手間方向傳來，餐廳裡所有的人都被嚇傻。

本能反應想起身瞧個究竟，卻發現雙腿麻木不聽使喚。原以為是同一姿勢維持太久所致，想以手按壓雙腿抒活經絡，但噹的一聲，手中叉子不由自主地掉在磁盤上，我發現……發現……

雙手也完全使不出力氣！

怎、怎麼回事……

望著因為使盡力氣而顫抖不已的雙手，我驚駭地猛嚥口水並大口喘著氣。

被點穴了？這怎麼可能……到底發生什麼事？

中風？中邪？附身？漸凍？還是自己的幻覺？

告訴自己要冷靜，大腦引擎全速運轉，思索出現千百種可能的原因。甚至用力回想剛才是不是有什麼神祕的白光讓自己陷入結界或平行空間……

拚盡全力想使雙手回復正常，結果只能使桌子發出咯咯咯的顫抖聲。

雙腿更是無力，幾乎快要失去知覺了……

好可怕！我好想哭。真的好想哭。

怎麼可能冷靜得下來！

此生最詭異最恐怖的狀況讓我背脊發硬，臉頰毛孔全部炸開。求生本能使然，我決定求救。但口中聲音被什麼悶住，發聲只能讓自己不由自主喘著氣。轉睛看向大長桌，情景更令人驚嚇。

柯井益像塊爛泥般癱在椅背上，還發出「嗚！嗚——」的可怕驚嚎聲。吳秉鈞與蔡欽洋則全身詭異扭動掙扎，彷彿被無形的繩索綑綁，表情痛苦猙獰。

高元吉上半身趴在桌上不斷抽搐，猶如拚盡全力想將靈魂從肉身的束縛中掙脫，喉間發出恐怖的低吼聲。

平頭男的位子則被柱子擋住，從我的角度看不著他，料想狀況應該也差不多。

目光所及的四人就如被活屍咬過的人即將蛻變成活屍般，怵目驚心。

難道這幢憑空出現的房子，是被惡靈詛咒過？還是被巫師下過降頭？

惶恐揪得心臟超難過。

心裡不斷告訴自己冷靜、沈鈴芝妳一定要冷靜，只有冷靜才能想出辦法。

殊不知老天還不肯放過我。

就在內心不斷告訴自己要鎮定時，撕心裂肺的慘叫劃破空氣：「**啊～～～**」

兩個身影從後方洗手間拉扯出現在大廳與餐廳間的走道上。其中一人痛苦地哀嚎：「**呃……呃**

啊……你、你為什麼……啊啊啊啊……」

最終兩人分開。那人倒地，動也不動。

倒地的是表情痛苦的郭熿昭。兩手從腹部垂地，雙眼空洞，看來已氣絕。腹部插著一把整截都快沒入的短刀。

我嚇得使盡全力放聲尖叫。

還站著的是小陳。他彎著腰喘大氣，一臉憤恨表情瞪著屍體。

燕艾梅自櫃檯後方衝出來，拉住他手臂：「你幹麼啦！」

「我受不了了！這傢伙非死不可——」

此時啪的一聲，燕鷗雅居整個陷入一片黑暗。

事後才知，簡易發電廠的發電機因大雨浸溼故障，導致全島都停電了。

疾風厲嘯聲提醒我，自己尚在人世。

漆黯黑黝中，兩道蠟燭的昏暝搖曳而現，是蔣小鷗點燃的。

接著手電筒的光束也放現，是燕艾梅握著手機出現。

「你太衝動了！」燕艾梅彎身檢視了郭熿昭的屍體，忍不住又指責：「這不在計畫中呀。」

「反正都要死，不過是怎麼死而已。」從小陳全身激動地發抖及歪曲散亂的衣服判斷，剛才應是在洗手間裡與郭熿昭發生扭打。

「你這樣我們怎麼脫身？」

「妳的方法太慢了，還讓他們大放厥詞這麼久。」

「你懂什麼！我的方法是意外死亡，你的衝動是謀殺。」

「放心，我動的手，有什麼責任我自己扛，不會拖累妳們。」

「講什麼！說好共進退的。」她再用手機的電筒照了照大長桌，那四個還在蠕動著，不知誰還發出低沉的咆吼，聽起來頗像野獸掉進陷阱裡的焦躁與忿怒。

我開始體會到落入魚網被漁夫拉上船的魚兒，是什麼心情。

「還要多久？」昏晃陰鬱的燭光從手中往上照，一縷幽魂般的蔣小鷗冷問。

「快了。再一會兒他們都會斷氣。」

「確定他們都不能正常活動了？」

「肌肉正在逐漸癱瘓中，他們只會愈來愈無力。」

蔣小鷗聽了點頭，將蠟燭放在櫃檯上，走向大長桌，下一秒突然對柯井益、吳秉鈞及蔡欽洋狂踹狂踹狂踹狂踹狂踹狂踹狂踹狂踹狂踹狂踹狂踹狂踹狂踹、同時尖叫去死去死去死去死去死……他們三人只能痛苦哀嚎，毫無反擊或躲避能力。

我被她的瘋狂失控嚇到雙眼不自覺睜大。

這是那個溫柔甜美的蔣小鷗？不，她是被惡魔附身了……

可能是踹累了，她瞪著高元吉，啐了口口水：「呸！當什麼檢察官！」

原本以為震驚就到此為止，但顯然我想多了。

不知何時去廚房，小陳亮出了一柄菜刀在手。

柯井益被他從椅子拖到地上，高舉手中刀——

心臟已無法承受再多衝擊，我拚盡全力大聲斥問：「你、你們到底在幹什麼？」叫完後腦一陣暴痛，痛得我不得不閉起眼睛咬緊牙關。

缺氧。

高中時在社團第一次跳快舞時，騰空跳躍急速旋轉心肺跟不上肢體運動的巨量消耗，也是引來這種頭痛。當意識到缺氧時，我立即大口呼吸，以免昏厥過去。

為何會缺氧，已無腦力思考，只求這陣暴痛趕快過去。

小陳拎著菜刀聞聲望向我，問：「她怎麼會還在這裡？」

燕艾梅說：「要不是颱風來襲船停開，我早趕她走了。」

「她不是我們計畫裡的人。」

「可是『她』要求我們讓他們倆在場。」

「完事後再決定怎麼處理她。」小陳收回視線朝向柯井益，再次舉起菜刀。

下一秒一團黑影撲向小陳，兩人發出令人喪膽的咆哮，扭打成一團。

蔣小鷗及燕艾梅連忙閃躲到旁邊，驚慌地發出尖叫。

在昏闇燭光與電筒眩光中努力辨識，我終於看清楚與小陳扭打的是平頭男。

兩個男人瘋狂地往彼此身上餵拳送腳連拉帶扯，把空著的桌椅撞得歪倒，連櫃檯上的電話都被掃到地上。

就在平頭男將小陳大外割壓制在地時，被燕艾梅從廚房取來的平底鍋往後腦敲擊，瞬間癱軟昏死在地。

因為是用平底鍋的側面狠狠敲擊，所以發出了可怕的啌一聲。也許是顱骨裂開的聲音。

蔣小鷗仔細檢查桌上的餐點：「他只喝了一點飲料，其他的東西都沒吃。」

「陰險謹慎的傢伙，像蛇一樣。」小陳爬起身，用袖子抹了抹額上的血罵道。

他拾起掉落在地的菜刀，又走向柯井益。柯井益可能已昏迷，居然毫無動靜。

「等一下！你砍他就會留下線索，日後朝他殺方向偵辦，就真的無法脫身。」

他不理會燕艾梅：「剁了他再扔進海裡，被魚啃之後能找到全屍就偷笑了。」

望著他舉起菜刀，蔡欽洋與高元吉都發出驚駭的怪叫——

我不敢看，閉緊了雙眼——

嘭嘭嘭！

嘭嘭嘭嘭嘭！

那……不是砍人聲。

是急促的敲門聲。有人在大雨中敲著燕鷗雅居的大門。

我睜開眼。他們三人面面相覷。燕艾梅使了個眼色後走去開門。

小陳吹熄蠟燭，抄起被扔在地上的平底鍋，躲在大門後方伺機。

蔣小鷗走過來盯著我，銳利眼神警告我不准亂叫，手中的水果刀抵著我頸。

原先的溫柔和善完全不見。

門被燕艾梅打開。站在門外的是駱家駒。

「這麼大的風雨，您還跑來呀？」燕艾梅用驚訝的語氣問。

雖然穿著雨衣，全身依然溼漉狀極狼狽，水滴從溼黏成條狀的瀏海淌流下來的駱家駒說：「電話不通了。」

燕艾梅請他進來。他掀開雨帽，用手背抹去臉上雨水

「是啊，還停電了。警官有什麼急事非得冒著風雨過來不可？太危險了。」

他往前廳掃視，企圖在黑暗中看到誰。「客人都到哪裡去了？」

「啊？都停電了，風雨又這麼大，當然各自回房休息去了。」

「妳的手機和那位女服務生的手機幾號？」

燕艾梅微怔，隨即說出兩個號碼。

「還有一個開船載客的員工，手機幾號？」

「陳峰嗎？」她又說了個號碼。

駱家駒聽了，拿出自己手機檢視記事本的記錄：「那個陳峰回來了嗎？」

就在身後舉著平底鍋準備K你了呀大哥！我真想這樣叫，但脖子上有刀。

「這麼大的風雨，船哪開得了。」燕艾梅苦笑說。

「我想也是。那個叫文石的客人也沒回來？」

「沒呀。怎麼了嗎？」

「我下午來查客人的電話，但忘了問妳和兩位員工的號碼。」

「風雨停了再來問就好了嘛。」

「我們檢查過顧興德的手機，最後一則通話紀錄並非急著找他的蔡檢的手機號碼，而是一通從未曾出現在通話紀錄裡的陌生來電。所長和我討論結果是懷疑，他認識的人約他去港邊。」

「也可能是哪個村民吧？」

「這島上人口這麼少，每個村民的電話號碼我們都有。」他再次往店裡掃視：「最後一則通話的來電號碼就是妳的員工陳峰。」

「蛤？……可能是他想趁颱風登陸前回本島，才和小陳聯絡派船的事吧。」

「是小陳打給他的。」

趁駱家駒用手電筒巡照室內之際，燕艾梅與門後的小陳交換眼色後緊張地說：「可是他還沒回來，應該是在馬公避風雨。」

「船身紅白相間、名為海上牧羊號的遊艇，是妳店裡用來載客的？」

「呃，是啊。」

「除了這艘遊艇，還有別艘？」

「我們旅店剛營業沒多久，只有這艘。」

「陳峰都是用海上牧羊號載送客人，沒錯吧？」

「是。」

「妳說他還沒回來，可是我剛去巡了港邊，為什麼海上牧羊號停泊在港裡？」

「是嗎？這我就不曉得了。會不會是遊艇故障了，他借別人的船去馬公……」

見燕艾梅快掰不下去，小陳緩緩舉起不銹鋼製平底鍋，悄悄地接近駱家駒。

我實在無法漠視，強忍頭痛與全身僵硬，拚盡全身殘餘力量往蔣小鷗身上撞過去，無奈小腿使不出力，整個人往地上摔下去，痛到骨子裡，乾涸如火的喉部也只能發出悶哼。

蔣小鷗沒想到我有此舉，傻在當下。駱家駒倒是聽到異聲，手電筒的光往這邊照射。蔣小鷗回過神來，立即將我拖到柱子後，並假裝不慎跌倒後站起。

就在此時，一個比剛才任何一幕都讓我驚嚇更驚嚇的景象發生在眼前——

應該說是生眼發眉以來，最令人怵目驚心不寒而慄的事……

我被拖到柱子後側身躺著，臉剛好朝著地上那具屍體。

郭熾昭的屍體。

說是屍體，但為何……眼睛在動？

在視線對上的那一刻，惡寒從膽子裡竄出，朝身上每個毛細孔鑽。

我想尖叫卻叫不出聲，只能發出低低的嗚嗚聲，應該是聲帶被恐懼的寒氣掃過的顫抖。

然後，屍體猝然坐了起來……

轉頭，望向門邊，還還還還……站了起來……

在意識模糊前最後的感覺，只剩恐怖驚駭，聲帶終於發出：「**啊**————————！」尖叫完，感到咽喉到口腔裡有血的味道。

那屍體像活屍般，衝了出去……

肚上的刀，還在。

我的意識，消失。

一定是中毒了。只是，毒從何來？鮭魚、龍蝦、章魚、牡蠣，只要是海鮮類，都原形留在盤子裡。謹記文石的叮嚀，我明明只知吃非海鮮食物的啊。

就這樣掛了？我這麼年輕呀，連個男朋友都沒有就掛了？太不甘心了！

依稀聽到些什麼嘈雜聲，但全身感覺浮在半空中，手腳掙扎著，卻碰不到任何東西，猶如在水中游著卻感受不到水的存在。驀然眼前出現一道白光，亮得雙眼幾乎睜不開……原來傳說中瀕死時會看到一道白光，是真的。

我快要死了。連自己是怎死的都不知道，太令人無法瞑目。

在白光那端的沈家列祖列宗問起：「阿鈴啊，妳是怎麼回事，吃頓飯也能把自己吃死？」的話，我該怎麼回答？

尤其居然還是跟一群檢察體系中的害群之馬死在同一屋簷下，遜斃。

令人火大！火氣彷彿愈來愈大，大到覺得自己的腹中竄出一股氣流……

那氣流一陣一陣的。心頭也一陣緊似一陣。

我不想死。這樣的執念讓雙腿不斷踢著。事後回想，應該下意識裡自己拚命往身後游回，還不想去天國。

這時我看到天際出現一幕幕的影片。

幼稚園的我雙頰紅嫩，鳳眼烏瞳真的很可愛。有個人中上掛著鼻涕的小男生老愛跟前跟後的，當時的我還很討厭他。

小學時人緣不錯，結交了不少朋友。但因為生性雞婆好打抱不平，也得罪不不少朋友，還曾因此出過事、被人綁架到山上放生。

中學時歷經一些誤會，與好友生死離別，留下無限遺憾。因為這份遺憾，後來在宜蘭大同鄉的山區還歷經一段奇異的遭遇。

大學時……正當我回顧此生的跑馬燈片段之際，一陣清風迎面拂來，眼前的白光突然全滅。正驚訝發生何事，胸口襲來一陣悶疼，我劇烈地咳嗽……

努力睜開雙眼，朦朧迷糊之間，看到一張醜陋的嘴臉正盯著我看。

厚唇小眼，皮皺肉垮。靠我非常近。

是郭燨昭。已經變成活屍的郭燨昭。

喔靠！

立刻別過頭拚命咳嗽，咳到淚水滲出且胃部抽筋，最後嘔吐出來，胃酸的刺激讓腦子更清醒。

抹去嘴角的胃酸及眼角的淚水，意識到自己的手能動了。

轉頭望去，郭燤昭微微佝僂的背影消失在燕鷗雅居門邊。

他追什麼去了……

企圖起身，但一陣天旋地轉的暈眩襲來，讓我爬不起來，甚至陷入昏沉。

事後回想，是缺氧的後遺症。

叩叩的聲響喚醒了我。跳下床來到窗邊，發現是隻白色黑喙的鳥啄著倚偎窗台邊上的樹葉，見我拉開窗簾就驚慌地飛開。

居然能被早起的鳥叫醒，這種經驗是長期待在水泥叢林裡無法享受的。

天色曦微，手機上時間顯示才五點多。室內沒有文石曾回來過的痕跡。

洗漱後我拿起泳裝和罩衫，準備溜下樓去游泳。

驀然，我被電到般，整個人嚇到呆立。

這情景似曾相識呀！扶住衣櫃支撐自己不致昏倒，深呼吸了幾口，才能緩緩坐在床沿。

死過又復甦。檢察官們。郭爄昭。活屍。我。

拳頭敲了敲頭。那些片段，是噩夢的夢境嗎？

若只是夢境，難道連去游泳前的起床情景都只是現在的預知夢？

若並非夢境，那瀕死的我怎麼沒死？又怎麼會從房間床上安穩醒來？

我倏然起身，掏出包包裡的手機，注視畫面上的日期。

那些是昨天的事！

衝出房間快步下樓，四處巡視。餐桌上猶有未收拾的碗盤餐點。許多桌椅歪斜傾倒四散各處。電話機靜靜躺地上。一切如我失去意識前的情景，只是這空間裡的人都不知去向。

大門沒關。可以推測屋裡的人都走得匆促。

屋外風和日麗，昨晚的狂風暴雨恍若噩夢的夢境。冷靜想來，澎湖地區沒有高山，颱風來得快去也快，不似台灣本島還留個拖泥帶水的大雨下個幾天。

跑到派出所；值班台後面沒人。

我喚了幾聲。小辦公室探出身的是個身穿制服的大叔，想必是所長。

他說駱家駒跟隨澎檢的檢察官、法醫及分局派的刑警搭船回馬公了。

「請問，昨天在燕鷗雅居的那些客人還有女老闆……？」

「都搭船離開了。」

「大家都……沒事吧？」

「看起來都有事。來載他們的船上都有醫護人員。」

那麼，活屍……我描述了郭爦昭的長相，不小心說太快帶到「肚子上插著刀的歐吉桑」這句，引來他疑惑目光的打量：「……我沒看到這樣一個人。」

再問下去他恐怕會懷疑我是否嗑藥。

謝過之後，我跑回去收拾行李，並隨即奔赴港邊。

第八話

花了一些錢請準備出港的漁民載我回馬公，再搭遊輪回到布袋已過中午。

在馬公港候船時，忽然傳來簡訊聲，提醒我手機訊號已經回復。

簡訊是文石傳來的：妳還好嗎？

——不好！差點就涼了！

我這樣回他。訊息才寄出，來電鈴聲就響起。接通後正想告訴他昨天的險境與詭異，他劈頭就說：「能自己回來嗎？我到布袋接妳。」

瞄了一眼時刻表，告訴他船班抵達時間。他隨即說：「見面再談。」

怔望著被掛斷通話的手機，我狠狠咬了一口在超商買的飯糰。

都差點掛了也不安慰我一句。唉，直男。

步出布袋港旅客服務中心，就聽到小白的喇叭聲。

才坐進副駕座，文石就大腳踩油門，讓小白飛馳在柏油路面。

「現、現在是要趕去哪裡？」面對超速，我慌忙地拉上安全帶。

「探病。」他透過墨鏡瞥了我一眼：「妳沒有哪裡不舒服了吧？」

「有，心裡不舒服。」我灌了口礦泉水：「人家差點死翹翹，結果你哪逍遙去了？」
「我可忙了。」趁等紅燈的空檔，他讀著傳來簡訊的手機。
我嘰哩呱啦說了一大堆，昨天的遭遇要憋在心裡可難受了。
一路上他靜靜聽著，等我礦泉水都喝完了才說：「不是叫妳不要吃海鮮嗎。」
「我若吃了一口，就讓我腰腫奶塌、人痴腦傻、長伴青燈古佛一生孤寡！」
他的嘴角抽了幾抽，強作鎮定：「妳也、也不用發這種毒誓吧，怪嚇人的。」
「那你說，我是怎麼會要死要死的？」
他扔了兩粒花生入口，邊嚼邊歪著頭思忖：「……妳喝了湯，對吧？」
「那怎樣？是牛肉蔬菜湯。」
「原來如此。」他以食指摸了摸鼻翼：「一定是熬湯時加了幾匙海鮮高湯。」
「我對海鮮沒過敏呀。」
「不是過敏，是中毒。」
「我全身不能動，甚至都不能呼吸了。」
「可是妳對於長桌那邊狀況、及駱家駒來了之後的事都還很清楚，對吧？」
「對，肢體不能動卻意識清醒。什麼毒這麼厲害，根本就殺人於無形呀！」
「河豚毒。」
「你失算啦，我認得河豚長什麼樣子。」為了平復他都沒安慰我的小怨懟，我嘟著嘴說：「我看過了，燕鷗雅居的廚房裡、冰箱裡都沒有河豚唷。」
「是嗎？要不要把妳傳給我的照片再看一遍。」
我翻找手機的相片簿，仔細看過：「鮭魚紅蟳龍蝦草蝦小捲魷魚牡蠣蛤蜊，就是沒有河豚啊！」
「妳是在看那張朝冰箱裡拍的照片吧，有看到身上藍圈圈的東西嗎？」
我把那張照片放大：「啊，有啊，在塑膠袋裡。是魷魚。」
「那不是魷魚，是章魚。」
「差不多嘛。」
「一個十隻觸手、一個八隻觸手。差很多。」
「好吧，就算牠是章魚，跟我被下毒有什麼關係？」
「牠是藍圈章魚，含有河豚毒素。」
「章魚含有河豚毒？」
「這種毒素除了河豚，在芋螺和藍圈章魚體內都有。藍圈章魚的河豚毒素是由唾腺中的一種細菌製造的，毒性可達氰化鉀的千倍以上，會阻斷鈉，使肌肉逐漸癱瘓，但在呼吸心跳停止前，人還可以維持意識。」
回想昨晚，除了自己，長桌邊其他人好像都是如此。我不禁打了個寒顫：「那、那我是不是該先去醫院打個血清之類的解毒？」
「妳現在有任何不舒服的地方？」

「就⋯⋯心裡不舒服。」

「那就好。」

「什麼跟什麼啦。」

見文石不再理會，我還是不放心，上網搜尋藍圈章魚的相關醫學文獻，果然與他所說相同，而且強調這種毒會癱瘓肌肉致命，患者即使神智清楚也無法呼吸或做出反應，沒有解毒的血清。急救方式是施以持續的人工呼吸，直到患者恢復到能夠自行呼吸的狀態為止，就能保住性命。

感謝上帝，我中的毒尚淺，加在湯裡應該被稀釋了不少。但是人工呼吸⋯⋯

想到渾沌迷糊之間，看到的是那個活屍⋯⋯對自己⋯⋯

噁！想到就覺得不舒服。趕緊關掉腦中的畫面，說服自己那一定是幻覺。

電梯門自動滑開。我們步入走廊。因為門口站著兩位身著制服的警員，所以不用找就知道蔡欽洋的病房哪間。

文石說因為他中毒比較嚴重，醫囑必須住院觀察，其他人就近送到台大醫院雲林分院來，經急救後意識恢復情況穩定就轉送台北。

見我們走近，長椅上一個男子起身趨近。是刑警邱品智。

制服警員見我們跟著刑警，沒有阻攔就讓我們進入病房。

「蔡檢，這兩位您應該見過了吧。他們有事要請教您。」邱品智說。

上身倚靠枕頭、鼻上還掛著氧氣管的蔡欽洋見到我們，怔了怔：「他們也是被害人？」

「我助理沈小姐也是被害人，她命大，幸無大礙。」文石將牆角的椅子拉近病床坐下：「次長和一個檢察官死了，剩下的鬼門關前走一遭，事情鬧到這麼大，我就開門見山直接問了：朱煥煒案，到底是誰在幕後操控檢方？」

蔡欽洋臉色一沉：「你到底是誰？我為什麼要回答你的問題？」

文石與邱品智交換眼神後，邱品智說：「檢座，涉及次長與這麼多位檢座在澎湖遇害的案子，這也是我們警方想知道的。」

「朱煥煒案不是我偵辦的，你們應該去問楊檢或柯檢。」

文石冷道：「但是這案子最終結果是在迴護誰的利益，你一定知道。」

「你憑什麼這麼說？」

「楊錚因為朱煥煒案，與吳秉鈞柯井益鬧到快翻臉時，你是站哪一邊？」

「我不需要站在哪一邊，因為與我無關。」

「與你大有關係。畢竟有上進心的你，也想爭取升主任檢察官的位子啊。」

「是又怎樣？」

「當時楊錚在地下停車場，你與顧興德還好心地提醒他，要注意吳、柯準備要對付他了，還記得這事吧？」

「所以你認為我是站在楊錚這邊的？」

「但你們兩個同時又與吳、柯他們走得很近，甚至對郭熾昭逢迎奉承，這讓我有點困惑，難道你們其實是站在吳柯那邊？」

「誰在職場不是對上司恭敬、私下也有志同道合的同事，這有什麼奇怪。」

「這是一種可能，但也有可能是玩兩面手法。也就是說，你表面上對上司恭敬，私底下挑撥上司討厭的同事，期待同事把事情鬧大。」

「事情鬧大對我有什麼好處？」

「只要地檢署出事，上頭怪罪下來，有人就升不上去、有人就會被調職，你的機會就來了。否則看著期別在後的學弟妹都爬上去了，自己卻在地檢署一直蹲到退休，豈不是很丟臉。」文石凝視他的眼神：「掌握剷除競爭對手的重要資訊，適時放出就如同趁人不備在其背上插刀，無論如何對自己都是有利無害。」

「我記得你只是個律師吧？不曾在地檢署任職就不要憑空臆測、胡言亂語。」

「這次花嶼的事鬧得很大，你不覺得有人該為此事負責嗎？」

「負什麼責？我們都是被害人，該負責的是那三個燕鷗雅居的傢伙，他們一定會被逮捕！而且偵查不公開，只要我們地檢署——」他講到一半，忽然想到什麼，視線轉向邱品智。邱品智也不掩飾，直接說：「事先不知道被害人包括那麼多位檢座，所以許多媒體記者已經知道了，目前都追著法務部和地檢署的發言人要求說明。」

蔡欽洋臉上露出幸好我人不在台北的表情。文石打鐵趁熱：「做了違法的事就該負法律責任，可是為了特定人的利益縱放真兇、為了爭奪名位陷害同事，也該負責吧。」

「你到底想說什麼？」

文石轉身向我伸手。我將手機遞給他。

「檢座們把酒言歡的內容，都在她的手機裡。若不記得，我可以放給您看。」

他馬上知道文石的用意，卻惡狠狠地盯著我：「原來妳是記者？」

我聳聳肩，對於自己的無害形象讓他們掉以輕心，頗有成就感。

文石笑著說：「她真的不是記者，也真的有記者正等著我將手機裡的檔案交給她，可是我在猶豫。」

「猶豫什麼？」

「我可以交給記者去爆料，讓輿論炸鍋搞得野火燎原，燒到一堆官員下台，相關人等都被處分，但這樣難免傷及無辜。我也可以拒絕那位記者，只要知道朱煥煒案是誰在操控檢方。」

「你為什麼要知道誰在操控朱煥煒案？」

「律師的工作除了受人之託忠人之事外，還能為什麼。」

「我是檢察官，絕不接受唯利是圖的訟棍威脅。」

「不論是什麼棍，我以為能幫您剷除升遷路上障礙的棍子，都是好棍。」

深吸口氣，貌似聽懂了文石的意思，他垂下的眼神飄忽，顯然深陷權衡估量。

「少了一個人，就多了一個你想要的位子。」文石又說：「我保證手中的檔案絕不外留。」

「我能相信你的保證？」

文石起身，取了病床几上的玻璃杯，進到浴室盛滿了水回來：「這樣可以嗎？」

蔡欽洋沉吟半晌：「當時經常跟郭燤昭聯絡的是郭依莉。她是幫林宇山傳話。」

他說的是林董。那個在慶生會上彷彿武林盟主的媒體大亨。

「朱煥煒案跟他有什麼關係？」

「這我就真的不知道。不過柯井益一定知道，是他接手承辦的。」

噗嗵一聲，文石將手機沉入杯中。

台大醫院外科的某間住院病房外，也站著兩個身著制服的警員。

據主治醫師告訴邱品智，柯井益中毒的部分已無大礙，但遭人施暴致肋骨肱骨斷裂，為預防腦震盪後遺症，目前還留院觀察中。

「柯檢，這兩位您應該見過了吧。他們有事要請教您。」邱品智說。

頭上臂上綁著繃帶、眼窩大片瘀黑的柯井益見到我們：「他們？」

「我助理沈小姐也是被害人，她命大，幸無大礙。」在小沙發坐下，文石以欣賞動物的神情盯著他說：「次長和一個檢察官死了，剩下的鬼門關前走一遭，事情鬧到這麼大，我就開門見山問了：朱煥煒案，到底是誰在幕後操控檢方？」

柯井益臉色驟變：「你到底是誰？我為什麼要回答你的問題？」

文石與邱品智交換眼神後，邱品智說：「檢座，次長與這麼多位檢座在澎湖遇害，凶手是誰、動機為何，我們警方在調查時必須知道。」

「我們被人設計，凶手不就是那三個傢伙嗎？跟朱煥煒案什麼關係？」

「據兩位關係人提供的線索，似乎與您偵辦的朱煥煒案有關。」

「那三個傢伙落網了嗎？」

「目前逃逸中，有賴被害人及關係人提供線索追查。」

「警方是怎麼辦事的，抓三個嫌犯有這麼困難嗎？及時封鎖港口不就逮到了嗎？那麼小的島，他們能躲到哪去？」柯井益劈頭就一陣狂罵：「次長和一個檢察官遇害、四個檢察官差點被殺，你們警方就這種效率？」

邱品智嘴角露出不屑笑意：「您也說了，那裡是個海上小島，如果不是這位文石律師報案，我們哪知道這麼小的島上，居然有法務部次長帶著這麼多的檢座去度假，更不可能知道你們是為了商量什麼事才跑去那麼偏遠的地方。」

柯井益臉色一陣青白：「就是去度假，能商量什麼事！」

「您先前說，在那裡住了一夜，因為遇到颱風，又多住了一夜？」

「你不信的話，去問其他中毒的檢察官嘛。」

「雖然我尊稱您一聲檢座，但出了這種事還能開玩笑，也未免太瞧不起我們警方了吧。」

「我都被打到住院了，還有心情跟你開玩笑！」

「我們今天下午請澎湖警局派同仁去封鎖現場，據回報現場根本沒有什麼旅店民宿。」邱品智臭著一張臉說：「那種鬼地方會有人去開什麼旅店的，一聽就是畫虎爛！」

「根本沒有旅店？」柯井益驚叫，也許太用力，肋骨的傷立即讓他痛得皺緊眉頭：「你們澎湖的警方混什麼吃的！」

「我早上親自跑去花嶼現場，剛回來。」邱品智取出手機點了一下，嘴角噙著冷笑：「這就是你們所說的現場。」

柯井益瞅了他的手機幾眼，目瞪口呆。我與文石也湊過去看。

好幾張照片畫面都是一片荒涼崎嶇，只剩一條通往遠方花嶼燈塔的小徑。

燈塔旁哪還有什麼建物！

昨天早上我離開時還在的燕鷗雅居，今早邱品智去看就像不曾存在過般……雖說建物不大，但在四面環海的孤島上二十四小時內就消失……誰有這種能力？

我的背脊一陣惡寒，不禁打了個冷顫。

「那，你現在是懷疑我說謊嗎？」柯井益立即指著我們：「他們也是投宿的客人，你問他們呀！」

邱品智揚了揚眉：「就是文律師說你們幾個檢察官在那個小島上商量——」

「是在燕鷗雅居旅店裡！」柯井益糾正他。

「好，是在旅店裡商量什麼；但你卻說是去度假，所以我帶他來對質，結果你又擺架子，質疑警方的辦案能力。」邱品智話說得輕巧，反擊力道卻頗重。柯井益語塞，只好將視線轉向文石。文石面無表情：「朱煥煒案，到底是誰在幕後操控檢方？」

柯井益反問：「這跟花嶼的事有什麼關係？」

「郭次長死了，顧興德死了，你說有沒有關係？」

思量片刻，他忽然體悟到什麼：「你的意思是……」

「有聽過一句話嗎：狡兔死，走狗烹。」

「怎麼可能！那樣沒參與偵辦的顧興德怎麼會死。」

「我的助理沈小姐連檢察官都不是，她也中毒差點死掉，又該怎麼解釋。」

臉上陰晴不定，他陷入沉默。

文石打鐵趁熱：「蔡欽洋也被連累了，我們問他，他說朱煥煒案的真相只有兩個人最清楚。一個當晚就被殺了，一個就是你。」

猶豫地瞄了一眼，邱品智對他微微點頭，疑懼頓時在臉上綻現，靜默不語顯示他陷入混亂的思緒。文石以不帶情感的語氣說：「風天耀、陳良木、郭依莉、林宇山，到底是誰？」

困惑於文石到底知道多少，他警覺謹慎起來：「是誰委託你的？」

文石再次直球對決：「或者，根本是這四人之外的非民間人士？」

「是楊錚委託你的？」

「花嶼的事搞這麼大條，你覺得媒體報導的話，誰會成為下一個楊錚？」

坐回車上，我還沒從震驚中回神。直到文石喚了聲開車吧。
「他說的可信嗎？」踩下油門後，我忍不住問。
「也有可能信口胡謅，我們查證一下。」
「剛才走出病房，你讓邱品智去找誰？」
「找他同事。」
「那我們該怎麼辦？」
「找風天耀去聊聊。」
風天耀常搞些非法生意，早經警方列入觀察名單，所以他會在哪裡出現，是邱品智提供的線索。位於石門草里漁港附近的高爾夫球場。
白道為結交攀附，黑道為洗白外表。小白球白道愛打，黑道也愛打。所以我又穿上那套高球女裝。緊衫、短裙、遮陽帽，配上名牌墨鏡。洋酒、雪茄、金項鍊。風天耀是黑是白不知道，但肯定是生意人。從他注意到我的第一眼，也可以肯定是個容易被女生吸引的男人。
「美眉，妳打幾洞了？」他靠過來吧檯在我旁邊坐下，指間挾著的高腳杯搖啊搖的。高檔白蘭地的味道撲鼻，混著汗臭與銅臭。
楊錚說他給人陰沉感，我卻覺得他只有輕薄感。
「太陽那麼大，曬死了，一洞都還沒開始呢。」我兀自咬著吸管啜起橙汁。

「要不要跟著大哥哥，大哥哥教妳一桿進洞？」

「進什麼洞啦，變態！才不要。」

「嘿嘿嘿嘿，有人會幫我們撐傘，不會曬啦。為什麼不要呢？」

「你臭。」

「可是妳好香啊。嘿嘿嘿嘿……」

我快速打量他，線視停在他手上的勞力士金錶，餘光卻掃到胯下的隆起狀。看人吸果汁就改變形狀是什麼鬼症頭？我打算加速結束對話並讓他性無能。

「你是不是風董啊？」

「妳知道我？」

「知道呀，你那麼有名。新聞報導有看過你的照片和名字。」

「新聞報導？」他臉色一變，出現了楊錚說的那種陰沉表情。

「就是你被收押，後來又被放了的那個新聞。我覺得風董好可憐，到底是誰害你的呀，這樣沒有冤獄嗎？」

彷彿眼前這個女孩看穿自己深埋在心底的委屈與無奈，臉上浮現異樣表情，他放下酒杯：「想不到妳年紀輕輕，識人如此之深吶……」

「其實是你運氣不好，才會這樣。」

「……妳是想向我推銷紫水晶、開運手鍊還是算命師？」

「那件事已經過去了，還需要這些嗎？」我睜大雙眼：「你現在時開運轉，才會遇到我，還需要這些嗎？」

他覺得有趣哈哈大笑。在笑聲稍歇時我稍稍靠過去：「那件事害你鬱卒到現在吧？想不想抒發一下？」

「抒發一下？我一見到妳就想抒發一下，嘿嘿嘿嘿……」

我不理會他的淫笑：「如果那時你遇到一位好的律師，就不會那麼慘被收押了啦，也就不會鬱卒到現在。」並從皮包裡取出一張名片；「跟他談了之後，保證你身心舒暢。」

他錯愕地接過名片：「現在的律師都這樣拉生意嗎……」

文石在他的右邊坐下：「我就是名片上的律師。」

風天耀這樣沒有公權力的「民間人士」，對律師還是有一定的尊敬與信賴，相較於習慣對立及權力傲慢的檢察官，處理起來容易多了。文石幾句同理感受的話，加上我的加持，風天耀開始口沫橫飛起來。

他證實了與朱煥煒的關係就如楊錚告訴我們的，但堅絕否認唆使。文石問為何會捲入鎗擊案，他先爆粗口問候警方，又撤幹譙致敬楊錚，罵得臉紅耳赤後才說：「被釋放回來後我問朱煥煒，他向我道歉，說我是被無辜牽連的，為避免再讓我被波及，他立馬就辭職了。我問他為什麼打死陳良木，他說受人之託；至於受誰所託怎麼問他都不說，只說什麼殺手一定要專業，我都被害到進看守所了他還在那裡假鬼假怪、幹伊娘——」他罵到一半，忽然想起我還坐在左邊，緊急止住：「美眉，失禮啦，我太火大了。」

我給他一個不介意請繼續的微笑。

「我譏笑他被抓到還敢說專業，他說是被人出賣。」

「雇主出賣他？」

「他說是一個姓郭的女人給一大筆錢要他除掉陳良木，還告訴他萬一被逮了只要堅持否認，就能協助他脫身。因為要殺的對象是我小學同學又親家，還有生意上的往來，他根本不讓我知道。後來被抓到了果然他都否認，直到知道了我也被檢仔關起來，他懷疑被姓郭的女人騙很不甘心，對於害到我也很不安。」

「不過聽說後來他突然承認是你教唆的？」趁他喝一口酒潤喉時，文石問道。

「有人通知他，只要順著檢仔的意思承認，他和我都能被放出來。」

我插嘴問：「不是被禁見，還有人能通風報信告訴他這些？」

文石苦笑：「被禁見的嫌犯只有委任律師能接見，當然是面會時律師轉達的。而且還不違規唷，表面上聽起來是勸被告認罪，檢察官若監聽面會對話時，還會開心到跳起來吧。」

「實際上我和小朱也被放出來了啊，所以問題不是在這裡。」興許鬱悶太久，這種倒楣事能有律師與正妹傾聽討論無異抒壓良方，他有些激動地說：「小朱在意的是，他明明能潛逃的怎麼會被抓，又是怎麼連累自己的老闆。所以出來後他跑去跟那個女人對質——」

「郭依莉？」

「對。她跟小朱說，台南那邊有塊地，為了光電利益兩派人馬搶很兇，陳良木摻了一腳先跟地主簽約，惹得其中一派不爽，透過她找人想幹掉阿木仔。哪知另一派不爽，將這件事透漏給刑事仔，刑事仔才逮到他的。至於我被牽進去的事完全在意料之外，據她所知是刑事仔被檢仔逼到起肖，胡亂誣賴我交差的……」講到這他頓了一下觀察我們，見我露出懷疑神色就提高聲調：「真的啦！那個膨肚短命的凌燦中和破格撿角的周雲妃是肖話撿起來黑白亂練的啦！」

「他們為什麼要害你？」

「我出來後有找周雲妃對質。她一直向我道歉，說凌燦中向山老鼠買了批盜採的檜木被警察抓到，有個刑事仔找他談條件，要他配合咬我，否則要辦他故買贓物和違反森林法。因為他有前科在假釋中，萬一被撤銷假釋還要關更久，只好答應配合。」

「她呢？只是小三而已需要做偽證嗎？」

「誰說她是什麼小三？凌燦中的老婆早就死了，而且都是他的陪伴支持周雲妃才能度過化療的痛苦，還幫她還清了為前夫所揹的債務，他們最近要結婚了。」

我揣量著鷹勾鼻薄嘴唇的風天耀，怎麼看都不覺得他是楊錚口中那個城府深沉的傢伙。

這麼說，那個刑事仔是誰，也就不言可喻了。

第九話

本以為坐在庭上的檢察官，應是不畏強權正義凜然的英雄好漢或正氣女俠，但吳秉鈞的模樣實在很難讓人聯想至此：臉頰上可怕烏青，嘴唇血腫還未消，額上繃帶下應有嚇人的傷口。才幾天就登上偵查庭，憤恨讓他翻閱案卷的速度，像在用紙頁對胸口的怒火搧風。

「妳說妳後來就昏過去了？」

「是啊，我喝的湯裡也有毒。」

「但是妳後來為什麼沒事？」

「我哪知，您應該去問下毒的人吧。」

「妳能提出醫師的就醫證明嗎？」

「我沒去就醫。」

「都昏過去了，醒來回到馬公或台北卻不曾就醫，」他沒好氣地往椅背上用力一靠：「這合理嗎？妳是不藥而癒還是有神功護體？」

「您自己也中毒了呀，現在不是也好端端中氣十足在這裡罵證人？」

聽我居然敢回嗆，邊打字的書記官面色緊繃。

「我回來有去醫院洗胃吊點滴，治療後才能撿回一命在這裡開庭！」
「那是你中毒深年紀又大才需要，我年輕復原得快，比較不需要。」
書記官打字的手與嘴角抖了抖，忍得很辛苦。
文石趁此書記官打字之際，起身發問：「請問檢座，這個案子您本身是被害人，是不是應該由別的檢察官調查較為適宜？」
「你現在以什麼身分在問我？她不是被告，你也不是她的辯護人！」他拍桌斥道：「調查誰是嫌犯後如果有利益衝突再移交別的檢察官偵辦，不行嗎？」
「是是是，您英明。」文石摸摸鼻子坐了回去。
吳秉鈞深吸了口氣靜默了數秒，顯然在強捺怒意。「我問妳，妳說醒來之後發現自己在房間裡，是誰把妳扶到房裡的？」
「不知道，我沒辦法對於自己在清醒前發生的事作證。」
「這種說法合理嗎？其他人差點喪命，唯獨妳全身而退，妳怎麼解釋？」
「那您想怎麼解釋？」
「本署懷疑妳沒有說實話，是因為迴護在逃嫌犯，甚至是共犯。」
「請告知我所犯罪名。」
「妳目前還是證人身分，只要據實陳述——」
「如果您不告知罪名，我就拒絕作證。」他傻眼，我繼續說：「我聽過檢察官以證人身分訊問案件關係人，中途使詐將證人轉為被告的卑鄙手段，但沒聽過將被害人轉為被告的檢察官會怎麼訊問，為維護權益，請您趕快將我改列被告，我就可以行使緘默權，也可以委請律師。」

瞥了一眼書記官，書記官迴避眼神將頭轉開，他再次深吸口氣：「沈小姐，現在是兩條人命、幾個檢察官差點遇害，而且次長的屍體至今還下落不明，妳就不能協助本署追查嗎？畢竟妳在事務所工作，應該知道重大刑案的嫌犯若不被繩之於法可能會再次犯案，難道妳會想看到讓更多人被害？」

「報告檢座——」一直在候訊席上晾著的文石忽然舉手發聲。但吳秉鈞微慍抬手制止：「你等一下，還沒問到你。」

「我當然不想再有人被害，但我知道的都已經告訴警方，你看警詢筆錄就知道了。」見他無奈的表情，我也放軟說：「您可指揮警方去查那三位對我們下毒的人，甚至發布通緝，我在沒去花嶼之前，真的不知道有這家旅店，更不認識他們。」

「妳若單純只是旅客，卻能進到廚房去幫忙，這合理嗎？」

「我說過了，當時顧興德騷擾我，你也看見了呀，為了保護自己，女生當然找女生幫忙啊。」我瞪他一眼：「我跟顧興德無怨無仇，殺他幹麼！」

「妳自己也說了，他對妳性騷擾。」

「那次長呢？」

「報告檢座——」文石又舉手要講話，吳秉鈞不耐煩飆罵：「你今天是以證人身分被傳還沒輪到你急什麼！我還沒將她轉為被告，你急什麼！這麼想當她的辯護人嗎？你出去！等一下要你作證會再叫你進來！」

「是。」文石畢恭畢敬起身走出法庭。吳秉鈞正要再問，就聽到背後故意沒關好的門縫裡飄來文石跟走廊上的法警談笑：「笑死人了，明明沒死的人居然被當作死了的屍體在偵辦，還在裡面跟證人大小聲……」、「……確定是今天早上的新聞？」、「他還被記者包圍不是嗎？來，我點手機上的Live新聞……」、「呵呵呵，檢仔怎麼會這樣呢，太烏龍……」

吳秉鈞聽了臉色大變，立即叫書記官把文石叫進來。

書記官慌張起身急奔出去。

步出地檢署大門，一輛黑色轎車立即靠過來，車窗裡探出頭的是邱品智。

「他不承認啦，麻煩你們來指認一下。」

上了車，我問：「燕鷗雅居那三個你們抓到了沒？」

「調查的結果，三個人都是用假名字，必須調取可能逃亡路線的監視器檔案來追查，花嶼是偏遠小村沒人在裝監視器，只能從馬公布袋一帶查起，恐怕還要一些時間。」警示器叫得大聲，他油門踩得也深：「你們剛才出庭的情形怎麼樣？」

我惱怒地說：「那個吳檢還想辦我殺人共犯咧。」

「妳殺顧興德與郭熯昭？理由是什麼？」

「理由是他怒急攻心，卻像無頭蒼蠅。」

「顧興德的驗屍報告我看過了，法醫打開他的顱底蝶竇，上面吸滿了海水，這是嗆水所致，另外胃裡有細砂雜物，證明是生前落水溺死的。」

「那是意外落海，還是自殺跳海？」

「背部驗出幾個瘀斑。法醫判斷是被人從背後推下的結果。」

「記得那時顧興德失蹤，郭熇昭就出現在燕鷗雅居了，會不會是他幹的？」

「目前找不到動機。」邱品智轉換話題問文石：「你在問的那個吳國樂，我回去查了一下，當時確實是我這隊移送地檢署的。」

「那是怎麼回事？」文石拋了粒花生入口。

「我也不知道怎麼回事。上頭說是吳秉鈞發交偵辦，所有案情都不清楚，叫我們配合吳檢。所以我帶了兩個人到地檢署把人帶回隊上，照吳檢交代的問題問一問、筆錄作一作再送回地檢複訊，就完事啦。」

「所以人不是你們抓到的？」

「若是我們循線破案，我早就請隊裡的弟兄上五星級大飯店開慶功宴啦。」

「複訊的檢察官也是吳秉鈞？」

「不是，他交辦給柯井益檢察官。」

「可是楊錚說，柯井益告訴他是檢察長交辦的。」

「郭熇昭？他只熱衷政治與升官，只要手下的人不鬧事就沒在管事，個案的交辦都讓裏閱作主。

這是我們隊上都知道的。至於楊錚，就是個獨善其身的木板腦袋獨行俠，居然去問跟他有競爭關係的同事，誰不保留幾分實話呀。」

文石與我互看一眼，又問：「陳良木真的是吳國樂殺的？」

「我不知道陳良木是誰殺的，只知道吳國樂的供述不可信。」

「為什麼？」

「完全看不出緊張擔心，也不找任何藉口就爽快的認罪了。所有問題都回答得不假思索，我當刑警那麼多年，沒見過那麼想被法律制裁的殺人犯。」

「也許他飽受良心譴責，希望勇敢面對自己的責任。」

「他是自首沒錯，但我認為，殺了人又沒被發現，人之常情不是出來自首，是串證、滅證與逃亡。殺人犯那麼容易受良心譴責就不會那麼容易殺人啦。」

「聽說鎗上有他的指紋？」

「楊錚不是說他看到的檢驗報告上只有一個姓連的警員指紋？」

「意思是……有人造假？」

「至少楊錚看到的指紋報告是刑事警察局驗的，至於柯井益看到的報告是哪家檢驗的我就不知道了，畢竟我小隊不是最初偵辦，只是事後被動配合偵辦。」

「還有三個證人指證呢。」

「那三個證人的筆錄我看過，不是臆測就是聽說。套句你們律師常在法庭裡說的：有異議，這些是都傳聞證詞！當時我心裡就犯嘀咕，這種證詞真的沒問題嗎？」

「當然有問題。聽說一審法官就以證據不足為由，判吳國樂無罪了。目前上訴二審中。不過，二審的檢察官很頭疼，因為柯井益雖然提起上訴，但是沒有補充可以推翻原審判決的新證據啊。」應該是透過白琳之手調查吳國樂案目前的進度，文石像推測獲得證實般點頭。

我忍不住插嘴：「吳國樂無罪，朱煒煥又不起訴，那陳良木到底是被誰殺了？」

文石含著冷笑：「民意代表翻個白眼就不時被新聞及政論節目批判，這案子現在還有哪個媒體關注嗎？」

我也不自覺翻了個白眼。

車子進到市警局的停車場。我們搭電梯上到刑大辦公室。

他帶我們來到一個小房間，指著一個單面鏡的窗子：「麻煩你們看一下。」

透過窗子，隔壁房間是間詢問室。鐵桌旁兩個刑警背對窗在製作筆錄。

面朝我們這邊的，是在花嶼見過的那個平頭男。

我們不約而同點頭。

「這就說得通了。」邱品智微慍道：「凌燦中、周雲妃就是受他脅迫及指導嫁禍風天耀，利用楊錚的嫉惡如仇來為朱煥煒身後的『非民間人士』剷除對手，同時打擊風天耀支持的政敵，連吳國樂都是他找來的。」

「他是……？」

「我們的副隊長彭清介。」

小白在屏東地方法院附近的一棟透天厝前停下。

我們下了車。騎樓上方掛著一個事務所的招牌。

進屋後表明身分，助理向後方辦公室喚了一聲。

一個中年男子探身出來。他是白琳律師的學長。

他熱絡地與文石握手，並帶我們到會客區的沙發入坐。由於白琳事先已打過招呼，他知道文石的來意，叫助理拿了法院配置表來，打電話到法院並按表上的分機號碼：「喂，我是譚大衛律師，要聲請閱卷，想找丙股書記官……是……這樣嗎？那麼我改天再來電好了。」

放下電話，他笑著說：「果如你所料，書記官請假了。」

「請什麼假？」

「病假。請了兩個月，接電話的同事說下個月底才會回來。」

文石在手機上點選了幾下：「這是丙股書記官沒錯吧？」

譚律師瞅了一眼：「不是啊。這誰？」

文石又在手機滑點幾下，找出向楊錚要的家庭聚餐照片：「她在這裡面嗎？」

「左邊數來第二個。我受任的幾個案子她那庭辦的，見過她好幾次。」

文石思索著什麼，又與譚律師閒聊了一會兒，起身道謝告辭。

回到車上，他露出困惑表情。我問：「你說燕艾梅可能就是林秋翠，但拿她的照片給譚律師辨認，他卻說不是？」

「本來以為林秋翠請了假，到花嶼去經營民宿，藉機報復那幾個檢察官，現在看來……燕艾梅與林秋翠不是同一人？」

「林秋翠被調職到屏東來，就會起殺機？這動機未免太弱了吧，還特別搞了個民宿？縱然她有這個資力，也應該針對把她調職的邢畢仲呀。」

「唔，也許是我誤會了。」文石以食指輕撫下巴整理思緒，隨即取出手機點了幾下：「喂楊檢，能給我林秋翠的地址嗎……還在調查，結果到時再向您報告。」

不一會，手機響起楊錚傳發的簡訊。我照著地址設定導航並踩下油門。

這時文石的手機響起，是在事務所的白琳打來的：「小石，你要的不起訴處分書我找到了，可花了一番功夫。已發到你的信箱裡。」

文石謝過她結束通話，點選信箱瀏覽著她發來的文字檔。

「喂，你拿一支新手機充當我的手機丟進水杯那招很厲害，雖然錄影檔有拷過去，但我還是擔心蔡欽洋會檢查。還有，你在法庭外說郭熾昭沒死那招也很厲害，把吳秉鈞嚇得半死。」

「嗯嗯。以假亂真而已。」

導航帶我們來到一處三層樓的透天厝前。

門鈴按了許久，都沒人出來應門。也許因此吸引了隔壁的注意，一個老婆婆探頭出來：「你們要找誰？」文石欠欠身說明來意；老人家說：「阿翠好像生病去住院。」

「聽說她出院了，我們受託前來探望她。」

「沒聽說出院啊。她每天出門上班都會跟我打招呼，好幾天沒看到她了。」

「難道我們搞錯了？那請問她住哪家醫院？」

老人家搖頭，返身向屋裡叫喚。貌似她媳婦的婦人聞聲出來，聽了之後說：「不知道耶，不過早上有看到一台貨車停在門口，好像在搬家。」

搬家？我們交換了眼神。

幸好婦人記得貨車身上的公司名稱。謝過之後我們轉往搬家公司。

半路上文石下車，到披薩店買回來個大披薩，並在車上換上機車夾克，並將自己的頭髮搔得亂七八糟。抵達搬家公司時他要我在車上等，自己端著披薩下車。

不到十分鐘後他回來，將手中的便條紙遞給我。

我邊將地址輸進導航邊問：「怎麼查到的？」

「我跟老闆娘說客人訂了披薩，按門鈴卻沒人在家，電話又沒人接，鄰居告知才知道客人早上剛搬家，卻忘了修改先前留在平台上的住址。老闆娘按時間地址查了一下電腦就把新住址抄給我了，還問是哪家披薩服務這麼好。我說我只是 Uber 代送就趕快跑了。」

「虧你想得出來。」

半小時後，我們來到高雄市的一條街道上。才剛將小白停進車格，文石碰了一下我手臂。我順著他視線望向窗外，路邊有個熟悉身影。

她上了幾個車格以外的灰色小轎車，並啟動引擎迅速離開。

重新發動引擎，小心翼翼跟著。車子上了國道十號始終往西，我忍不住說：「該不會是要去搭高鐵吧？」文石轉動方向盤沒回答，心中不知在揣量什麼。

在停車場停好車，她匆匆趕到櫃檯買票。文石佯裝抬頭查看時刻表，實則靠近她身後，並對我偷打手勢。

我用手機網上購票。選的座位在她斜側身後隔了幾個。

一路上她不時低頭滑著手機，神情看來有些焦慮。

抵達台北站下車後，她快速朝計程車排班區走去。

為免跟丟，文石說他先上樓到馬路邊攔車，並轉身就往樓梯飛奔。

上車後我要司機緊跟著前面第三台計程車，同時傳簡訊給文石告知車號。

「抓姦嗎？」司機的語氣興奮，同時將油門踩深。

果然礙於排班先後，出了承德路才過兩個路口她的車就將我的車隔絕在紅燈與兩台車之外；我趕緊傳簡訊告知可能跟丟。幾秒後文石回訊告知看到她的車從眼前經過，並要我跟著他的手機定位。

一路上追蹤手機，我心急如焚。但遇到塞車車陣，也只能無奈。

定位游標最後停駐在敦化北路的一家飯店上閃爍。

搭電梯上到三樓，在宴客廳門口會合時，他正神色凝重地盯著什麼。

廳裡正在舉辦筵席，門前立牌寫著國際司法實務交流協會年度大會。環視會場，有許多身著華服的外籍賓客，前方講台上有人正在致詞。

「請出示證件。」站在門口的接待人員要求說。

文石微微頷首：「我們是來找人的。請問吳秉鈞檢察官到場了嗎？」

接待人員點了一下手中的平板電腦：「抱歉，沒有這位賓客。」

「那郭熾昭次長呢？」

「……有，他掃QR碼報到了，應該已在會場內。」

郭熾昭？我有沒有聽錯？是誰冒名潛進會場了嗎？

旁邊另一位接待人員聽到了靠過來：「您說的是法務部郭次長？」見文石立即點頭稱是，旋即指著電梯說：「他進去後，剛剛又走出會場了。」

「去哪了？」

「走過這裡時，好像聽到他對著手機那端說一三一三。」

文石立即轉身衝向電梯猛按開門鍵。但電梯分別在十二樓與二十樓往上，另兩台停在一樓與地下室，燈號動也不動。

我們對望一眼，不約而同奔向樓梯間。

氣喘吁吁跑上十三樓走廊，還差點撞上推著打掃車的清潔阿姨。快速找到十三號房，文石大力按下門鈴。

長長的鈴聲後，房內寂然無動靜。

文石開始大力拍打房門，把清潔阿姨嚇壞了，跑過來問：「你們找誰啊？」

「裡頭可能有命案，快開門！」文石大聲喝道。

清潔阿姨訓練有素，不慌不忙拿起對講機通報一樓要找經理。文石當機立斷開始撞門，我搶下清潔阿姨打掃車上的磁卡在感應器上刷，房門應聲打開。

房內情景終於把清潔阿姨嚇到驚叫。

一個倒臥在地上的男人表情痛苦扭曲，臉色慘白地抽搐。文石上前把他扶起來，換我驚訝地大叫：「他不是死了嗎！怎麼還沒死啊？」

清潔阿姨用妳是多希望他死了的眼神瞥我一眼。

這時一個黑影閃現門邊。我轉頭。是個男人的背影從浴室奪門竄出。

省道台九線的風景真的很美，面對車窗外太平洋的遼闊，任何煩惱都能放下。

放不下的是手機上的新聞。

搜尋著昨晚敦化北路上那家飯店裡，郭熇昭差點被勒死的每則新聞。

「一路上不是嘖嘖嘖就是大嘆氣，妳是在苦惱什麼？」文石終於不耐煩問。

「這些新聞照片和影音確實是昨晚跟著警方到場時的記者所拍，表示他確實還活著，可是他明明被那個小陳拿刀狂刺慘死在我眼前，怎麼可能昨天還在飯店房間被人謀殺，到底怎麼回事……」

「妳的意思是，有人死而復活又差點被殺死？」

「除非他沒死，但行兇過程大家都看到了啊。還是他假死……不，這不可能，在上廁所時突然遭襲擊還被刺了那麼多刀，根本是猝不及防，那麼驚恐的情形下還能裝死躲過一劫，誰也沒法子在如此危急時刻這麼冷靜吧！而且事後沒報警、失蹤還若無其事出席飯店的筵席，需要這麼詭異嗎……難道世上有兩個郭燨昭？也許有，但不可能都在當法務部次長呀！莫非花嶼郭與飯店郭是孿生兄弟？沒聽說呀。」

「被人謀殺了兩次還死不了，那他也算命硬。誰這麼想要他的命？」

「昨天你跟蹤燕艾梅到飯店，她人到哪去了？」

「她進了三樓的席宴會場，我沒證件，進不去。」

「在十三樓房間的應該是個男子，我認為極可能是陳峰。」

「這很合理。」

「這麼看來，可以推論是有人打電話將郭燨昭引誘到十三樓房間，等在房裡的陳峰就突然出現企圖勒死他，我們及時趕上去才救了他，而陳峰見事跡敗露才急忙逃竄，也就是二度謀殺未遂。到底是有什麼深仇大恨非置之死地不可？」

「這很值得深思。」

「咦，這麼說來，那天在偵查庭外，你跟法警嚷嚷著郭燨昭沒死還上新聞什麼的，你那時就知道他沒死了嘛，你怎麼沒告訴我他沒死？」

「妳能醒來是因為他幫妳人工呼吸，這是妳自己說過的啊，既然這樣，我當然以為妳知道他沒死嘛。死人自己都沒呼吸了還能幫別人人工呼吸？」

「呸呸呸！那一定是我中了河豚毒神智不清，迷迷糊糊間的幻覺。他都被亂刀戳死了哪有可能救我，就算沒死怎麼樣也會先救他的徒子徒孫吧。河豚毒真是可怕，什麼影像記憶都會讓人錯亂。而且被那種糟老頭人工呼吸，怎麼想都細思極噁！」我不由自主做了個噁心的表情：「忽然很希望你忘掉我曾說過在幻覺中感到被人工呼吸那段。」

「嗯嗯。」

「問題又繞回來了，郭熺昭怎麼會沒死呢……」我拍了一下自己的額頭：「唉呀！死人確實不可能人工呼吸，所以我迷糊間看到的人是——」

怎麼漏掉他了呢……是駱家駒。如果是他，我就比較能接受。

停等紅燈時，文石從墨鏡上方瞄我一眼：「是誰？」

「那個派出所的警察。」

「這樣啊。原來如此。」

「……原來怎樣？」

「原來妳喜歡的是那一型的。」

「什麼跟什麼啦！」

「口對口呼吸的對象是糟老頭就感到噁心，是猛男警員就比較釋懷，我這麼理解沒錯吧？」

「錯錯錯錯錯！是在說什麼鬼啦。我腦袋在推理花嶼的事，你腦袋卻在想一些骯髒事！」

「是喔。那陳峰的殺人動機妳推理出來了嗎？」他又踩下小白的油門。

「邱品智說燕鷗雅居的三個人都是假名字，陳峰既是個假名字，連他是誰都不知道，哪還能推理出什麼動機呀。」

「在不疑處有疑，就能窺知事實了。」

不疑處有疑？還來不及細想，小白轉了個彎，來到台東市區的一棟建物前。

楊錚已經站在門前等我們了。

第十話

「你們帶來的是壞消息吧？」

才坐下，楊錚觀察我們的神情就猜到了七七八八，臉色極度凝重。

文石先告知朱煥煒案的前因後果，並說明在花嶼調查的經過。聽到彭清介是在背後作祟者之一時，他神情驟變：「真沒想到，我那麼信任他……」

「因為信任，才會掉以輕心。」

「為什麼他……」

「與柯井益蔡欽洋一樣，都是因為競爭與人性。他與邱品智在爭績效、爭升職。利用你的高壓要求，不擇手段的偽破案，對檢方有交代自己又有績效，還能博得檢警兩方好評，怎麼想這個選擇都很划算。」

「說到底，他的選擇就是站到吳秉鈞他們那邊。」他恨恨地拍桌道。

文石攤手：「這就是競爭與人性。」

「也許早就意識到鎗擊案背後是這種結果，只是我不甘心、不想承認而已。」他臉上露出苦澀：「在檢察體系裡，只想認真查案就這麼難嗎……」

坐在一旁始終靜靜聽著的李正剛起身，將剛燒開的熱水倒在過濾壺裡，為我們的杯子裡重新注入茶水：「楊老弟，別氣餒。」

從楊錚先前的描述得到的印象，眼前這位濃眉方臉、體格魁武，腮旁蓄鬍的中年大叔才是真正一身傲骨的檢察官。

當我與楊錚聯絡，說文石要報告調查結果時，他說這兩天剛好休假回台灣，受邀來台東找李正剛。文石一聽，立馬說要來台東找他。沒承想是約見在李正剛常來的這家茶藝館。

我環視了四周的裝潢：花木扶疏，庭台樓閣，小橋流水，還播放著蟲鳴鳥叫。乍看之下彷彿雅緻的世外之境，也似江南花園，理應給人逍遙無爭的舒適感。但漫延在這個時空裡，同時有種說不出的違和。

我們靜靜地啜了幾口茶，沒再作聲，直到楊錚再次發問：「高元吉呢？」

「他只是沒有您這麼勇敢，敢跟檢察長作對。邱品智藉調查花嶼案之便與他交心，他說不想被調到外島的人，只能配合檢察長的『命令』，內心其實很反感，但上有臥病在床的老母親、下有三個才唸小學的孩子，很難不屈從，因此也很佩服您。」

「難怪他的反應總是彆扭得很。那麼，花嶼那三個人，抓到了嗎？」

「飯店內外都有監視器，按邱品智的說法，那個化名陳峰的男子應該很快就會落網。」

「也就是說，若非他再次出手，相對於滿街監視器的台北，在窮鄉僻壤的花嶼犯案，逮到的機會就很低？」

「可以這麼說。」文石放下茶杯，塞了幾顆花生入口：「楊檢，對於花嶼三刺客，您有沒有什麼想法？」

突然被如此一問，楊錚怔愣了：「怎麼，我漏掉了什麼嗎？」

文石盯著他瞧：「我從頭到尾思考了好幾遍，發現您就是整個案子的核心哪。」

「我？」他與李正剛互看一眼，一臉疑惑。

文石爽朗地笑出聲：「整個案子都跟您有關，從您調查朱煥煒鎗擊案起，直到昨天的飯店殺人未遂案，唯一環繞著的，只有您。」

眼神看向虛空的遠方，他思索片刻後說：「和吳秉鈞他們不合互鬥，當然是因為我的固執，但要說到花嶼的事，還真想不出跟我有什麼關係。畢竟，那三個花嶼刺客我不認識，你也說了陳峰什麼的都是假名字。唯一能推測的是他們對於郭熺昭、吳秉鈞他們有什麼不滿吧，但究竟是什麼仇怨，實在很難想像，尤其是一下子要對付那麼多檢察官……」

文石斂起笑容，瞄了手錶一眼，開始專心嗑起花生。

楊錚眉頭緊鎖，應該是陷入苦思。李正剛則在旁邊挖著壺裡已淡掉的茶葉，舀了些新葉添入壺裡，再注入沸水。

幾分鐘後文石再次瞄視手錶問：「我在電話裡請您邀約的人，您有邀吧？」

楊錚從思緒中醒來：「是的，應該快到了……」話未畢，有腳步聲接近包廂。

文石立即起身走到門邊拉開紙門：「終於等到妳了。」

我驚訝地闔不攏嘴。

站在門邊見到我與文石，也一樣驚訝地闔不攏嘴的是燕艾梅。

燕艾梅入座後，端起李正剛推到她面前的茶杯，若無其事地啜了兩口。

還在努力整理紛雜的思緒時，楊錚與文石的對話卻讓我更紊亂：

「文律師，這位是我跟你們說過的林秋翠書記官。秋翠，這兩位是文律師和他的助理沈小姐。」

「我們見過面了吧。在花嶼的時候。」文石頷首微笑道。

「那時真不該讓你的助理進到廚房。」她鄙夷地瞥我們一眼。

「我認為妳善良又有正義感，一定會幫助我的助理。只是，沒料到妳會用這種方式伸張正義。」

文石直勾勾地盯著她：「這樣做，沒考慮到妳的孩子？」

迴避文石的目光，她問楊錚：「姊夫，你找我來就是讓我被這個瘋子騷擾嗎？」

「姊夫？」我難以置信地望著她：「……林秋翠不是長這模樣的啊！」

對於我的反應，楊錚感到錯愕：「怎、怎麼了？」

「你提供給我們的家庭聚餐照片，上面的林秋翠——」我忽然想到什麼，傾身凝視她：「妳整形了！」

眼皮變雙、眼頭拉近、鼻樑變高、腮骨削尖……難怪她要請假那麼久。

我問楊錚：「你知道她為什麼整形嗎？」

楊錚一臉茫然：「女生不滿意容貌去整形，現在不是很普遍了嗎？」

「這是為萬一東窗事發後逃亡所做的準備，也是掩去身分的最好方法，否則在燕鷗雅居一定會被同事認出來的啊。」

「東窗事發？」楊錚聽出了端倪：「秋翠，怎麼回事？」

她沉默，臉色鐵青。文石見狀道：「林秋翠就是燕艾梅，也是燕鷗雅居的負責人，花嶼三刺客之一。她打電話約郭熾昭到十三樓，再讓那個小陳下手。」

「什麼……秋翠，這是真的嗎？」楊錚雙眼圓睜，不敢置信地問。

「是又怎樣。」貌似放棄抵抗般，她深吸了口氣，上身往椅背靠。「說是部長的特助，轉達部長有要事在十三樓房間的小會議室裡要召開機密會議，請他馬上過來——看你們的表情，懷疑是什麼要事？很簡單，選舉快到了，馬上會有一堆選舉糾紛政客扒糞互潑髒水的案件告來告去，哪些該用力辦哪些該假裝辦，若不放在心上，選後次長就換人啦。」

楊錚顯然大受衝擊，激動起來：「為什麼？妳、妳哪來的錢在花嶼搭建那間旅店？為什麼要殺郭熾昭？還把他們打成那樣？不，文石說是小陳動的手……小陳是誰？妳到底為什麼呀？」

「因為你呀，姊夫。」

「因為我？」楊錚拍桌叱道：「我的事我自己承受，不需要妳替我出頭！誰要妳這麼亂搞的！」

「亂搞的不是我，是郭熾昭、吳秉鈞他們！是柯井益、顧興德他們！」林秋翠也提高音量：「若非他們亂搞，我們會被調職？那個朱煥煒會被放出去再殺人？」

「他們違法亂紀自有法律制裁，妳——」

「制裁了嗎？他們受制裁了嗎？沒有！他們一個個爭先恐後的搶著升職升官，誰把那些被流彈波及的被害人放在心上了？你跟我講法律，我姊姊死了多久，法律在哪裡！那個該死的傢伙現在在幹麼？開著名車在當國會助理，今年還出來要選立法委員了！」

「他被判刑入獄了呀——」

「過失致死合併違反槍砲彈藥管制條例，才被判一年，入獄三個月就轉到外役監，過年還能返家和家人們吃團圓飯，輕鬆服刑坐爽牢！這算制裁嗎？是鼓勵吧！我姊能再回家嗎？你和中薇、中凱還能和林秋樺吃團圓飯嗎？什麼鬼制裁？檢察官接到判決也不上訴，說找不到判決有違背法令的瑕疵，不能濫行上訴。這是什麼屁話！他接受了郭熾昭的施壓才不上訴的！」

楊錚被懟得雙唇顫抖無言以對，沮喪地垂下肩。文石點開手機，找到白琳傳的判決書：「那時的承辦檢察官是顧興德，所以顧興德是妳殺的？」

「偵查與蒞庭論告都是他。我讓他自己去跟我姊姊解釋何謂司法正義。」

「手機遺落在港邊候船室……妳假意借手機，再趁他不注意推他落海？」

「因為最後一個跟他聯絡的是蔡欽洋，不是我。」

楊錚失聲道：「妳幹麼這樣！就算他們再不對，也不能用違法手段去報復呀！妳法律讀哪去了！」

林秋翠不僅沒有動怒，反而冷道：「你不也是讀法律的，你受的委屈平復了嗎？你老婆無辜被害你就甘心了嗎?你認真查案,卻被誣陷和權勢調職是法律告訴你的正義嗎?」

「妳這樣做孩子們怎麼辦?孩子們知道母親是個殺人犯,作何感想呀!」楊錚語氣變得頹喪又無力。

「我已經告訴他們了,他們覺得很光榮。因為他們知道法律沒辦法幫阿姨討公道,還讓姨父和親人們都陷入痛苦深淵。他們知道母親是在做法律早就該做的事。」悲憤的眼淚含在她的眼眶:「法律在被權力操弄之後,正義只剩被害人才有決心實現。」

楊錚不再作聲,雙肘撐在桌上掌摀額頭,狀極悲憤。

我怔然望著她,內心翻騰了幾遍,找不到反駁的理由。

「被害人的痛,只有被害人自己知道,旁人再同理心又能體會幾成?」文石深吸了口氣,緩緩地說:「以此推究,那個小陳是誰也就不言自明了。」

「他比我們還慘。」她抹了一下眼角,恨恨地說:「這不是那些喝酒吃肉高談官場得意的檢察官們能體會的。」

我忖量著整起事件從頭到尾的被害人。

一個名字閃現腦中,我失聲叫出:「那個小陳是……甘梓晶的丈夫尹約翰?」

林秋翠瞅了我一眼,沒有否認。

文石嘆了口氣:「唉……去自首吧。」

「絕不。」她喝乾了杯中的茶,起身對楊錚說:「你叫警察來抓我,實現你們所謂的司法正義吧。」

我們錯愕地望著她走出包廂。以泰然自若的步伐。

楊錚失魂落魄，空洞無神地望著虛無縹緲的遠方。

空氣彷彿停頓了許久，李正剛才打破安靜說：「這個司法現場，與我們最初想做個法律人時想像的不一樣啊。」

「為什麼你們檢察體系中的壞蛋，不能自己拔除啊？你們要求律師界要自律，但自己的同事歪了爛了，卻只能這樣嗎？」

我雖為局外人，火氣卻莫名大了起來，語氣有些嗆，惹得李正剛有些意外：「我們雖然追求獨立辦案，但畢竟也是公務員，還要受檢察一體的束縛，對於妳口中的歪爛同事，好像也只能莫可奈何呀。」

「人家法官也是公務員，為什麼就比你們自律？藉口！」

這位年輕美眉頗為有趣喔，他以這樣的眼神瞅我：「司法改革，終究不是辦家家酒呀。」

「我就問，什麼時候才能進行改革？還要犧牲多少人才能完成？」

他苦笑地望著文石：「你家小助理真是大哉問哪。」

「她比較熱血啦。」文石也苦笑，轉移話題：「李檢常約楊檢來喝茶？」

「喔，不常。今天是第一次哩。」他瞥了楊錚一眼：「他太死心眼了。」

「楊檢口中的李檢，也是擇善固執、令人尊敬的前輩呀。」

「是嗎？這幾年來，我的想法改變很多。身處台東這個世外桃源，清靜無為也是一種修為吧。」

他啜了口茶湯，發出啵的聲音：「有些事，山不轉路轉，路不轉人轉，總能抵達目的地吧。」

「想必您會這樣勸楊檢吧。」文石再次苦笑。「想向您要一個人的地址。」

「你要找于靖晴？」

我們來台東之前，曾先前往淡水區到于靖晴失蹤的那棟大樓。

案子還在淡水分局偵辦中，不是自己管區的邱品智無法提供更多線索。但大樓管理員一見他亮出刑警證件，二話不說就領我們上十樓，並打開方姓夫婦家的門：「方先生出院後，覺得這裡治安不好，就立刻舉家搬走了，還上網招售。」

我們只能進屋勘察一番，可是室內早已清空，沒留下什麼跡證。

文石在屋內蹓躂一圈，旋即站在陽台上遠眺。我覺得無聊，與邱品智在屋內有一搭沒一搭的鬼扯垃圾話。

「彭清介這樣亂搞，下場會是什麼？」

「停職查辦中，下場不妙。」

「這樣對你不是很有利嗎，升職的路上少了個勁敵。」

「引以為戒，哀矜勿喜。」

「是嗎，我怎麼覺得你嘴角含春，喜上眉梢呀。」

「哪有。可別亂說。」

「我不說。你心知肚明即可。」

他被我逗得笑出來。這時瞥見文石拿起手機不知拍什麼，我趕緊也溜進陽台：「發現什麼？」

「那個地方圍牆裡樹蔭茂密，我想去看一下。」

下了樓步行來到兩條街外的一棟豪宅。牆厚門大，門上設有電眼，幾株高大的九重葛還竄出了牆外。我們三個分頭向附近鄰居、里長及管區警員打探，得知這豪宅平日罕見人車出入，偶爾幾次見到名車停排四周都是晚上，車上都留有司機，但車主是誰則無人知曉。

于靖晴的失蹤難道與這可疑豪宅有關？文石與我互望，再一起看向邱品智。邱品智點點頭，打了幾通電話。

「若沒猜錯，于靖晴所說的蹲點，就是在剛才那棟大樓十樓方姓夫婦的房子。她在那個陽台上等了好幾次，終於等到這屋裡有燈光，她用望遠鏡窺望，也許還有錄影。但不幸被對方發現，派人去十樓要滅證甚至滅口，把于靖晴嚇壞了。她是如何逃過一劫無法得知，不過方姓夫婦則無辜變成替罪羔羊。」回想當初楊錚所述，佐證這裡的地貌及剛才打探而來的情報，文石這番推理與事實應該相去不遠。

不一會兒手機鈴響。邱品智接起得獲回報，說這棟豪宅的主人是郭依莉，前手是林宇山。聽到是這兩傢伙，我翻了個白眼。

如今向李正剛要到于靖晴的地址，文石說要確認失蹤當晚發生的事。

小白奔馳在台九線上，直到進入花蓮市區，已是黃昏時分。

進到李正剛告訴我們的那家小餐館裡，直接坐在吧檯角落位子，並將放在檯子上插著白菊花的水瓶移到吧檯內。

李正剛說這樣就能找到于靖晴。原本半信半疑，直到服務生眼睜睜看著我們這樣做也不出聲制止，才確定李正剛所說不假：這樣的位子一般客人是不會想坐，也不會有如此失禮的舉動。將角落的白菊花移到吧檯內，就是個暗號。

服務生一樣招呼我們點餐，並將餐點送上，沒有多問一句。

直到我們開始吃甜點了，有個身影才從背後閃出坐在旁邊。

「文律師、沈小姐，想不到我們又見面了。」于靖晴注視我們，眼神慧詰銳利。

「我們的調查結果，想必妳已經從李正剛那裡得知了。」文石啜口汽水說。

「他是台東的檢察官，怎麼會知道發生在台北或澎湖的事。」

「別演了吧。」文石苦笑：「不是妳建議楊錚來找我嗎？」

「非常事件，得由非常之人使用非常手段。看來我的想法再次得到證實。」

于靖晴與文石聯手的經驗，我已記錄在《午夜前的南瓜馬車》那個事件裡。

文石幫她點了一杯飲料，問：「那晚妳在方姓夫婦家，是如何逃過一劫？」

蹲點及發現豪宅內有異常活動的經過，她說的與文石的推論無異。當晚出現多輛黑色轎車，下車的賓客不是政客就是商人。有兩個人引起了她的注意：郭熾昭與邢畢仲。還有兩人與他們同行，她不認識，所以撥電話給楊錚要他趕過來。

地檢署前後任檢察長毫不避嫌在私人會所出現，是單純交際應酬還是為了喬什麼事？她決定大膽測試。

拿出手機，按下先前查到豪宅的市話號碼，並在接通後直接指名要找邢畢仲。

「這裡沒有這個人。」電話那端這樣冷回，並準備要掛斷。

于靖晴搶道：「幹麼騙人！他的座車明明就在圍牆外，我也看到他走進屋裡的。」同時報上車牌號碼。

對方可能陷入錯愕，停了快十秒都沒出聲，最後才強作鎮定問：「妳是誰？」

「我是他老婆。」

「……等一下。」話筒那端旋即播放等候的音樂。

正當于靖晴沾沾自喜時，電話再次被接起：「妳是誰，為什麼要假冒我太太？」

「請問您前往郭依莉女士的私人會所，是在商討什麼事嗎？」

「妳是記者？」

「您是準備要接受司法關說，還是要護航什麼案子嗎？您知道郭女士在朱煥煒的鎗擊案中差點被收押嗎？」

「胡說什麼！妳是哪家媒體的？」

「將楊錚檢察官調職是不是迫於什麼不可告人的壓力？還是認為楊檢察官不聽指揮無法配合特定

案件的偵辦，才刻意把他調職？」

「記者也不該空穴來風捏造事實！」

「釋放朱煥煒與風天耀是基於什麼考量？是政治施壓還是商人關說？」

「妳敢亂報，我一定辦妳誹謗罪！」

「檢察長是心虛了嗎，連依法辦理都說不出口了嗎——請不要掛電話，如果您不給個說法，我只有將所拍到的照片都刊登了。」

「妳！」對方應該氣得快跳腳，靜默了幾秒，才說：「……妳既然如此神通廣大，應該也知道楊檢在辦案過程中被發現有逾越辦案規定的情形，才會被——」

「請問他哪一部分逾越規定？」

「他隱匿重要的證據，還在案件尚未終結前就對外亂發表攻擊的文章——」

「公正的司法不就是建立民眾對司法信心的最低要求嗎？楊檢提出的質疑可受公評，但地檢署卻大動作開記者會，難道楊檢沒有言論自由？有人說是藉故修理楊檢，您怎麼看？」這時屋內門鈴響起，方氏夫婦起身開門。

人還在陽台上的于靖晴沒想到旋即入耳的是喝斥聲、推撞聲與尖叫聲。她放下手機轉身，看見四個黑西裝的大漢已衝進屋內砸爛傢俱，與男主人扭打推撞，並打昏女主人，有一個傢伙還在房內四處搜尋……

基於多年記者經驗，她只頓了幾秒就察覺對方的意圖。

他們真正要找的人是她和她的手機。

往下是十層高樓，跳下必死無疑。她只得攀上欄桿，貼著外牆微突的修飾角冒死爬到隔壁陽台，並蹲在陽台上的盆栽後方躲藏，躲至天亮才離開。

躲藏期間，她思忖對方怎麼可能這麼快就找上門，莫非對方自始監聽及定位她的手機？但沒人知道她在查這個案子，被反監控的可能性應該不高。

蹲點這裡也沒告訴任何人，剛才與邢畢仲的對話又確定沒提到身在何處，為什麼會曝光……想到自己花了許多心血與方氏夫婦做朋友，才贏得他們的信任，願意出借陽台給自己當做監視地點，如今竟害他們遭受暴力，強烈的內疚襲來，讓她極度不安……

不對！她忽然想起曾告訴一個人這裡的地址。

楊錚。

難道幫錯了人？難道楊錚要置自己於死地？

「在事實沒搞清楚前我決定先躲起來，連楊錚也不可信。」她苦笑道。

「那麼聽了李正剛轉述我的調查結果，妳知道問題出在哪了吧？」文石問。

「不是出在我相信楊錚，而是出在楊錚錯信了彭清介。是彭清介趁機通知在豪宅內的柯井益或顧興德。」

「那兩個妳原本不認識的人？」

「沒錯。郭依莉黑白兩道都吃得開。」

他們聊著于靖晴躲到花蓮之後的事，我沒法繼續聽下去，因為手機的警告訊息吸引了我的注意。是防毒軟體的通知：有人駭入帳戶！我連忙上網查看……哇靠！上傳雲端的許多檔案被砍掉了，還植入了病毒到帳戶裡！我發出驚叫：「完蛋了！連在花嶼的鴻門晚宴錄影檔都被砍掉了！」

他們靠過來看。于靖晴搶過手機在畫面上快速點選什麼，試圖幫我阻擋及救回檔案，但警訊聲響個不停，令人頭皮發炸。

「妳這個防毒軟體是目前最頂級的，竟然仍被駭入放毒，對方必是高手。妳讓誰知道手機裡有這個檔案？」

我與文石互看一眼，異口同聲：「蔡欽洋！」

她面色凝重：「不妙。我建議立刻閃人了。」

文石旋即起身結帳。我將手機扔進包包。于靖晴早就頭也不回快步衝出店外。

才拉開車門，感覺背後一股莫名氣流襲來，我不禁往後看，還來不及辨識是誰就被一片黑色撲上來，背上猛然被大力一推，整個人踉蹌不穩往前摔，但在鼻樑即將慘跌地磚的前一秒又被巨大力量往回拉，人行道上的地磚又迅速縮小遠離，左臂一陣劇痛惹得我大聲尖叫。

有人在扯搶我肩上的包包！

包包裡有手機。手機裡有那個在花嶼晚宴的原始錄影檔。

意識到這一點，驚懼剎時轉為憤怒，本能讓左腳點跳兩下平衡重心，右手緊抓包包肩帶往回拉，藉力使力快速換到右腳為軸——只要能站穩就有反擊火力，畢竟從小苦練的跆拳道已融入肢體每個細胞裡——我左腳腳刀迅猛往上側踢，啪的一聲，下顎骨斷裂的震動感透過腳側傳到腿上，同時讓對方痛苦地發出悶哼，緊抓包包的手也就鬆開了。

我抽回包包，轉身再以右腳一個大前踢，對方就被踹到背脊撞擊路燈桿橫躺在地。不料沒有絲毫得意時間，後腦被不知從哪竄出的傢伙狠敲，一陣暈眩襲來，整個人癱軟，還沒倒地前就感覺包包已被扯走。

努力睜大雙眼，看到旋動的畫面裡偷襲我的黑衣男子猛掏包包，翻出手機時還露出一抹笑意。可是笑意維持一秒，他的臉頰就扭曲變形，一顆牙齒還飛噴而出。

因為文石一拳打歪了他的臉，奪回我的手機。

我大口深呼吸止住暈眩帶來的嘔吐感，急著想要警告還有四個傢伙從路燈光線陰暗處竄出接近他，但還沒出聲文石就被他們用鐵管一陣狂打，鮮血飛濺骨骼迸響痛得彎腰舉臂抵擋。氣急敗壞的我踢掉高跟鞋跳上其中一個傢伙背上看準耳朵就是狠咬猛扯，腥臭血液因而湧噴我臉；那傢伙痛到如豬被殺般嚎叫使盡全力把我甩掉。我單腳才落地就迴身朝另一個傢伙的腰際後旋踢，並在他痛苦彎腰之際賞他一記直拳，讓他鼻骨化為一攤血泥噴灑在半空，形成一道純紅色的上弦月。

回過神，發現文石為護住手機與一個黑衣大漢扭打成一團，背上臂上還承受著另兩個傢伙的鐵管暴打。見他死命不放，其中一個混蛋狂襲他手背，一團拉扯間手機被擊落到馬路中間。我跳起來就要衝上去救，豈料一輛轎車急駛而過，手機就在眾目睽睽之下瞬間變成扭曲壓扁的金屬片與碎片！

這時有尖銳哨音急促響起，還有警車的警笛聲傳來，于靖晴從對街的車上下來，邊跑過來還邊吹著哨子，直到見那群黑衣男一哄而散才停止。

「太輕忽對方了，郭依莉的勢力不容小覷。」她關掉手機放出來的警笛聲。

我的手機……望著它躺在路上的屍體，完全忘了身上的疼。

只剩心疼。

最終話

見我們都受了傷，于靖晴主動說要幫忙開車載我們回台北。

一路上我咒罵著那些貪婪的檢察官、無良政客與黑心商人。

「司法之所以得不到人民信任，就是因為有這群鬣狗們。」我下了結論道。

突然察覺于靖晴始終默不作聲，讓我覺得自己有些失禮：「手機毀了，沒辦法提供給妳當作報導的證據，真可惜。」

「沒關係，我一定讓這群鬣狗付出代價。」她說得無風無雨，話中卻是波瀾萬丈。我有些錯愕，望著削瘦單薄的她：「妳說出這種話真是……很勇敢。」

她瞥了我一眼，微微一笑：「剛才的妳才勇敢。」

「妳只是獨立記者，背後沒有媒體支持，為什麼能夠如此堅定？」

「報導真相，揭發弊端。做這行唯一的職志不過就是這樣而已。」

「還以為是八卦生事、置入行銷咧。妳讓我拾回對記者的信心。」

「妳呢？法律人的職志又是什麼？」

「本以為是抑強扶弱，伸張正義。」我苦笑：「但從楊錚的案子看來，也有不少人的職志是在朝升官、在野發財。」

「其實不必灰心，這個社會裡還是有許多志同道合的人。」

在後座一直昏睡的文石，忽然坐直了身子出聲：「于小姐，其實妳知道是誰在花嶼搭建燕鷗雅居，也知道林秋翠她們決定報復的事，對吧？」

「喔？」她瞥了一眼後視鏡：「何以見得？」

「雖地處偏僻，但在那種孤島神不知地搭了旅店，事發後又鬼不覺地以極快速度搬個精光，絕不是少數幾個人能搞定，也非不耗費可觀金錢可以完成。而花嶼三刺客分工合作，至今還無人被逮捕，事前事後必有股暗黑力量在運作。」

文石這樣推理，怎麼想都無懈可擊。

只是我聽到關鍵字眼，心底暗吃一驚……暗黑力量？

「妳要楊錚來找我，也不單純是妳曾與我合作過，而是有人要妳這麼做吧。」

「上次合作，我對你的能力有信心，這也可疑？」她目不轉睛盯著前方。

「除了找出真相，希望能幫你們一把，這才是真正的目的。」

「幫什麼？幫誰？」我插嘴問。

「那個組織妳必不陌生，先前也找過妳。」也許是受傷所致，他咳了幾聲後又說：「花嶼的事，一定是動員組織力量的結果。」

我的心跳漏了幾拍，大概猜到文石在說什麼了……

迦密山之火。

它企圖吸收我的經過，記錄在《天秤下的羔羊》與《午夜前的南瓜馬車》那兩個案件裡。

于靖晴未置可否。文石問她：「妳已經被吸收了？」

「與其說是被吸收，不如說找到了值得挖掘獨家報導的消息來源。」

「所以妳主動接近組織？可是那個李正剛，卻是遭煽惑被吸收了。」

「煽惑？好難聽呀。不過我對你的推理能力更有信心了，怎麼看出來的？」

「他向楊錚推介妳就有蹊蹺：表面是幫楊錚，目的卻是誘使楊錚逐漸走進組織。事後他找楊錚喝茶，只是單純同病相憐安慰打氣？我可不這麼認為。」

「楊檢很敬佩李檢，尋求前輩的支持鼓勵，算正常吧。」

「我在報告調查經過時，楊錚情緒波動，李正剛卻無動於衷，這太怪。」

「畢竟是楊錚的事嘛，李檢激動才奇怪吧。」

「若依楊錚所述，李正剛與楊錚是同類型的人，我回報的事情不公不義，理應激發熱血與憤慨，連旁聽的鈴芝都義憤填膺了，他怎會無風無波？說是看破官場醜態當然有可能，但另一種可能是李正剛本身就是組織成員之一，對於花嶼的事早知道了，而且只要組織還在，不愁沒辦法對付妳們剛才說的鬣狗們，自然也就心無波瀾了。」

「果然觀察入微。」于靖晴點頭：「很厲害的組織對不對，很有報導價值。」

我卻急了：「妳別冒這個險！我曾見過他們的手段，很嚇人的。」

「不入虎穴，焉得虎子。」

望著她毫無所懼的表情，我開始覺得她也有狡猾的一面：「躲到花蓮不會只是單純不相信楊錚吧？妳根本不怕呀！」

「當然怕，但更怕文律師不出手。我要知道全部事實，不是組織的片面之詞；同時，我也要為方先生、方太太討公道。」

我嘆了口氣：「一則獨家報導能有多少報酬？我們要抽成。」

她忍不住笑了，隨即正色：「小女子還有一事不明。那個蔣小鷗是誰？」

我望向文石。文石望了我一眼：「不知道。」

「你知道，但你不告訴我。沒關係，我自己去向組織調查。」

「妳若查到，就會知道為什麼我不願意說。」

言盡於此，直到抵達事務所前文石都不再多說一句話。

一個月後某個清晨，我從一樓管理台旁的信箱裡取出事務所的信件與報紙。上樓時因為電梯內無別人，隨意翻著報紙，有個三版頭條的標題吸住了視線。

「驚爆縱放殺人犯疑雲　檢察體系人事大地震」

迅速把新聞瀏覽一遍，心裡一陣痛快。

事務所裡其他人都還沒來上班，我趁此溜進文石的辦公室，要他趕快看。

我們的調查結果全部見報，但包括楊錚在內，一干關係人的檢察官都隱去其名，最多只以楊姓、吳姓、柯姓檢察官等代稱當主詞。而文石與我則化名為「據知情人士透漏」、李正剛化名是「據消息人士指出」，來描述事件有所依本。

花嶼的事則是以「某次長與幾位涉案檢察官、刑警前往外島度假，遭不明人士下毒致多人身體不適，返台就醫後多已無大礙，但對遭害過程及原因均三緘其口或託詞否認。全案疑點重重，是否涉及不當關說及反撲，相關單位正在調查中。」隱晦帶過。

深入追蹤報導部分則描述本案相關人等已遭調查局及廉政單位介入調查，部分事實並被在野黨民代掌握，預料將引爆政壇震撼彈。此事驚動政府高層，為切割止血，已連夜撤換次長級官員，並命法務部進行人事調動，預計涉案人員都將先調離現職靜候調查。還檢討了檢察體系人事制度的諸多弊端、抨擊基層檢察官因受上級指揮案件與人事任調的箝制，士氣嚴重受挫，許多勇於任事的檢察官敢怒不敢言等等。

報導者掛名記者關婕，深度追蹤報導則是特約記者于靖晴寫的。

讀完相關報導，我們上網搜尋其他媒體，都沒有這則新聞。

于靖晴得償所願的獨家報導，在午間新聞引爆各家媒體競相跟進，地檢署四周被SNG車排滿、記者擠在門口，流竄在走廊上想要堵報導所指的關係人。而代表召開記者會的人卻不是吳秉鈞，而是另一位臨時受命的主任檢察官。

另外一群記者則守在法務部及立法院，追逐相關官員及民代對此事的看法。

果真是引爆地震級的獨家新聞。

新的人事命令在幾天後公布。郭煐昭、邢畢仲都被調離現職，吳秉鈞、柯井益、蔡欽洋被調派外縣市。只有高元吉沒在調動名單之列。楊錚及李正剛則被調回台北。

又過了一個禮拜左右，就在以為這個案件至此告一段落之際，有則並不引人注目的新聞在社會版的一隅無意間被我看到。

一個中年男子失蹤三十多小時，家屬報案後，警方調閱監視器追查，在新竹縣峨眉鄉竹 41 線道約七點四公里處、深達三十幾米的山谷中發現所開車輛，救難人員發現他車毀人亡，墜谷原因初步研判是車輛機械故障。

令我不寒而慄的是，報導還刊登了死者生前照片：平頭男。

難道是迦密山之火展開行動的結果……

文石將花生、汽水和好幾個盛著可疑醬料的杯子全部倒進個人型調理機，並按下啟動鍵。聽完我懸著一顆心轉述彭清介摔車山谷的報導後，他雲淡風清：「從報導看起來是意外。不要想太多。」

「怎麼能不想？想不通是件很痛苦的事耶。」

「就算是迦密山之火動的手腳，我們也沒證據，就讓警方去查吧。」

我覺得他的態度敷衍，嘟著嘴說：「不告訴于靖晴可以理解，畢竟你不想她也加入那個組織，可連我也不說就過分了唷。」

他將調和成泥漿狀還冒著氣泡的液體倒入玻璃杯中：「不說什麼？」

「蔣小鷗到底是誰呀，單純組織成員而已嗎？沒那麼大仇恨吧。」

「為什麼我一開始就鎖定林秋翠可能是燕艾梅？從這個角度去推理，妳也能找出蔣小鷗是誰呀。」他仰頭喝了一飲而盡，露出滿意表情。

「到底是誰啦？」

他拿另一個杯子倒了半杯，移到我面前：「喝一口醒腦神水，妳就思緒清晰頭腦敏捷了。」說完拎起公事包，他就去出庭了。

這傢伙，賣什麼關子啊，討厭吶。

是說這醒腦神水是什麼鬼……我舉杯靠近，一股怪味沖進鼻腔。好噁。

彎腰仔細嗅了嗅那些醬料：花椰菜、巧克力、肉桂、咖哩、魚油、大蒜和薑黃，還有好大股醋酸味，看起來都是健康食物，混在一起卻狀甚恐怖。看起來噁，聞起來更噁。

若非太想知道蔣小鷗是誰，寧願出家當尼姑我也不願喝這玩意。

捏著鼻子仰頭飲了一口，整個胃立刻翻騰顫攪，差點沒哭出來。

好臭！

我衝進洗手間，一邊擦眼角的淚水一邊漱口；腦袋卻開始運轉起來。

林秋翠是她姊姊的案子被搓掉、姊夫被亂整連帶自己也遭殃，心生怨恨，對不公不義已難再容忍，才會採取反噬行動……呃，不，難以想像單憑滿腔怒火，就能實現在花嶼那種華麗的殺人計劃。

迦密山之火趁機吸收了她。

利用她的憤怒，給予協助與資源，遂行它理想中的司法改革。

「她不是我們計畫裡的人。」

「可是她要求我們讓他們倆在場。」

燕艾梅口中的「她」是誰？難道……難道……倪可茉？

憤怒與恨意真的很容易被煽動，而且可以被利用很久。

回想那晚的情形，蔣小鷗也是滿滿恨意，才會有那些令人瞠目結舌的行為。

蔣小鷗的恨意哪來？她那麼年輕，跟這些檢察官又有什麼關係？

跟檢察官辦的案子有關，跟他們對於偵查工作的態度有關。

這麼說來……

如果，媽媽死於無辜，凶手卻被檢察官輕縱……

如果，父親為了剷奸除惡殫精竭慮，甚至不惜逾越原則，卻還被同事在背後插刀……

如果，鬣狗們為了剷除異己，利用了父親與弟弟的疏離誣陷父親……

如果，她是楊錚的女兒楊中薇，一切就說得通了。

而文石不願告訴于靖晴，是因為……

違法終究是違法，若楊中薇的未來因此斷送，是不是更不公不義？

更難想像楊錚若是知道了楊中薇也摻一腳，會有多難堪多心痛……

平民百姓一旦違法就依法究辦；但那些手握公權力的人違法，卻還能吃香喝辣，這樣算是司法正義嗎？

為什麼明明公平的法律，被人執行起來卻變成不公平的法律？

望著那杯醒腦水，我好像體悟到文石為何隱忍不說的心情了。

我長嘆了一口氣，回到辦公室幫他收拾桌上的調理機與杯子。

擦桌子時瞥見電腦的電源燈還亮著，我拉滑鼠打算幫他關機。

就在我於螢幕上拉出關機鍵時，一個奇怪的檔名吸引了注意。

——郭老大的噪音

游標不自覺被移到檔案上，我毫不猶豫地點下去。

裡頭有三個音檔。時間最長的那個是一個老頭的聲音。講話內容是在一場宴席上與旁人的對話。從背景多人遠近的談笑聽來，可以想像當時的杯觥交錯喧嘩熱鬧。編號二的音檔就很詭異了：還是那個老頭在宴席上的講話，但是背景的嘈雜全部不見了。

至於編號三的音檔最短，是老頭在前兩個音檔中的部分講話。

從檔名來看，講話者是個姓郭的老頭。我立刻就聯想到那個郭熺昭。

文石錄他講話幹麼，內容盡是無意義的應酬話，還有一些黃色笑話。

難道那些令人反感的黃色笑話有什麼值得一聽再聽的價值？別鬧了。

一聽再聽……我將游標移到第三個檔案上，再次按了一下。

仔細聽了一會兒，我察覺了它與第二個音檔的差異。

第三個音檔是有人在模仿郭燤昭說話，錄下來的目的是比對模仿的成果。成果驚人。音質音色口氣各方面，不仔細聽幾乎聽不出差別。特別是郭燤昭喉嚨因為飲酒過量所致、特有的痰音與沙啞感。

突然想起，在與白琳去淡水的路上，曾提及無意中聽到辦公室裡有老人在跟文石講話的可疑經驗。此時白琳剛好拿進來拿卷宗，我靈機一動：「白律師，文旦曾要妳幫他打聽郭燤昭的行蹤？」

白琳怔了一下，綻出笑意：「他沒跟妳說嗎？」隨即拿出手機滑了幾下。

我湊上去看，那是一則簡訊：「興德，我臨時有事今天趕不過去，改明天到。郭燤昭。」

白琳說那時文石要查郭燤昭前去花嶼的時間，她透過在法務部任職的學長向次長室的祕書打探，得知郭燤昭要搭當晚最後一班飛機。

在高爾夫球場時曾互相加Line，白琳有顧興德的手機號碼，所以文石請她先以郭燤昭的名義發這則簡訊。另一方面，文石從花嶼趕回來，埋伏在郭燤昭家門口，並騎機車跟著他的轎車，在某個路口故意超前左轉製造擦撞車禍。

「搭飛機趕時間？你是想肇逃吧？」文石躺在地上邊叫痛邊嗆道。

白琳說她在尾隨的後車裡，見文石毫無猶豫地往郭燤昭的車前衝，嚇到叫出聲。

聽到這裡，我忽然想起先前的對話：

「人家差點死翹翹，結果你哪逍遙去了？」

「我可忙了。」

文石這傢伙……

我四處翻找，終於在置物櫃的角落裡發現去花嶼時他的行李箱。拉出來放在地板上打開，映入眼簾的是件女裝及有著藍色挑染的大波浪假髮。

裡頭還有五顏六色的瓶瓶罐罐。取了顏色像粉底液的一瓶倒了一點在手背上觀察：是化學膠液，但乾了卻硬化成膚色。

另外還有假鬍假髮膠水粉餅眉筆眼影膏，最底下是張奇怪的皮革，中間渾厚四周極薄，橢圓形。仔細一摸，不是皮革，是乳膠皮。

我再取出那張乳膠皮，打開後發現兩邊居然還有兩條腰帶！乳膠皮上好多個細長的破縫。如果用匕首往上猛插的話……

文石，你這個瘋子。不怕死的瘋子。

記得劉學彬殺人案，也是文石的瘋子行徑，才能讓被告劉學彬無罪而退。

「平行血痕凹溝，一定是他殺勒斃所留下的嗎？」

「是。」

「下方血痕凹溝的生活反應較明顯，就一定能推論是他殺的結果嗎？」

「在本案的情形，是的。理由我剛才已經說明了。」

文石的詰問忽然停住，彷彿陷入沉思。

不，恐怕是陷入苦惱。因為鑑定意見聽來有憑有據，邏輯分明，而且肯定。

被告劉學彬神情緊張到不行，緊盯著文石。

「辯護人，還有問題要詰問鑑定人嗎？如果沒有就請檢察官反詰——」

文石似乎下定決心般突然問：「伍醫師，您說的很肯定，但，一定沒有例外嗎？」

「行醫超過三十年，擔任法醫超過二十年，我還沒看過例外的。」

文石從辯護人席起身，他走向伍柏成，然後伸手解開自己的領帶與領口鈕扣。

兩道平行的血痕猶如毒蛇般繞在他的頸部，怵目驚心，讓伍柏成看傻了眼。

「若依您的經驗，我脖子上的平行血痕，也是他殺的結果？」

「這……」伍柏成一時不知所措，還沒從驚嚇中回神。

審判席上的法官們不知發生何事，審判長出聲：「辯護人？」

文石轉身面向審判席：「庭上，沒人殺我，我脖子上還是可以留下兩道平行血痕。」

「你是刻意造成的，與一般勒殺情形不同。庭上，我有異議！」楊錚先從驚訝中醒來，舉手大聲叫道。文石亮出一支隨身碟：「庭上，請勘驗錄影檔，並列入辯方證據。」

審判長交給書記官插入電腦，同時對楊錚說：「看過再決定要不要異議吧。」

畫面展開。文石先對著鏡頭說：「為查明曾青妮是死於他殺或自殺，現在進行驗證如下。」然後轉身走到他的辦公桌後方，這時可以看到一條童軍繩圈掛在天花板的輕鋼架上。

文石捲起袖子解開襯衫上方的兩顆鈕扣，同時爬上辦公桌，將頸部套進繩圈，兩腳往桌前空氣裡毫無所懼地邁步，下一秒整個人就懸吊在半空中。

這一幕引來法庭裡所有人的驚呼。

像一夜干般懸在空中，文石先行閉氣，但不一會兒臉色漲紫，身體開始不由自主扭動，兩腿狂踢，雙手伸向脖子企圖解開，但哪抵得過體重加地心引力，只流於徒勞無功地困獸掙扎。抽搐晃動了一會兒，臉色已轉變成鐵青，兩眼暴突，白牙外露，吸不到空氣的痛苦讓表情極度猙獰，兩腿更劇烈地踢踹，桌上檯燈筆筒與疊高的卷宗都被無意識地踹翻到地上，雙手也不自覺地舞動，還碰到旁邊的鐵櫃，發出恐怖的撞擊聲。

掙扎動作愈來愈小，法庭內的每個人都在目睹畫面中的文石如何一步步走向死亡，空氣中一片死寂。

文石雙肩一垂失去知覺的一剎那，真的就像風吹微晃的一夜干。

這時我推門進來出現在畫面裡，發現掛著的文石失聲驚叫，引來門外的白琳探頭進來大叫：「快放他下來！」我因此立即爬上桌，用手中所持的剪刀朝繩圈上方狠狠剪下去……

剪刀是五分鐘前，文石交代我：「聽到奇怪的聲音沒了，才拿進來。」

摔在地上的文石被我們七手八腳解開繩圈急救，觸電般大呼口氣猛坐起身，並咳嗽不止，臉色也逐漸恢復血色。

頸部兩道平行的血痕，清晰可見；下方血痕尤其駭人。

「審判長，檢方及法醫從曾青妮頸部的血痕，第一道是遭人先從後方勒斃時留下，第二道血痕則是為掩人耳目將屍體掛上時所留，與一般自殺時頸部必定只留下一道吊痕不同等情形，來推論曾青妮是遭被告勒殺。可是剛才的實驗，我主動上吊時，繩圈在頸部相對下方的位置留下第一道血痕，但因痛苦掙扎甚至臨斷氣前發生痙攣，加上體重及地心引力，繩索往上方移動了，才留下較上方位置的血痕，也因此上方血痕的生活反應較弱，下方血痕則較明顯。也就是說，我在沒有被人勒殺的情形下，單純上吊也會留下與曾青妮一樣的血痕，並踢亂了室內的物品。結論是，剛烈個性的曾青妮因為懷疑被告劉學彬劈腿背叛，決定自殺，不論她是單純決定結束自己的生命或嫁禍給被告，死亡的結果都不是被告有何殺人行為所致。」

文石說完坐回辯護人席，長長的吁了一口氣。

（全文完）

要推理120　PG3093

要有光
FIAT LUX

瓶子裡的獅子

作　　者	牧　童
責任編輯	陳彥儒
圖文排版	陳彥妏
封面設計	嚴若綾

出版策劃	要有光
發 行 人	宋政坤
法律顧問	毛國樑　律師
印製發行	秀威資訊科技股份有限公司 114台北市內湖區瑞光路76巷65號1樓 電話：+886-2-2796-3638　傳真：+886-2-2796-1377 http://www.showwe.com.tw
劃撥帳號	19563868　戶名：秀威資訊科技股份有限公司 讀者服務信箱：service@showwe.com.tw
展售門市	國家書店（松江門市） 104台北市中山區松江路209號1樓 電話：+886-2-2518-0207　傳真：+886-2-2518-0778
網路訂購	秀威網路書店：https://store.showwe.tw 國家網路書店：https://www.govbooks.com.tw
總 經 銷	聯合發行股份有限公司 231新北市新店區寶橋路235巷6弄6號4F 電話：+886-2-2917-8022　傳真：+886-2-2915-6275

出版日期	2024年12月　BOD一版
定　　價	400元

讀者回函卡

Printed in Taiwan

國家圖書館出版品預行編目

瓶子裡的獅子/牧童著. -- 一版. -- 臺北市 :
要有光, 2024.12
面 ; 公分. -- (要推理 ; 120)
BOD版
ISBN 978-626-7515-31-0(平裝)

863.57 113016788